Vreselijke schoonheid

Molotov Verlovingscontract: Boek 1

Anna Zaires

♠ Mozaika Publications ♠

Copyright © 2023 Anna Zaires
www.annazaires.com/book-series/nederlands/

Uitgegeven door Mozaika Publications, onderdeel van Mozaika LLC.
www.mozaikallc.com

Ontwerp cover: Alex McLaughlin

Fotografie van Regina Wamba
www.reginawamba.com

Vertaling: Missy Veerhuis

ISBN: 978-1-63142-799-2
Print ISBN-13: 978-1-63142-830-2

HOOFDSTUK 1

HEDEN, LOCATIE ONBEKEND

K oele lippen strelen mijn kloppende voorhoofd en brengen een vaag aroma van dennen, de oceaan en leer met zich mee. "Ssst... Het is in orde. Jij bent in orde. Ik heb je net iets gegeven om je hoofdpijn te verlichten en dit gemakkelijker te maken."

De mannenstem is diep en donker, vreemd genoeg vertrouwd. De woorden worden in het Russisch gesproken. Mijn wazige geest heeft moeite om zich te concentreren. Waarom Russisch? Ik ben toch in Amerika, of niet? Waar ken ik deze stem van? Deze geur?

Ik probeer mijn zware oogleden te dwingen om open te gaan, maar ze weigeren zich te bewegen. Hetzelfde geldt voor mijn hand als ik hem probeer op te tillen. Alles voelt onmogelijk zwaar aan, alsof mijn botten van metaal zijn, mijn vlees van beton. Mijn hoofd valt opzij, mijn nekspieren kunnen het gewicht niet dragen. Het is alsof ik een pasgeborene ben. Ik probeer te praten, maar er ontsnapt een onsamenhangend geluid aan mijn keel en het vermengt zich met een verre brul die mijn oren nu kunnen horen.

Misschien ben ik net geboren. Dat zou verklaren waarom ik zo belachelijk hulpeloos ben en niks begrijp.

"Hier, ga liggen." Sterke handen leiden me naar een zachte, vlakke ondergrond. Nou, het grootste gedeelte van mij. Mijn hoofd eindigt op iets wat verhoogd en hard is, maar toch comfortabel. Geen kussen, daarvoor is het te hard, maar het is ook geen steen. Het object geeft niet echt mee. Het is ook vreemd warm.

Het object verschuift een beetje, en uit de wazige uithoeken van mijn geest, verschijnt het antwoord op het mysterie. *Een schoot*. Mijn hoofd ligt op iemands schoot. Te oordelen naar de staalachtige, goed gespierde dijen onder mijn pijnlijke schedel, is het een man.

Mijn hartslag gaat omhoog. Zelfs met mijn trage en verwarde gedachten, weet ik dat dit niet normaal voor me is. Ik doe niet aan een schoot of aan mannen. Dat heb ik tenminste in al mijn vijfentwintig jaar nog niet gedaan.

Vijfentwintig. Ik hou me aan dat stukje kennis vast. Ik ben vijfentwintig, geen pasgeborene. Aangemoedigd, zoek ik door meer van de verwarde draden, op zoek naar een antwoord op wat er gebeurt, maar het ontglipt me, de herinneringen komen langzaam, of helemaal niet.

Duisternis. Vuur. Een demon uit mijn nachtmerries die me komt opeisen.

Is dat een herinnering of iets wat ik in een film heb gezien?

Een naald die diep in mijn nek prikt. Ongewenste vermoeidheid verspreidt zich door mijn lichaam.

Dat laatste deel voelt echt. Mijn geest functioneert misschien niet, maar mijn lichaam kent de waarheid. Het voelt de dreiging. Mijn hartslag wordt intenser als adrenaline mijn aderen verzadigt. Ja. Ja, dat is het. Ik kan dit. Met kracht geboren uit groeiende angst, forceer ik mijn loodzware oogleden open en kijk omhoog in een paar ogen die donkerder zijn dan de nacht om ons heen. Ogen in een wreed knap gezicht dat me in mijn dromen en nachtmerries achtervolgt.

"Vecht er niet tegen, Alinyonok," mompelt Alexei Leonov. Zijn donkere stem bevat zowel een belofte als een dreiging terwijl hij zachtjes zijn vingers door mijn haar laat gaan en de kloppende spanning in mijn schedel wegmasseert. "Je maakt het alleen maar moeilijker voor jezelf."

De randen van zijn eelt plakken aan de klitten in mijn lange haar, en hij trekt zijn vingers eruit, om vervolgens zijn handpalm rond mijn kaak te buigen. Hij heeft grote handen, gevaarlijke handen. Handen die alleen vandaag al tientallen mensen hebben gedood. De kennis laat mijn maag zich omdraaien zelfs als een knoop van spanning zich diep in me ontrafelt. Tien lange jaren heb ik dit moment gevreesd, en eindelijk is het gebeurd.

Hij is hier.

Hij is voor me gekomen.

"Niet huilen," zegt mijn aanstaande echtgenoot zachtjes, terwijl hij de nattigheid op mijn gezicht met de ruwe rand van zijn duim wegveegt. "Het zal niet helpen. Dat weet je."

Ja, dat weet ik. Niets en niemand kan me nu helpen. Ik herken dat verre gebrul. Het is het geluid van een vliegtuigmotor. We zijn in de lucht.

Ik sluit mijn ogen en laat de wazige duisternis me meenemen.

HOOFDSTUK 2

11 JAAR EN 3 MAANDEN EERDER, MOSKOU

Er is een voorzichtige klop op mijn slaapkamerdeur te horen. "Alina, ben je daar? Kom op, het is tijd voor onze les."

Ja, fuck dat. Ik pauzeer het spel dat ik op de Wii speel en zet het volume op mijn iPod harder totdat "Get Low" door Lil' Jon & The East Side Boyz in mijn oren knalt, waardoor de vervelende stem van mijn leraar wordt buitengesloten.

Het geluid op de tv dempend, hervat ik het spel en stuur Mario langs de weg en negeer het constante geklop. Ik weet niet waarom ik de hele zomer Engels moet leren... alsof ik de afgelopen drie jaar niet op een kostschool in New Hampshire heb gestudeerd. Inmiddels is mijn Engels net zo goed als dat van mijn Amerikaanse klasgenoten, mijn Russische accent bestaat niet meer. Tuurlijk, mijn spelling en grammatica kunnen beter, maar ik ga naar de 2e klas van de middelbare school. Ik zal uiteindelijk al die stomme regels leren.

Het kloppen stopt, en ik adem opgelucht uit. Met een beetje geluk zal Dan — God, wat haat ik die naam — ons toegewezen uur besteden met naar mij te zoeken in alle hoeken en gaten van ons twee verdiepingen tellende penthouse in Moskou voordat hij er voor vandaag mee stopt. Hij kan ook bij mijn vader gaan klagen, maar wat maakt het uit? Ik heb liever dat papa tegen me schreeuwt dan dat Dan de hele tijd zo naar me kijkt.

Ik huiver als ik me die blik herinner. Ik zie het nu ik borsten heb gekregen constant in de ogen van mannen. Ze zijn niet groot of zo — sommige van de meisjes in mijn klas hebben al een D-cup of meer — maar jongens lijken het niet erg te vinden. Volwassen mannen ook niet, vooral niet als mama me make-up laat dragen. Wat dat betreft —

Er wordt weer op mijn deur geklopt, deze keer nog veel nadrukkelijker. Ik herken de cadans, zelfs door de muziek heen die in mijn oordopjes klinkt. Met tegenzin pauzeer ik het spel en zet het volume op mijn iPod zachter. "Ja?"

"Alinochka, ik ben het. Ben je helemaal aangekleed en klaar?"

Ugh, ik had gehoopt dat ze me zou vergeten. Ik haal mijn oordopjes eruit, zet de tv uit en spring omhoog. "Een momentje, mama!"

Ze negeert dat en duwt de deur open en stapt mijn

kamer binnen. Meteen worden haar ogen groter. "Wat heb je aan?"

Betrapt. Ik kijk met zoveel nonchalance als ik op kan brengen naar mijn joggingbroek en ruimvallende T-shirt. "Kleding."

Ze knijpt haar ogen tot spleetjes. "Doe niet zo bijdehand tegen me. Je weet wat ik bedoel."

"Prima." Ik zucht geërgerd. "Geef me even een momentje."

"Je hebt dertig seconden," zegt ze terwijl ik mijn kast binnenloop en de eerste jurk aantrek die ik kan vinden die ze waarschijnlijk geschikt vindt — een rode avondjurk die net zo sprankelend als ongemakkelijk is.

Ik weet niet waarom ik elke keer als papa gasten heeft deze troep moet dragen, maar mama staat erop. Iets over ons beste beentje voorzetten. In deze jurk lijkt het meer op mijn beste borst voorzetten. Serieus, zijn ze sinds vorige week groter geworden? Een grimas trekkend, probeer ik de zwellingen van vlees dieper in het korset-achtige lijfje te duwen, maar de ingebouwde push-up beha doet zijn werk te goed.

"Wat ben je aan het doen? Stop daarmee. Het hoort er zo uit te zien," zegt mama, die de kast binnenkomt om mijn handen weg te slaan. "Trek nu schoenen aan en dan zullen we je haar en make-up doen."

Schiet me nu maar neer. Ik doe een paar hoge hakken aan die bij de jurk passen en laat haar me naar de spiegel leiden, waar ze mijn lange haar begint te borstelen met alle snelheid en enthousiasme van iemand die vastbesloten is om het bij de wortels eruit te rukken.

"Auw!" Ik krimp ineen als de borstel aan een bijzonder wrede klit blijft hangen, maar ze negeert me weer. Ik denk dat dat is wat ik krijg als ik dit tot het laatste moment laat wachten.

Eindelijk is mijn haar glad en steil. Ik wou dat ik het in een paardenstaart kon doen, maar mama houdt ervan om het als een gitzwart gordijn op mijn rug te laten hangen. Ik ben geen fan van de kleur en droom van de dag waarop ik een aantal highlights mag toevoegen. Hopelijk volgend jaar.

Nu is de make-up aan de beurt. Ik kijk neerslachtig toe terwijl mijn bleke gezicht met een blos wordt opgefleurd. Mijn lippen worden in een glanzende rode pruillip getransformeerd en de katachtige kanteling van mijn groene ogen wordt met een vakkundige toepassing van eyeliner en mascara benadrukt. De enige onvolmaaktheid die overblijft, is mijn glimlach, met het kleine spleetje tussen mijn voortanden waarvan mama zegt dat ik er 'onderscheidend' uitzie.

"Zo, veel beter," zegt ze tevreden als ze klaar is, en ik moet me echt inhouden om niet te grimassen.

Het meisje dat me in de spiegel aankijkt is geen vreemde, maar iemand die ik niet mag. Helemaal glanzend, nep en *volwassen*. Met mijn bovengemiddelde lengte en mijn jurk die aan mijn pas gevormde rondingen vastplakt, zie ik er op zijn minst uit als zeventien, misschien zelfs als achttien. Als Dan me zo ziet, dan zal hij in zijn kwijl stikken. Net als een aantal van papa's gasten, die oude mannen met hun vieze complimenten, waar hij me zo graag voor laat paraderen.

Ik haat het. Ik haat het om zo'n glimmend, mooi object te zijn dat mama en papa als een pony naar buiten laten draven. Als ik mijn zin had, dan zou ik in mijn joggingbroek en T-shirts blijven zitten, *Mario* en *Zelda* spelen en de hele dag naar Kanye luisteren. Maar dat is niet het leven van een Molotov. Wij zijn het neusje van de zalm, of in ieder geval de olieachtige smurrie die in een pan soep drijft. De hogere kringen, zoals mama het graag noemt — of de top van de maffia hiërarchie, zoals ik het zie.

Vladimir Molotov, mijn vader, is stinkend rijk. Het soort rijk dat je in Rusland alleen door middel van minder dan smakelijke middelen kan worden. Mama denkt dat ik niet weet wat voor soort man hij is — tot wat voor soort mannen hij mijn oudere broers heeft opgevoed — maar ik weet het wel. Ik heb mijn hele leven haar ruzies met papa gehoord. Ruzies die de laatste jaren erger zijn geworden, al probeer ik daar niet aan te denken.

"We zouden je model moeten laten worden," zegt mama, terwijl ze een stap terug doet om me goedkeurend te bekijken, en deze keer trek ik wel een gezicht.

Ik hoop dat ze het alleen maar zegt, maar mijn moeder kennende, heeft ze mijn foto's al naar een modellenbureau gestuurd.

"Wie komt er vandaag?" vraag ik, voor het geval ze

de foto's nog niet heeft verstuurd. Misschien dat als ik haar afleid, ze dit vreselijke idee gewoon zal vergeten.

"Papa's zakenpartners?"

"Ja, en —"

"Vera!" Papa's diepe stem gonst van beneden. "Waar ben je? Ze zijn er."

Bij het geluid van haar naam, strijkt mijn moeder met haar handpalmen over haar jurk en voelt ze aan haar uitgebreide opgestoken kapsel om zeker te weten dat elk glanzend bruin haartje op zijn plek zit. "Ik kom eraan!" roept ze terug voordat ze me intens aanstaart. "Je komt over een half uur naar beneden om iedereen te begroeten, hoor je me? Hou de klok in de gaten en dwaal niet af in die domme spelletjes van je. Dit is belangrijk."

Ik rol met mijn ogen. "Ja, ja."

"Ik meen het, Alina. Ik heb geen tijd om hierheen te komen en je naar beneden te slepen."

"Ja, ik heb het begrepen. Ga nu maar." Ik maak wegwuivende bewegingen met mijn handen. "Papa wacht."

Met een laatste blik vertrekt ze, en ik plof op de bank en zet mijn spel aan.

Ik ben zo bezig met het verslaan van de volgende baas dat tegen de tijd dat ik naar de klok kijk, het al bijna een uur later is. Oeps. Ik ren naar de spiegel om er zeker van te zijn dat mijn make-up niet is uitgesmeerd, en dan haast ik me zo snel als de stomme hakken me toelaten de kamer uit.

Terwijl ik door de gang loop, hoor ik een rumoer van stemmen en dronken gelach van beneden komen. Ik kan me voorstellen dat de oude mannen en hun vrouwen, helemaal opgetut en geparfumeerd, hun kleffe toosten zeggen terwijl ze wodka en cognac achteroverslaan, terwijl ze het rijke aanbod van voorgerechten verslinden die onze chef-kok, Pavel, heeft bereid. Geen standaard *salat oliv'ye* hier; het is allemaal chique kaviaar en gourmet Franse kaas, elk gerecht zorgvuldig samengesteld om met onze macht en rijkdom te pronken.

Ik loop langs papa's studeerkamer als de deur openzwaait en een man voor me naar buiten stapt.

Geschrokken spring ik achteruit, en mijn linker hak landt de verkeerde kant op, op het tapijt. Ik schreeuw het uit, met mijn armen zwaaiend als mijn enkel pijnlijk dubbel klapt. Voordat ik op mijn kont kan vallen, grijpen sterke handen me bij mijn ellebogen en stabiliseren me. Dan kijk ik op in het donkerste paar ogen die ik ooit heb gezien.

De man die me vasthoudt, is gespierd en lang. Zo groot dat ik zelfs op mijn hakken omhoog moet kijken om zijn blik vast te houden. En hij is jong. Jong genoeg om een jongen genoemd te worden. Zijn lengte en de breedte van zijn schouders hadden me aanvankelijk voor de gek gehouden, maar hij kan niet veel ouder zijn dan mijn broer Nikolai, die net twintig is geworden.

Ik slik hard terwijl die donkere ogen over mijn gezicht gaan en even op mijn helderrode lippen blijven hangen. Mijn hart bonst en mijn huid voelt vreemd warm aan, vooral waar zijn vingers mijn blote armen vastpakken. Ik ben nog nooit zo fysiek close geweest met een man die geen familie van me is. Hoewel deze man-jongen lang niet zo belachelijk knap is als mijn broers, kan ik niet stoppen met naar zijn gezicht te staren, met zijn ruige, krachtig mannelijke gelaatstrekken. Er is iets wilds aan hem, iets ongetemds in de verwarde zwarte lokken die over zijn voorhoofd vallen en in de scherpe, bijna wrede lijnen van zijn kaak. Zelfs zijn eau de cologne, met zijn subtiele tonen van dennen en leer, doet me aan donkere winterwouden denken en aan de gevaren die erin schuilen.

"Gaat het?" vraagt hij zacht. Het diepe timbre van zijn stem is die van een man, niet die van een jongen. "Heb je je pijn gedaan?"

Het lukt me om met mijn hoofd te schudden, en dan laat hij me gaan. Ik doe meteen een stap achteruit. Mijn armen tintelen waar hij me vasthield, de koele lucht zweeft over mijn huid en vormt een schril contrast met de hitte van zijn aanraking.

Hij gaat met zijn ogen over me heen; de blik die erin te zien is, is duidelijk mannelijk en volwassen. Vreemd genoeg vind ik het niet erg. Voor het eerst ben ik blij dat ik er als zeventien, misschien zelfs achttien uitzie. Ik wou dat ik er als twintig uitzag. Ik trek mijn schouders naar achteren en ga rechtop staan, zelfs als er van de zenuwen een druppel zweet over mijn rug onder het strakke lijf van de jurk loopt.

Vindt hij het leuk wat hij ziet? Want dat zou ik wel willen. Ik wil het heel graag.

Zijn lippen vormen zich in een kwaadaardige grijs, als zijn ogen naar mijn gezicht terugkeren. "Wat is er, schoonheid? Ben je je tong verloren?"

Schoonheid? Hij vindt leuk wat hij ziet! Dan komt de betekenis van zijn woorden in mijn hersenen terecht, en ik realiseer me dat ik in totale stilte naar hem heb staan staren, als een overdonderde groupie. Een opvlieger verwarmd mijn gezicht. "Natuurlijk niet!"

Zijn ogen vernauwen zich, de kwaadaardige grijns valt van zijn lippen en ik wil onder het tapijt kruipen. Wat een domme, onvolwassen reactie. Erger nog, de woorden kwamen er in een piep uit, waardoor ik als een dom kind klonk in plaats van een jonge volwassene die dicht bij zijn leeftijd zit. Dat is wat ik ergens binnenkort zal zijn. Over vier of vijf jaar of zo.

Ik schraap mijn keel en laat mijn stem dieper klinken. "Wat doe jij in godsnaam hierboven?"

Zo. Dat klonk misschien als een achttienjarige. Een met een attitude. Volgens mij vinden oudere jongens dat leuk.

Er verschijnt een speculatieve glans in zijn ogen, vermengd met een vleugje amusement. "Wat doe *jij* hierboven?"

Ik gnuif. "Leuk geprobeerd. Dat is mijn kamer daar." Ik wijs met mijn duim naar mijn slaapkamer en kanaliseer papa als hij op zijn bazigst is. "Beantwoord nu mijn vraag. Wat doe je in het kantoor van mijn vader?"

Zijn stem wordt ijskoud. "Van je vader?" Een hard masker valt over zijn gezicht, alle hints van jongensachtigheid verdwijnen uit zijn gelaatstrekken. De man die nu naar me kijkt is net zo duister en gevaarlijk als mijn vaders handhavers. "*Jij bent* Alina? De dertienjarige dochter van Molotov?"

"Ik ben bijna veertien!" Verdomme, dat klonk alsof ik tien ben. Tot zover hem ervan overtuigen dat ik bijna net zo oud ben als hij, hoe oud dat ook mag zijn. Ik doe een beroep op generaties van Molotov-arrogantie en vraag zo hoogmoedig als ik op kan brengen, "Hoe oud ben *jij*?"

Eerlijk gezegd weet ik niet of ik het nog wil weten. Of dat ik nog bij hem in de buurt wil zijn. Terwijl de jongen me intrigeerde, maakt de man me bang. Er is spot in zijn donkere, bijna zwarte ogen te zien als hij nu naar me staart. Er is minachting en iets anders te zien... iets angstaanjagends.

Zijn stem wordt dodelijk zacht. "Dat gaat je niets aan, kleine meid. Ga naar je vader en vertel hem dat zijn plan niet heeft gewerkt. Ik trap niet in het aas, hoe mooi het ook verpakt mag zijn."

Aas? Waar heeft hij —?

Dan dringt het tot me door. Hij heeft het over *mij*.

Ik ben het fraai verpakte aas.

Mijn gezicht wordt weer heet, maar deze keer van

pure, onverdunde woede. "Fuck you. Ik ben geen lokaas."

"Ben je dat niet?" Hij gaat met zijn blik over me heen, er verschijnt een wrede kromming om zijn lippen. "Waarom zouden ze je anders zo gekleed voor me bungelen?"

"Niemand laat me bungelen!" Ik wil hem slaan. Ik wil zijn ogen uitkrabben. Mama vindt het leuk als ik er mooi uitzie, echt, maar het is voor haar en papa een statusding. Zoals de kaviaar en de chique kaas. Mijn broers moeten zich ook netjes kleden als we gezelschap hebben; zo zijn we opgevoed. Woedend ga ik met mijn blik over hem heen, van de bovenkant van zijn zwarte haar naar de glimmende punten van zijn schoenen. "Laten ze *jou* bungelen?"

Want hij is ook in avondkleding gekleed. Ik ben zo gewend om mannen in smoking en pakken te zien dat ik zijn kleren eerst niet eens had geregistreerd. Maar ze zijn mooi, net zo chique als alles wat mijn vader en broers dragen. Zijn zwarte smokingjas omhelst zijn brede schouders voordat het bij zijn magere taille taps toeloopt, en zijn broek past perfect bij zijn lange, atletische benen. Zijn overhemd is helder, glanzend wit en benadrukt de olijfkleur van zijn huid en het scherpe zwart van zijn vlinderdas. En daarboven — wacht, is dat een tatoeage die onder de gesteven kraag van zijn shirt uitkomt?

Hij geeft een korte, scherpe lach, maar er is geen amusement in het geluid, niets meer dan die wrede minachting. "Slim kind, hè? Een Molotov in de ware zin van het woord."

Ik knars met mijn kiezen. "Ik ben geen kind." Dan verwerk ik het tweede deel van zijn opmerking, en komt er een merkwaardig vermoeden bij me op. Ik vernauw mijn ogen tot spleetjes. "Wie ben je ook alweer?"

Hij maakt een spottende buiging. "Alexei Leonov, tot uw dienst."

En met die bom draait hij zich om en gaat naar de trap alsof hij alle recht heeft om hier te zijn.

———

IK BEN NOG STEEDS IN SHOCK ALS PAPA ME AAN DE GASTEN VOORSTELT DIE ROND DE LANGE EETTAFEL ZITTEN, terwijl mama me blikken toewerpt die vergelding beloven dat ik te laat ben gekomen. Geen van mijn broers zijn hier vandaag. Nikolai zit in het leger, Konstantin weigert naar deze evenementen te komen en Valery zit op de zomerschool in Amsterdam. Goed voor hen. Ik wou dat ik ergens anders was dan hier, bij *hem*.

Alexei Leonov.

Hij is hier ook niet alleen. Zijn vader, Boris, is vanavond ook de gast van mijn ouders, wat ongeveer net zo gek is als dat de Capulets bij de Montagues op bezoek gaan. Oké, misschien is dat te dramatisch — we zijn niet actief met de Leonovs in oorlog, en ik ben zeker geen Julia — maar onze families zijn verre van vriendschappelijk met elkaar. De vijandigheid gaat helemaal terug tot de tijd dat Alexei's grootvader de mijne erin had geluisd voor ontrouw aan het communistische regime en hem naar een Siberisch werkkamp had laten sturen. Mijn grootvader is na twee jaar op de een of andere manier ontsnapt en draaide onmiddellijk de rollen om naar zijn vijand, waardoor *hij* op een soortgelijke verzonnen aanklacht naar het werkkamp werd gestuurd.

Ja, het goeie ouwe Sovjet plezier.

Hoe dan ook, de Leonovs brengen niets goeds. Dat is al in me gestampt sinds ik oud genoeg was om te lopen. Ze zijn bijna net zo rijk en machtig als wij, maar ze missen onze verfijning en klasse. Ze zijn in principe extreem rijke misdadigers, hun rijkdom is door nog meer onsmakelijke middelen verworven dan de onze. In het verleden werd er tussen de ondergeschikten van onze families een behoorlijke hoeveelheid bloed vergoten, en in de afgelopen jaren kwam papa vaak in een vreselijke stemming thuis door iets wat de Leonovs hadden gedaan, zoals hem ondermijnen op een zakelijke deal of door een fabriek te saboteren.

Dit alles wil zeggen dat ik geen idee heb waarom de Leonovs hier zijn en waarom papa me aan zijn gezworen vijand voorstelt alsof ze de beste vrienden zijn.

"—is mijn jongste," zegt hij trots tegen Boris als ik me weer op hen afstem. "Is ze niet prachtig?"

"Ze wordt een model," zegt mama. "Alle modellenbureaus zijn in haar geïnteresseerd."

Fuck. Ze hebben de foto's wel gestuurd. Ach, whatever. Ik ben niet van plan om voor wat dan ook model te staan. Als ik groot ben, word ik ontwikkelaar van videogames. Konstantin heeft me al wat basis codeervaardigheden geleerd.

"Ja, mooi," beaamt Boris met een hese stem en hij bestudeert me zonder emotie met ogen die net zo donker zijn als die van zijn zoon.

Een onvrijwillige huivering glijdt langs mijn ruggengraat. Als Alexei me tegen het einde een beetje bang had gemaakt, dan maakt deze man me *doods*bang. Ik weet nu wat ik behalve de minachting in Alexei's ogen zag. Ik weet het, omdat zijn vader het uitstraalt.

Wreedheid. Duisternis. Ik voel het net zo lijfelijk als de koude streling van een mes.

Nu ik de man heb ontmoet, geloof ik elk eng gerucht dat ik over hem en over zijn zoons heb gehoord. Vooral over Alexei, de oudere.

Ik heb geprobeerd om hem niet aan te kijken, maar iets blijft mijn ogen naar zijn gezicht trekken — een gezicht zo hard en passief als dat van zijn vader. Er is geen spoor van herkenning in zijn koude, donkere ogen te zien, geen hint dat we elkaar al ontmoet hebben en dat hij me ervan weerhield om op mijn kont te vallen en me 'schoonheid' had genoemd.

Als ik eraan denk, tintelen mijn armen waar hij me vast had.

Ik zou papa moeten vertellen dat Alexei boven in zijn kantoor is geweest... maar om de een of andere reden kan ik me daar niet toe zetten. Alles aan die ontmoeting heeft me onrustig gemaakt, tot het punt dat het enige wat ik wil, is deze introducties overleven en me in mijn kamer verstoppen.

Helaas is dat niet het geval. Zodra de introducties voorbij zijn, laat mama me naast haar zitten aan tafel terwijl papa een lange toost uitbrengt over partnerschappen, vriendschappen en allerlei andere onzin. Wat nog erger is, is dat ik de hele tijd tegen de drang moet vechten om niet naar Alexei te staren, die doet alsof ik niet besta. Hij negeert me volledig en praat met een man van middelbare leeftijd die rechts van hem zit. Ivan nog iets, een politicus, geloof ik. Ik heb tijdens de meeste introducties niet opgelet.

Mama schept wat eten voor me op en schenkt een glas wijn voor me in, zodat ik samen met de volwassenen kan toosten. Ik neem plichtsgetrouw een slokje als papa eindelijk klaar is met de toost, en dan prik ik gedurende het komende half uur wat in mijn eten. Ik heb totaal geen eetlust.

"Alinochka, waarom eet je niet?" vraagt mama met een frons wanneer ze het merkt.

Ik haal mijn schouders op. "Je wil dat ik model word, nietwaar? Modellen eten niet."

Ze geeft me een donkere blik, en ik weet dat als er niet zoveel mensen om ons heen waren geweest, ze me de oren had gewassen. Voor nu glimlacht ze gespannen, alsof ik net een grapje heb gemaakt, en verandert ze het onderwerp naar onze aanstaande vakantie naar Cyprus.

Ik prik nog wat in mijn eten, voornamelijk voor

Pavel, die hard heeft gewerkt om deze gerechten te bereiden, en dan excuseer ik mezelf om het toilet te gebruiken. Ik hoop dat niemand het merkt als ik niet terugkom. Inmiddels zijn de meeste mensen hier dronken met al dat non-stop getoost.

De meeste, maar niet allemaal. Als ik vertrek, zie ik dat Alexei's ogen op me gericht zijn — ijzig donker en helemaal niet dronken.

Hij weet geloof ik wel dat ik besta.

Mijn borst voelt strak aan terwijl ik de trap op ren en me naar mijn kamer haast. Pas als ik de deur achter me sluit, kan ik diep ademhalen. Ik plof op mijn bank, doe mijn oordopjes in en zet mijn spel aan, maar het helpt niet.

Als ik twee uur later in slaap val, denk ik nog steeds aan onze ontmoeting, me nog steeds onrustig en vreemd onveilig voelend.

Hoofdstuk 3

Heden, locatie onbekend

Ik word wakker met verblindende zonneschijn en het geluid van oceaangolven.

Wacht, oceaangolven? Wat de fuck?

Ik open mijn ogen, een beweging die verrassend makkelijk blijkt te zijn. Mijn oogleden voelen niet meer aan alsof ze aan elkaar gelast zijn, mijn lichaam voelt ook niet meer extra zwaar aan, hoewel mijn mond pijnlijk droog is. De drugs die ik heb gekregen zijn uitgewerkt.

Tegen het felle licht knipperend, neem ik mijn omgeving in me op.

Ik ben in een grote, zonverlichte kamer met verschillende ronde ramen. De muren zijn allemaal van glanzend wit hout, net als het plafond. Het meubilair in de kamer is van hetzelfde hout gemaakt en is minimaal: een dressoir, een nachtkastje, een loungestoel in de hoek en het ruime bed waarop ik lig, dat met witte lakens is bedekt. Hoogwaardig

Scandinavisch, dat is de sfeer die ik ervan krijg — samen met een vleugje misselijkheid wat door het zachte schommelen onder me veroorzaakt wordt.

Een boot. Ik moet op een boot zitten.

Ik ga langzaam rechtop zitten en houd het bovenste laken tegen mijn borst. Ik ben in iets lichts en zijdeachtigs gekleed — een peignoir. Het laatste wat ik me herinner is dat ik een rode avondjurk droeg. Iemand moet mijn kleren hebben verwisseld, en ik weet precies wie die iemand is. Mijn hartslag gaat omhoog, mijn ingewanden raken in de knoop, zelfs als mijn gedachten vreemd kalm en ordelijk blijven.

Mijn eerste stap is om te bepalen of ik inderdaad op een boot zit. Ik werp een blik om me heen en ben opgelucht als ik een perzikkleurig zijden gewaad zie dat aan een haak aan de achterkant van een deur aan mijn linkerkant hangt. Het ziet eruit als iets wat ik zelf zou kunnen kopen, net als de bleke perzikkleurige peignoir die ik draag.

Het verbaast me niet. Alexei kent mijn smaak.

Mijn voeten op de grond zwaaiend, slik ik tegen de droogte in mijn keel en mijn oog valt op het flesje water op het nachtkastje. Ik pak het en drink het gulzig op.

Zo. Veel beter.

Ik zet de lege fles neer, schuif mijn voeten in een paar elegante huisslippers — weer vergelijkbaar met degene die ik leuk vind — en loop naar de deur om de badjas te pakken. Ik ben nog steeds vreemd kalm. Misschien zijn de drugs nog niet helemaal uitgewerkt?

Ik pak de badjas, doe de riem om mijn middel en loop naar een van de ramen.

Het is zoals ik dacht. Er is niets meer dan blauw water te zien.

Mijn hart slaat een slag over en spanning verzamelt zich bij mijn slaap.

Nee. Niet hoofdpijn. Daar kan ik nu niet mee omgaan.

Ik haal diep adem en dwing mijn gezichtsspieren om te ontspannen. Ik ben rustig. Volkomen kalm en Zen. Tuurlijk, ik ben ergens in het midden van de oceaan met de man die me de afgelopen tien jaar doodsbang heeft gemaakt, maar dat betekent niet dat ik in paniek moet raken, of wel? Met paniek zal ik niets bereiken. Ik moet nadenken. Ik moet me focussen.

Alleen luistert mijn lichaam niet. Mijn hart galoppeert bijna en mijn handen beginnen te trillen.

Alexei Leonov heeft me in zijn greep, en niets of niemand kan me redden.

Ik haal nog een keer diep adem en loop naar een ander raam, voor het geval ik van daaruit land kan zien.

Nee. Blauwe oceaan tot aan de horizon. Een ietwat onrustige oceaan ook. Ik zie de witte kammen op de golven en voel de boot onder me schommelen. Mijn misselijkheid wordt plotseling heviger, en ik draai me weg van het raam voordat ik zeeziek word.

Dat kan ik ook niet gebruiken. Helemaal niet.

Wat ik wel nodig heb is een badkamer, en die behoefte wordt met de seconde dringender.

Ik haast me naar de deur waar de badjas hing en draai aan de knop. Perfect. Een badkamer. Een mooie, luxueuze, wederom met die luxe Scandinavische vibe. Naast een grote douchecabine is er een ouderwets bad naast een ander rond raam dat veel licht binnenlaat.

Nadat ik voor mijn meest dringende behoeften heb gezorgd, zie ik een gloednieuwe elektrische tandenborstel — dezelfde die ik in Moskou gebruik — en poets ik mijn tanden. Dan spring ik onder de douche, ook al voel ik me helemaal niet zo vies. Wat vreemd is, nu ik erover nadenk. Het is al iets van een paar uur tot een paar dagen geleden dat Alexei me mee heeft genomen van mijn broers terrein, dus ik zou op zijn minst een beetje vies moeten zijn.

Hij moet me gewassen hebben toen hij me omkleedde. Dat is de enige verklaring.

Mijn ademhaling versnelt, en het kost me heel veel moeite om me vast te houden aan wat er nog aan kalmte over is. Ik heb geprobeerd niet aan Alexei's handen te denken die me aanraken, me uitkleden en de peignoir om mijn naakte lichaam doen, maar ik kan de beelden waarin hij me in bad doet niet uit mijn hoofd krijgen.

De beelden en de verontrustende manier waarop ik me voel.

Met de gedachte van hem in het achterhoofd, haast ik me door de douche, niet de moeite nemend om mijn haar te wassen, hoewel de hoekplank met mijn favoriete merk van shampoo en conditioner is gevuld. In plaats daarvan zeep ik snel mijn lichaam in en was ik mijn gezicht, en dan stap ik naar buiten en droog mezelf af met een pluizige handdoek die ook verdacht veel lijkt op degene die ik thuis had.

Ik wil de peignoir niet weer aantrekken, dus ik wikkel nog een handdoek om mijn romp en maak mijn licht vochtige haar glad met een borstel van varkenshaar — identiek aan degene die ik prettig vind, natuurlijk. Een zoektocht in de laden van de toilettafel onthult mijn favoriete merken van huidverzorging, make-up, en haar-styling tools. Na een moment van aarzeling, maak ik gebruik van alles, omdat ik me beter voel, meer in controle, als ik mijn schoonheidsmasker op heb.

Als ik klaar ben, zie ik er precies zo uit als altijd: vlekkeloze huid, rode lippenstift, kattenogen-eyeliner. Mijn vampierzwarte haar is lang en steil, glad gestyled tot een gladde glans. Het enige wat ik nu nodig heb, is mijn designerkleding, en ik zal me helemaal mezelf voelen. Of in ieder geval de zelf die ik de afgelopen jaren zorgvuldig heb gecultiveerd.

Ik klem de handdoek stevig om mijn borst en ga de slaapkamer in en blijf staan waar ik ben.

Als een demon opgeroepen door mijn eerdere gedachten over hem, staat Alexei Leonov voor me, met een wrede glimlach die om zijn lippen danst.

HOOFDSTUK 4

10 JAAR EN 9 MAANDEN EERDER, MOSKOU

"I k haat de kerstvakantie," zeg ik tegen Konstantin terwijl hij mijn nieuwe gamecomputer instelt. "Echt waar."

Zijn blik gaat niet van het scherm terwijl zijn vingers over het toetsenbord vliegen. "Haat je het om mij te zien?"

"Nee, gekkie, jou niet." Mijn oudste broer is mijn favoriet. "*Daar* heb ik het over." Ik draai met mijn vinger in de lucht om de opgeheven stemmen aan te geven die via de ventilatieopening mijn kamer binnenkomen.

Mijn ouders denken dat omdat de muren in ons penthouse dik zijn, niemand ze ruzie kan horen maken, maar dat kan ik wel. Ik hoor ze altijd.

Konstantin kijkt me eindelijk aan, zijn bruine ogen staan afgeleid achter zijn bril. "Ah ja, dat."

Hij gaat verder met het installeren van de software, en ik plof met een zucht op mijn bed. Hoezeer ik ook van Kostya hou, zijn emotionele IQ is ver beneden zijn geniale niveau van algemene intelligentie. Ik vraag me soms af of hij in het spectrum zit, zoals die jongen in mijn klas die briljant is, maar sociaal gezien niet vaardig is. Aan de andere kant, kan dit gewoon de manier zijn hoe mijn broer met de druk omgaat om de oudste Molotov-zoon te zijn, door zich voor de hele zaak af te sluiten. Gelukkig voor mijn ouders hebben ze Nikolai, die op al het sjacheren, dealen, en andere zakelijke onzin gedijt, en Valery, die, hoewel vreemd op zijn eigen manier, de machiavellistische eigenschappen vertoont die Papa aanbidt.

Ik, ik ben gewoon de dochter. Het enige wat van me verwacht wordt is er mooi uitzien en uiteindelijk goed trouwen, zodat de Molotovs nog rijker en beter verbonden worden. Hoera voor het feminisme. Misschien bereikt het over een eeuw of zo onze sociale kring in Moskou. Natuurlijk ben ik een waardeloze dochter, dus ben ik niet van plan om te doen wat er van me verwacht wordt. Ik heb het aanbod van het stomme modellenbureau om voor hen model te staan al geweigerd — iets waar mama woedend van werd, maar whatever — en ik ga zeker niet met een vervelende politicus trouwen alleen maar zodat papa een ander overheidscontract kan krijgen.

Ik ga naar een universiteit in de VS, computerwetenschappen studeren, en een baan zoeken bij een videospelletjesbedrijf zoals Nintendo. Het liefst in Japan of een andere coole plek. Rusland is echt niet mijn ding.

Er gaat een alarm af op mijn telefoon en het laat me schrikken.

Oh, shit. Ik was het bijna vergeten. *Dan.*

"Wat is dat?" vraagt Konstantin afwezig en ik zucht, terwijl ik het alarm het zwijgen opleg.

"Mijn Engelse les, wat anders?"

Een matige 7 voor een opstel, en dit is het resultaat: elke dag tijdens de vakantie een uur durende sessie met Dan. Ik haal tienen voor wiskunde en wetenschap, maar niet voor Engels, waarschijnlijk omdat ik liever in het Russisch lees. Ik vind Engelse grammatica en spellingpatronen net zo onbegrijpelijk als hoe Valery's geest werkt.

Met tegenzin trek ik mijn sweatshirt aan en ga naar de bibliotheek beneden, waar Dan op me wacht. Mama had tegen me gezegd dat als ik deze lessen oversla, ik dit komende semester niet naar mijn kostschool in New Hampshire zal terugkeren. In plaats daarvan zal ze me op een school in Moskou inschrijven, omdat, en ik citeer, "Je in Amerika duidelijk je tijd verspilt." Het maakt niet uit dat mijn Amerikaanse leeftijdsgenoten niet eens weten dat ik uit Rusland kom als ze met me praten, of dat veel van hen een 7 of erger krijgen voor hun essays en examens. Oh, nee, mijn geschreven Engels moet perfect zijn, anders ben ik tijd aan het 'verspillen'.

Ja, whatever.

Dan springt op zodra ik de bibliotheek binnenkom, met een brede grijns op zijn gezicht met sproeten.

"Daar ben je. Ik was al bang dat je je weer niet goed voelde."

"Nee, de hoofdpijn is weg," zeg ik en vecht tegen de drang om met mijn ogen te rollen terwijl hij als een echte heer een stoel voor me naar achteren trekt. Aangezien die stoel vlak naast hem staat, pak ik zelf een andere stoel aan de andere kant van de tafel. Op deze manier kan hij naar me staren, maar heb ik geen last van die toevallige elleboog- en handaanrakingen waar ik zo naar van word.

Serieus, waarom zijn mannen zulke engerds?

Ik veronderstel, objectief gezien, dat Dan Sutter niet lelijk is. Hij is midden twintig en lijkt op de volwassen versie van Ron uit *Harry Potter*. Hij werkt als assistent bij de Amerikaanse ambassade en geeft daarnaast rijke Russische kinderen les. Mama ontmoette hem op een van die politieke functies die zij en papa vaak bijwonen.

Ik heb overwogen om haar te vertellen dat Dan verliefd op me is, of het tenminste aan Konstantin te vertellen, maar ik wil niet dat papa en Nikolai het te weten komen. Ik kan niet vergeten wat er gebeurde toen ik twaalf was, nadat een van onze lijfwachten naar binnen was gelopen toen ik me aan het omkleden was en hij een paar seconden te lang bleef staan.

De man heeft enkele maanden in het ziekenhuis gelegen.

Ik wil niet dat dat Dan overkomt. Zelfs niet als hij een beetje een engerd is. In plaats daarvan doe ik alles wat ik kan om deze lessen te vermijden, zoals het veinzen van hoofdpijn en doen alsof ik de tijd ben vergeten — een strategie die mama, helaas, heeft opgemerkt. Vandaar de dreiging om me van mijn kostschool te halen en me hier fulltime te laten wonen.

Ja, nee, bedankt. Ik verdraag liever elke dag een uur met Dan tijdens de vakantie dan mama en papa het hele jaar door ruzie te horen maken.

"Vandaag gaan we zwevende bepalingen aanpakken," zegt Dan, en ik onderdruk een kreun.

Waarom? Waarom maakt iemand zich hier druk om? Wat maakt het uit of de bepaling zweeft — wat dat ook betekent?

Toch volg ik Dan plichtsgetrouw over wat een 'bepaling' is en waarom het een slechte zaak is als hij 'zweeft.' Ik denk dat ik het begin te begrijpen. Misschien. Het is zo'n saai onderwerp dat hoewel Dan met het enthousiasme van een veilingmeester praat die een onbetaalbaar schilderij ophangt, ik tegen de drang moet vechten om te gaan geeuwen. Om mezelf te helpen concentreren, staar ik naar Dans handen met sproeten terwijl hij ermee zwaait, vooral naar de grote, opzichtige ring aan zijn rechter middelvinger. Het is zo'n klas- of clubring. Die van Dan is van een Yale-broederschap, en hij moet echt trots zijn dat hij een oud-leerling is, want hij draagt het stomme ding de hele tijd.

Het geluid van stemmen in de gang bereikt mijn oren en leidt me even af. Heeft papa weer gasten?

"Hier," zegt Dan, die mijn aandacht naar hem terugbrengt. "Kijk of je de zwevende bepalingen kunt vinden en ze op kunt lossen." Hij schuift een vel papier over de tafel naar me toe.

Ik zucht en begin de zinnen te lezen die erop staan. *Being a princess, her hands were beautiful and white.* Dat ziet er prima uit. Tenzij... het impliceert dat haar handen een prinses zijn? Ja, misschien is dat een zwevende bepaling. Ik omcirkel het zwevende deel van de zin en schrijf in de lege ruimte eronder: *being a princess, she has hands that are beautiful and white.*

Yep. Dat klinkt beter. Gelukt.

Ik neem nog een paar voorbeelden door, en als ik omhoog kijk, kijkt Dan me aan met kwijl dat langs zijn kin loopt. Oké, niet letterlijk, maar dat is eigenlijk wat zijn uitdrukking zegt. Wat gewoon belachelijk is, omdat ik geen make-up draag, mijn haar in een rommelige knot zit, en mijn kleren volledig vormloos zijn. Mama zou een beroerte krijgen als ze me zo zag, maar ik doe Dan een plezier.

Ik wil niet dat hij in een ziekenhuis belandt of erger.

"Wat?" snauw ik als hij blijft staren en hij knippert als een geschrokken kikker.

"Oh, niks. Je — hebt alleen iets op je wang zitten."

Heb ik dat? Ik wrijf over mijn linkerwang. "Is het nu beter?"

"Nee, het is de andere — hier." Voordat ik kan reageren, reikt hij over de tafel en raakt mijn andere wang aan. "Gewoon een klein beetje pluis dat —"

Met een zacht piepje van scharnieren zwaait de deur van de bibliotheek achter me open en Dan trekt zich terug alsof hij door een kwal is gestoken.

Godzijdank. Ik ben geen gewelddadig persoon, maar ik stond op het punt om zijn hand weg te slaan.

Ik draai me om in mijn stoel en verwacht dat mama ons komt controleren, maar in plaats daarvan ontmoet ik een paar bijna zwarte ogen die sinds afgelopen zomer vaker in mijn gedachten zijn geweest dan ik zou willen toegeven.

"Neem me niet kwalijk," zegt Alexei Leonov gelijkmatig. "Ik wist niet dat deze kamer bezet was."

In tegenstelling tot de laatste keer dat ik hem zag, is hij nonchalant gekleed, in een donkere jeans en een zwart T-shirt, waarvan de ronde hals een deel van een tatoeage langs de zijkant van zijn nek laat zien. Een T-shirt, midden in de winter. Heeft hij samen met zijn jas zijn trui uitgetrokken, of denkt hij dat hij immuun is voor de ijzige kou buiten? Mijn blik valt op zijn gebruinde, gespierde armen, die ook versierd zijn met ingewikkelde tatoeages. Mijn ademhaling versnelt en mijn hart neemt een zwaar, bonzend ritme aan. Te laat registreer ik dat hij onder een van die armen een laptop vasthoudt, waarschijnlijk zijn reden om voor deze kamer te kiezen met zijn comfortabele tafel en stoelen.

Alleen... waarom zou hij in *onze* bibliotheek op zijn laptop werken? Of wat dat betreft in *ons* penthouse?

Hoe diep gaat papa's nieuwe vriendschap met de Leonovs?

Mijn blik naar Alexei's gezicht terugkerend, til ik mijn kin op en zeg zo koel als ik kan, "Zoals je kunt zien, *is* hij bezet."

Ik verwacht dat hij naar me kijkt, maar dat doet hij niet. Het is Dan die zijn aandacht trekt.

Dan, die zo rood is geworden dat zijn sproeten nauwelijks zichtbaar zijn.

"W-we zitten midden in een Engelse les," stottert hij ongemakkelijk in geaccentueerd Russisch. "Dus als je het n-niet erg vindt..."

Alexei beweegt niet. Zijn harde gelaatstrekken zijn uitdrukkingloos, maar wat Dan in zijn ogen ziet, zorgt ervoor dat het gezicht van mijn leraar van de kleur van gekookte kreeft naar die van een verdronken lijk gaat.

Normaal zou ik van Dans ongemak genieten, maar op dit moment, komt het haar in mijn nek omhoog. Want ik voel het. *Gevaar.* Het rolt in golven van Alexei af. Dat gevoel van gevaar, van nauwelijks ingehouden geweld, is zo tastbaar dat ik al bloed in de lucht ruik.

Ik heb geen idee wat er gebeurt of waarom, maar ik weet dat ik er een eind aan moet maken. Nu meteen. Voordat dat geweld losbarst. Mijn hart bonkt hoorbaar tegen mijn ribbenkast terwijl ik zeg, "Je kunt nu gaan."

Mijn toon is dominant, maar mijn stem klinkt te hoog. Alexei zou mij — waarschijnlijk — geen pijn durven doen, maar ik kan niet instaan voor wat hij mijn leraar aan zou kunnen doen.

Heeft hij gezien dat Dan me aanraakte? Is dat waar dit allemaal over gaat?

Die donkere ogen kijken mijn kant op, en koud zweet verzamelt zich onder mijn oksels. Er zijn maar zes maanden verstreken sinds ik hem voor het laatst heb gezien, maar er is in Alexei Leonov niets van de jongen over. Zijn kaak is nog harder, wreder gedefinieerd, zijn wangen slanker en zijn jukbeenderen prominenter. Er is geen spoor van zachtheid in zijn ijzige blik te zien, geen hint van de flirterigheid die het begin van onze eerste ontmoeting markeerde. De man voor me is koud en dodelijk, zo gevaarlijk als waar de Leonovs om bekend staan. Ik voel het aan mijn water.

Ik doe een beroep op al mijn moed en zeg nogmaals, "Ga. Nu meteen. We hebben het druk."

Iets duisters flitst over Alexei's gezicht, maar hij buigt zijn hoofd. "Zoals je wilt."

Hij gaat weg, sluit de deur achter zich, en voor het eerst sinds hij binnenkwam, ben ik in staat om diep adem te halen.

Ik ben ook niet de enige. Als ik me terugdraai naar Dan, krijgt hij weer wat kleur op zijn gezicht. Hij probeert zelfs te glimlachen, alsof hij een minuut geleden niet bijna in zijn broek stond te poepen. En opeens heb ik er genoeg van.

Voordat ik over alle mogelijke gevolgen na kan denken, plak ik een zoete glimlach op mijn gezicht en leun naar voren. "Begin maar te bidden dat hij het niet aan mijn vader of broers vertelt. Ik weet niet hoeveel je over mijn familie hebt gehoord, maar ze zijn *niet* zoals je andere werkgevers."

Dans gezicht wordt wit, rood, en weer wit, dat allemaal in een tijdspanne van vijf seconden. "Ik weet niet waar je het over hebt."

Mijn glimlach wordt breder. "Niet?"

Verdomme, dit is leuk. Waarom heb ik dit niet

eerder gedaan? Waarom heb ik besloten dat mijn enige opties waren om het mijn familie te vertellen en Dans leven in gevaar te brengen, of om zijn wellustige blikken en smerige kleine aanrakingen te tolereren? Er was altijd een derde optie, en nu ik dat besef, voel ik me een ton lichter. Ik denk dat ik Alexei moet bedanken dat hij me de kracht van angst heeft laten zien.

Als ik Dan niet had zien stotteren en doodsbang had zien worden bij de gedachte dat hij me had kunnen aanraken, dan had het me veel langer gekost om te beseffen dat ik hem kon bedreigen door hem te laten doen of niet doen — wat ik maar wil.

Mijn leraar slikt en zijn adamsappel beweegt op en neer. "H-het spijt me. Het zal niet meer gebeuren."

Nee, dat zal het zeker niet. Daar heb ik voor gezorgd.

————

DE VOLGENDE DAG KIJK IK BIJNA UIT NAAR MIJN ENGELSE LES. Na ons gesprekje heeft Dan zijn handen en ogen afgewend gehouden, tot het punt dat ik zijn naam moest roepen om hem mijn kant op te laten kijken — en zelfs toen was hij helemaal bleek geworden en vatbaar voor stotteren.

Ik hou ervan. Ik hou daar heel erg van. Zo moet het voelen om macht te hebben, om te weten dat jij degene bent die de controle heeft. Het is voor mij een nieuwe ervaring. Mijn hele leven is me verteld wat ik moet doen, wat ik moet dragen, waar ik naar school moet gaan en hoe ik me moet gedragen. Mijn ouders, mijn leraren, mijn broers — ze hebben allemaal macht en gezag over me. Dat had Dan ook, tot gisteren. Misschien is het daarom niet in me opgekomen dat ik iets kon doen om onze dynamiek te veranderen, zonder op mijn vader of broers te vertrouwen.

Ik dans nog net niet naar de bibliotheek als het tijd is voor de les. Vandaag staat de Oxford komma op de agenda en het testen van de grenzen van mijn nieuwe macht over Dan. Daarom heb ik mijn gebruikelijke baggy sweatshirt en joggingbroek achterwege gelaten ten gunste van een skinny jeans en een strak shirt met V-hals. Het is niet echt een chique designerjurk zoals mama wil dat ik draag, maar ik zie er goed uit. Ik draag zelfs een beetje make-up, wat ze zou goedkeuren.

Ik wil dat Dan in de verleiding komt om te staren, maar te bang is om het te doen. Het is mijn kleine wraak op hem voor al die keren dat ik het gevoel had dat ik na onze lessen moest douchen.

Ik moet voor het eerst vroeg zijn, want Dan is niet in de bibliotheek als ik binnenkom. Ik wacht een paar minuten en kijk af en toe naar de klok, maar hij komt niet.

Huh. Misschien heb ik hem voorgoed afgeschrikt?

Ik geef het nog tien minuten, en dan ga ik op zoek naar mijn moeder.

Ik vind haar in de keuken, waar ze met papa ergens ruzie over staat te maken. Als ik hun stemmen hoor, stop ik voordat ik binnenkom en luister, voor het geval ik bij iets groots binnen kom vallen. Maar nee. Ze ruziën over het menu van vanavond, zo lijkt het. Dat valt wel mee. Of misschien niet. Ze ruziën tegenwoordig over alles. Elke keer als ik na schooltijd thuiskom, hebben ze nog meer ruzie met elkaar. Het trieste is dat ik er vrij zeker van ben dat ze van elkaar houden, of tenminste, papa houdt van mama. Ik zie hem vaak naar haar kijken alsof hij haar aan zijn zijde vast wil ketenen. Maar misschien is dat geen liefde. Tenminste niet het soort waarover ze in boeken schrijven en wat ze in films laten zien. Het is meer dat hij niet zonder haar kan, en er is een deel van hem dat dat feit haat — en haar. Wat mama betreft, kan ik niet uitmaken of ze hem echt haat, of dat het allemaal deel uitmaakt van een wreed spel dat ze spelen. Soms zie ik *haar* naar hem kijken alsof hij haar hele wereld is, maar soms weet ik bijna zeker dat ze hem dood wenst.

Ja, mijn familie is prachtig. Allemaal leuk en normaal en lief.

De ruzie in de keuken lijkt af te nemen, dus ik besluit het te riskeren. Ik kom de hoek om waarachter ik me heb verstopt en roep, "Mama? Heeft Dan iets gezegd over dat hij onze les vandaag afzegt?" Ik stop bij het kookeiland en knipper overdreven. "Oh, hoi, papa. Ik wist niet dat je er was."

Ik verdien een Oscar.

Pavel, onze chef-kok die ook onze huishoudster is, af en toe een bodyguard, en nog meer af en toe een handhaver, werpt een zijdelingse blik op me vanaf het aanrecht waar hij groenten staat te snijden voor het avondeten. Hij trapt er niet in. Hij heeft me waarschijnlijk horen aankomen voordat ik überhaupt de bibliotheek verliet.

Ik glimlach naar hem. Pavel is hier mijn favoriete persoon — tenminste, als ik Konstantin uitsluit. Eigenlijk woont mijn oudste broer niet meer bij ons, dus ik hoef die verklaring niet te kwalificeren. Pavel is oud-militair, hij heeft met papa gediend lang voordat ik geboren werd — en hij heeft nog steeds alle gewoonten en manieren die hij in het leger heeft opgepikt. Hij runt ons huishouden als een drilmeester, met vaste tijden voor de maaltijden en zo. Hij is ook zo groot als een kleine vrachtwagen, heeft een gezicht dat op een gehavende baksteen lijkt en hij lijkt alle emoties van een machine te bezitten. Maar dat laatste is een façade. Ik zal nooit alle keren vergeten dat hij mijn geschaafde knieën verbond toen ik een kind was, noch alle traktaties die hij stiekem naar mijn kamer bracht als ik ergens overstuur over was.

Ik zie hem als mijn gigantische, niet zo knuffelige teddybeer... die op commando kan doden.

"Alinochka, je ziet er zo mooi uit," roept mama uit, terwijl ze mijn outfit goedkeurend van top tot teen bekijkt. "Is dat shirt nieuw?"

Papa staart haar aan. "Al haar kleren zijn nieuw, net als die van jou. Niemand van jullie draagt twee keer perfect goede shit."

Nou, hij is in een slechte bui. Ik kan de onuitgesproken 'ondankbare teven' na die 'jullie' horen. Ik vroeg me altijd af waarom mama hem niet gewoon verliet, maar nu ik ouder ben, begrijp ik dat ze dat niet kan. Zelfs als ze niet deze verknipte haat-liefde connectie hadden, is het niet aan haar.

Hij zou haar niet laten gaan.

"Waag het niet om dat soort taal in de buurt van onze dochter te gebruiken," sist mama naar hem. "Als ze elke dag nieuwe kleren wil, mag ze die verdomme hebben!"

Ugh. Daar gaan we weer. Mijn shirt is eigenlijk niet nieuw — ik heb het een paar keer naar school gedragen — maar alles wat ik in dat opzicht zeg, zal alleen maar olie zijn om op deze shitstorm te gooien.

Papa opent zijn mond, ongetwijfeld om haar over *haar* taalgebruik aan te spreken, dus zeg ik snel, "Mama, ik vroeg naar Dan. Hij is niet op komen dagen voor onze les."

Ze gaat van staren naar papa naar fronsen naar mij. "Is hij dat niet?"

"Nee. Heeft hij gezegd dat hij vandaag niet kon komen?" Ik ben geneigd te vragen of hij ontslag heeft genomen, maar dat kan in allerlei ongemakkelijke vragen resulteren.

"Dat heeft hij niet gedaan, nee," zegt mama, haar frons wordt dieper. Ze wendt zich tot papa. "Jij hebt niets gehoord, toch?"

"Nee," zegt hij. Zijn bovenlip komt omhoog. "Waarom zou ik?"

"Oh, ik weet het niet. Misschien omdat het de opleiding van je dochter is die op het spel staat — niet dat het je iets kan schelen, jij egoïstische klootzak."

Dat is mijn teken om te gaan. Ik trek een gezicht naar Pavel, die me meelevend aankijkt, glip uit de keuken en ga naar boven naar mijn kamer. Ik kan niet wachten tot deze stomme kerstvakantie voorbij is. Bij mijn ouders zijn is verschrikkelijk. Soms vraag ik me af hoe ze überhaupt samen zijn gekomen. Tuurlijk, papa is belachelijk knap in de manier waarop alle Molotov-mannen dat zijn — zelfs op zijn leeftijd staren vrouwen naar hem alsof hij hun favoriete smaak van ijs is — maar mama is ook mooi, en ik weet zeker dat ze opties had.

Ik dacht altijd dat het mijn schuld was, hun constante ruzies, maar de laatste jaren ben ik tot de conclusie gekomen dat ze samen gewoon giftig zijn. Dat hun liefde, als het dat is, giftig is.

Soms vraag ik me af of dat gif mij heeft geïnfecteerd... of ik voorbestemd ben om een even giftige relatie te krijgen.

———

Het is een uur later, als ik klaar ben met nog een level van *Zelda*, dat mijn gedachten naar Dan terugkeren. Waarom is hij niet op komen dagen? Zelfs als ik hem had afgeschrikt, had hij dan niet met een of ander excuus moeten bellen? Je laat de Molotovs niet zomaar in een opwelling zitten, tenminste niet als je hersens hebt.

Ik ga weer op zoek naar mijn moeder, en deze keer

heb ik geluk en vind ik haar in de mediakamer, waar ze in haar eentje naar een soap zit te kijken.

"Nog nieuws over Dan?" vraag ik.

Ze pauzeert de tv en schudt haar hoofd. "Ik heb geprobeerd hem te bellen, maar hij neemt niet op. Het gaat direct naar voicemail. Ik heb contact opgenomen met onze contacten bij de Amerikaanse ambassade, maar ze zeiden dat zij ook niets van hem hebben gehoord. Hij is vandaag niet naar zijn werk gekomen."

Huh. Tegen mijn wil in flitst mijn geest terug naar de dreiging die gisteren van Alexei afstraalde, en een rilling veroorzaakt kippenvel op de huid op mijn armen. Heeft Alexei gisteren iets tegen mijn vader gezegd? Of, nog minder waarschijnlijk, kan hij Dan zelf iets aangedaan hebben? Ik zie niet in waarom hij dat zou doen — ik ben niemand voor hem — maar misschien heeft het kwaad geen reden nodig.

Misschien ligt Dan op dit moment op de bodem van de Moskouse rivier.

"Bedankt, mama," zeg ik zo gelijkmatig als ik kan. "Laat het me weten als je iets hoort."

"Natuurlijk." Ze zet haar show weer aan. "Je vader is er al mee bezig."

Dat is goed. Dan zullen we snel iets horen.

Ik ga terug naar mijn kamer en speel mijn spel nog even voordat ik ga chatten met mijn vrienden van de kostschool. Dat houdt me bezig tot het tijd is om te gaan slapen. Het is een rusteloze slaap, gevuld met verontrustende dromen over zwarte, demonische ogen, en de volgende ochtend word ik moe en lusteloos wakker.

"Iets gehoord?" vraag ik mam tijdens het ontbijt en ze schudt haar hoofd en kijkt nadenkend.

"Het is alsof hij in het niets is verdwenen."

Mijn maag draait zich om, en de toast met pindakaas waar ik net een hap van heb genomen, smaakt naar zaagsel. Ik weet wat voor middelen papa heeft, en als hij nog steeds niets over Dans verdwijning heeft ontdekt, dan kunnen daar maar twee redenen voor zijn.

Of hij is niet aan het zoeken, omdat hij degene is die hem heeft laten verdwijnen, of hij staat tegenover iemand met vergelijkbare middelen.

Zoals de Leonovs.

"Ik ga naar Natasha lopen," zeg ik, terwijl ik mijn bord wegduw. "Ik heb hoofdpijn en frisse lucht kan helpen."

Dit keer is het geen leugen. Ik voel een band van druk rond mijn slapen, een band die met elke seconde strakker wordt. Het is een onbekende sensatie, en een die ik absoluut niet prettig vind.

"Natuurlijk," zegt mama. "Pavel heeft het druk, maar een paar bewakers zullen met je meegaan."

Ik knik en haast me om me aan te kleden. Ik moet hier weg voordat mijn hoofd ontploft. Ik app Natasha terwijl ik mijn jas aantrek. Ze antwoordt meteen, zoals verwacht. Mijn vriendin heeft altijd zin om iets samen te doen, maar zelfs als ze geen zin had, dan zou ik het excuus gebruiken om haar te bezoeken om het huis uit te komen.

Het is ijskoud buiten als ik onze wolkenkrabber verlaat en de bewakers volgen me zoals altijd op een discrete afstand. De koude lucht snijdt in de blootgestelde delen van mijn gezicht, maar dat vind ik niet erg. Het is in de winter in New Hampshire ook koud, dus ik ben eraan gewend.

Natasha's gebouw is maar een paar straten verderop, maar ik voel me tegen het einde van de wandeling beter. Zoals ik had gehoopt, heeft het inademen van de frisse, koude lucht de ergste druk rond mijn schedel weggejaagd. Misschien maak ik me zorgen om niets. Dan had misschien gewoon een noodgeval in zijn familie en misschien is hij in een vliegtuig terug naar de VS gestapt zonder het iemand te vertellen, inclusief zijn werk en werkgevers voor bijles.

Ja, tuurlijk. En aliens zijn gisteren op het Rode Plein geland. Niet te vergeten, mijn vader heeft nu ongetwijfeld alle vluchtgegevens gecontroleerd en zou het weten als Dan gewoon naar huis was gegaan.

Dat wil zeggen als mijn vader naar hem op zoek is.

Ik duw die onaangename gedachte uit mijn hoofd en ga Natasha's gebouw binnen en breng de volgende paar uur in haar appartement door, over iedereen roddelend die we kennen. Haar huis is bijna net zo mooi als ons penthouse, ook al zijn haar ouders lang niet zo rijk. Ze zijn multimiljonairs, maar dat is niets in onze kringen.

Sommige andere meisjes kijken daarvoor op Natasha neer, maar ik heb haar altijd gemogen, al sinds we op dezelfde exclusieve kleuterschool hier in Moskou zaten.

"Gaat het? Je lijkt er niet helemaal bij te zijn," zegt ze, en ik realiseer me dat ik haar vraag over mijn plannen voor de voorjaarsvakantie niet heb beantwoord. Ze wil dat ik met haar naar Ibiza ga, geloof ik. Of is het Belize?

"Ja, sorry. Ik heb slecht geslapen." Ik haal mijn vingers door mijn haar. "Ik denk dat ik een beetje down ben. Mama heeft vorig jaar tegen me gezegd dat ik kon gaan zodra ik op de middelbare school zat, maar ik zal het haar vragen en het je laten weten."

Natasha kauwt op een haarlok van haar blonde haar. "Ik hoop echt dat je mee kunt. Kristina gaat ook. En Vitalik."

Natuurlijk. Vitalik, Natasha is al sinds de kleuterschool verliefd op hem — hij heeft momenteel iets met Kristina, het krengerigste meisje dat we kennen. Zonder mij als buffer, zal Kristina Natasha levend opeten.

"Ik zal mijn best doen," zeg ik en ik sta op van de bank en bereid me voor om naar buiten te gaan.

"Excuseer me," zegt een ronde blonde vrouw terwijl ze de woonkamer binnenkomt. Ze is de huishoudster — Lyudmila, geloof ik. "Er is een bezorging voor Alina Molotova."

"Voor mij?" Ik kijk haar knipperend aan. "Maar ik woon hier niet."

Ze haalt haar schouders op en geeft me een zwarte

fluwelen doos, het soort dat vaak sieraden bevat. "Op het briefje staat dat ik het aan je moest geven, dus alsjeblieft."

"Open het," dringt Natasha aan. Haar blauwe ogen schitteren van opwinding. "Misschien is het van een geheime aanbidder."

"Hier in Moskou? Ja, tuurlijk." Ik wacht tot Lyudmila vertrekt, en dan maak ik de doos voorzichtig open.

Er zit een ring in.

Een grote, opzichtige mannelijke ring met het wapen van een Yale-broederschap.

De doos valt uit mijn zenuwachtige vingers. De ring valt eruit en rolt over de vloer.

"Wat is het?" vraagt Natasha gealarmeerd, maar ik ren de kamer al uit, achter Lyudmila aan.

"Het briefje," zeg ik dringend, terwijl ik haar bij de keuken inhaal. "Waar is het briefje?"

"Oh, uhm, wacht even." Ze pakt het van een stapel papieren op een van de aanrechtbladen. "Alsjeblieft."

Ik pak het en scan het verwoed.

Er staan maar twee regels:

Voor Alina Molotova.

- AL

HOOFDSTUK 5

HEDEN, LOCATIE ONBEKEND

"W at doe jij hier?" vraag ik, mijn kin opheffend.

Ik haat het dat mijn stem trilt en mijn handen zich verwoed aan de randen van mijn handdoek vastklampen alsof ik een maagdelijk meisje ben.

En dat ben ik ook. Daar heeft hij voor gezorgd.

De wrede ronding van Alexei's lippen verdiept zich, donker amusement danst in de diepten van zijn ogen. "Het is mijn boot."

"Ik bedoelde hier in mijn hut." Zo, het klinkt nu stabieler. Misschien kan ik deze situatie nog redden, mezelf wat meer tijd geven.

Hij trekt zijn wenkbrauwen op. "Het is ook mijn hut."

Mijn ingewanden draaien zich om van angst en iets veel verontrustenders. Tegelijkertijd gaat mijn ademhaling sneller, mijn huid prikkelt met die gevaarlijke hitte die ik altijd voel als ik bij hem in de buurt ben. Ik ben me terdege bewust van zijn grootte en kracht, van de manier waarop zijn dikke spieren onder het zachte katoen van zijn zwarte T-shirt bewegen en hoe zijn donkere, goed gedragen jeans zijn krachtig gebouwde benen omhelzen. Van de tatoeages die zijn onderarmen bedekken, die tegelijkertijd hun pezige kracht verbergen en benadrukken.

Hij was op zijn negentiende al intimiderend. Nu, op zijn dertigste, is hij een kracht om rekening mee te houden.

"Waar zijn we?' vraag ik zo gelijkmatig als ik kan. Ik wil niet dieper op het gedeelte 'mijn hut' ingaan, ik wil niet nadenken over wat hij daarmee bedoelt. Ik heb het gevoel dat ik er snel genoeg achter zal komen, maar in de tussentijd moet ik mijn gedachten op een rijtje krijgen.

"We zitten op een boot," antwoordt hij, terwijl zijn ogen sardonisch glanzen. "Mijn boot."

Ik klem mijn kaken op elkaar. "En waar is die verdomde boot?"

Hij maakt tsk-tsk-geluiden. "Wat een taalgebruik."

"Fuck you."

"Oh, absoluut." Hij grijnst en laat scherpe tanden zien die tegen de diepe kleur van zijn olijfkleurige huid extra wit lijken. De Leonovs hebben Siciliaans bloed in zich, en dat is te zien. Zijn ogen gaan over me heen, ze blijven op de plek hangen waar mijn handen de handdoek in een dodelijke greep houden. "Zeer binnenkort."

Mijn lichaam wordt tegelijkertijd warm en koud, en ik doe een onvrijwillige stap terug.

Dat is een vergissing. Als een roofdier dat op een vluchtende prooi reageert, komt hij achter me aan, met dodelijk zachte passen totdat hij recht voor me staat, zo dichtbij dat ik zijn rijkelijk mannelijke eau de cologne kan ruiken, met zijn kenmerkende tonen van dennen en leer. En de geur van de oceaan. De frisse, zoute lucht die uit zijn huid komt, is nieuw, en het doet me denken aan waar we zijn en hoe onontkoombaar mijn nieuwe gevangenis is.

Ik slik moeizaam en staar in zijn gezicht met harde gelaatstrekken terwijl hij zijn hand optilt en mijn haar naar achteren streelt en het achter mijn oor stopt. Zijn aanraking brandt als vuur, wat aan de onrust bijdraagt die in me woedt.

"Mijn lieve schoonheid," zegt hij zachtjes. "Denk je nog steeds dat je dit kunt uitstellen?"

Ik maak mijn lippen vochtig. Diep van binnen tril ik, en ik weet niet of het van angst is of van de helse hitte die me verteert. "Ik heb meer tijd nodig. Alsjeblieft."

Zijn ogen zijn bijna puur zwart. "Ik heb je een decennium gegeven."

Ja, dat heeft hij. Maar dat is niet genoeg. Honderd jaar zou niet genoeg zijn, en dat weet hij. Wat hij wil is alles waar ik bang voor ben.

"Alsjeblieft," probeer ik opnieuw, en of het nu het woord zelf is of de trilling in mijn stem, het schudden van zijn hoofd als antwoord is bijna spijtig. Bijna meelevend — zelfs als zijn woorden me met alle genadeloosheid doden waarmee hij de bewakers van mijn broer heeft vermoord.

"Er wordt niet meer gewacht, Alinyonok." Hij bedekt mijn gebalde handen met zijn grote handpalmen en trekt zachtjes een voor een mijn vingers open, totdat de handdoek die mijn lichaam bedekt alleen omhoog wordt gehouden door de hoek die ik in het materiaal over mijn borsten heb geduwd. Ik voel het langzaam wegglijden, zich uit zichzelf ontrafelen, maar hij wacht niet. Hij pakt mijn beide handen in een van zijn handen en trekt aan de handdoek, trekt hem mee tot hij op de grond valt. Waardoor ik naakt voor hem kom te staan.

De koele lucht stroomt over mijn pas gewassen huid, wat bijdraagt aan het gevoel van ijzige, hete naalden die mijn vlees doorboren en, op perverse wijze, de vloeibare warmte veroorzaakt die zich tussen mijn dijen verzamelt. Mijn tepels trekken zich in stijve, pijnlijke punten samen, en ik moet vechten om niet hulpeloos naar hem toe te zwieren als hij zijn hoofd buigt en de woorden met zijn warme adem op mijn oor drukt. "Het wordt tijd dat je je aan onze afspraak houdt."

HOOFDSTUK 6

Twee weken thuis. Dat is godzijdank het enige wat ik deze zomer hoef te tolereren. Nu ik vijftien ben geworden, laat mama me met mijn vriendinnen reizen en natuurlijk met onze bodyguards — en ik heb heel juni, juli en half augustus doorgebracht met het verkennen van Italië, Griekenland, Spanje en Frankrijk. Ik had graag met Natasha naar IJsland gegaan, maar om de een of andere reden stonden mijn ouders erop dat ik naar Moskou terugkwam, waarschijnlijk zodat ik meer van hun epische ruzies mee kon maken.

Ik probeer er niet bij stil te staan, bij de vijandigheid tussen hen die elke dag lijkt te groeien, maar het is onmogelijk om te negeren. Ik ben nog geen week thuis en ik heb mama al twee keer zien huilen. Papa is niet veel beter. Hij drinkt. En niet het soort drinken dat hij altijd doet, waar het om een glas of twee cognac gaat dat hij na het eten drinkt of een paar glazen wodka op een feestje. Nee, papa is deze zomer elke dag vanaf de middag dronken — en ik vraag me af of het mijn schuld is.

Gisteren hoorde ik door de ventilatieopeningen in mijn slaapkamer mama tegen hem schreeuwen, en ik hoorde dat mijn naam werd genoemd. Ik weet niet waarom, maar ik vermoed dat het iets te maken heeft met wat er tijdens de kerstvakantie met Dan is gebeurd. Ik heb niemand in mijn familie verteld dat ik Dans ring heb gekregen, maar op de een of andere manier zijn mijn vader en mijn broers erachter gekomen. Hoogstwaarschijnlijk heeft Lyudmila, Natasha's huishoudster, iets tegen mijn bewakers gezegd. Of tegen Pavel.

Blijkbaar gaat hij al een jaar met haar uit. Dat heeft mama me gisteren verteld.

Ik wil niet aan Pavel met Lyudmila denken, of aan iets wat met die kerstvakantie te maken heeft. Het is minder dan een maand geleden dat ik niet meer in koud zweet wakker ben geworden uit een nachtmerrie waarin Dans lichaam uit de Moskvarivier komt en met zijn handen zwaaiend naar me toe waggelt — handen minus de vinger met de ring. Niet dat ik een reden heb om te denken dat hij in de rivier ligt. Zijn lichaam is niet gevonden, hoewel ik niet weet of iemand echt heeft gezocht.

Nadat mijn vader me met de ring en het briefje confronteerde, had ik geen andere keuze dan hem het hele verhaal te vertellen, inclusief het deel over Dans avances. Papa was meer dan woedend. Op een gegeven moment is er misschien zelfs een vaas door de lucht gevlogen. Helaas was het grootste deel van zijn woede niet op mij gericht, maar op mijn moeder, omdat zij Dan had aangenomen en ik van haar lessen bij hem moest nemen. Hoezeer ik ook protesteerde dat *ik* de schuldige was, omdat ik niets had gezegd, wilde papa toch niet luisteren.

Hun ruzie was die dag zo verschrikkelijk dat ik het in mijn herinneringen heb geblokkeerd. Helaas kan ik de zielverpletterende wetenschap dat een man die ik kende door mijn schuld dood is, niet blokkeren.

Alexei Leonov heeft hem vermoord.

Ik begrijp zijn motivatie nog steeds niet. Het briefje niet en niets ervan. Ik begrijp ook papa's reactie op Alexei's betrokkenheid niet. Alle drie mijn broers waren woedend om te horen dat Alexei dit op zichzelf had genomen in plaats van onze familie het af te laten handelen, maar papa was er vreemd genoeg kalm onder. "Ik zal met hem praten," was het enige wat hij had gezegd, en dat was het laatste wat ik erover heb gehoord.

Ik wou dat ik zo rustig kon zijn, maar dat ben ik niet. Wetende dat het Alexei was die mijn leraar heeft laten verdwijnen kwelt me bijna net zoveel als mijn schuld over Dans dood. Ja, Dan was een engerd, maar hij verdiende niet wat hem door Alexei's handen is overkomen. En het *waren* Alexei's handen — dat had het briefje glashelder gemaakt.

Waarom had hij het met de ring meegestuurd? Zelfs als hij dacht dat Dan het verdiende om vermoord te worden, omdat hij mij had aangeraakt, waarom deed hij het dan zelf in plaats van gewoon iets tegen mijn familie te zeggen?

De enige verklaring die in me opkomt, is zo krankzinnig dat ik hem negeer zodra hij mijn gedachten binnendringt. Ik weiger zelfs die mogelijkheid te overwegen. Het is waar dat in onze wereld mannen dit soort dingen doen als andere mannen op hun grondgebied komen, of het nu om zaken of om vrouwen gaat. Maar dat is belachelijk.

Alexei ziet me niet als zijn territorium.

Toch moet mijn onderbewustzijn zich aan het idee hebben vastgeklampt, omdat mijn andere nachtmerries — degenen waaruit ik wakker word, terwijl ik me vreemd heet en ongemakkelijk voel — over een demon met zwarte ogen gaan die me komt claimen, zijn met bloed besmeurde handen omhelzen me en zijn kwaadaardige mond grijnst terwijl hij me naar beneden sleept, zijn angstaanjagende onderwereld in.

———

Ik heb nog maar drie dagen van mijn zomervakantie over als mama mijn kamer binnenkomt. Haar mooie gezicht is ongewoon bleek, haar ogen zijn rood en gezwollen onder haar make-up. Ze moet weer ruzie met papa hebben gehad.

"Alinochka, er is iets waar je vader en ik met je over moeten praten," zegt ze, haar stem heser dan normaal.

"Kleed je aan en kom over een half uur naar de bibliotheek, oké?"

Ik ga rechtop zitten op de bank, mijn hart begint sneller te kloppen. "Waarom? Wat is er aan de hand?"

Ze probeert te glimlachen. "Niets. We praten verder als je beneden bent, oké? En draag alsjeblieft een van je mooiere jurken. We hebben bezoek."

Ze gaat weg en sluit de deur achter zich, en ik staar er leeg naar voordat ik overeind spring. Ik heb geen idee wat er aan de hand is, maar mijn buik voelt strak aan en mijn borst is koud. Dit is niet normaal. Mijn ouders doen geen gezamenlijke gesprekken met mij. Als ze iets willen, dan praat mama altijd alleen met mij. Het moet iets groots zijn. Maar wat? Als ze het niet over bezoek had gehad, dan had ik gedacht dat mijn ouders eindelijk zouden gaan scheiden, maar ze zouden geen getuigen van dat gesprek willen. Tenzij het advocaten zijn? Maar waarom zouden ze willen dat ik er daarvoor goed uitzie?

Ik beweeg me op de automatische piloot en trek een jurk aan. Het is niet een van mijn chique avondjurken — het is pas elf uur 's ochtends — maar hij is schattig, iets wat ik misschien naar een zwembadfeest met mijn vriendinnen zou dragen. Ik breng ook wat make-up aan, zodat ik er niet zo bleek en bang uitzie. Vroeger haatte ik make-up, maar ik begin het nut ervan te begrijpen, het vermogen te waarderen om tekenen van stress en slapeloze nachten te verbergen.

Zo. Ik zie er fatsoenlijk uit. Als mijn handen nu eens niet zo ijskoud waren. Gelukkig heb ik nog een paar minuten voordat ik beneden moet zijn, dus ga ik naar mijn badkamer en warm ze op onder een stroom van warm water.

Eindelijk is het tijd om naar de bibliotheek te gaan. Ik trek een paar plateauhakken aan die bij de jurk horen en loop de trap af. Mijn hart bonst in mijn oren, en mijn geest tolt met allerlei onaangename mogelijkheden.

Wat als ze me van mijn kostschool halen om me naar een lokale te sturen?

Of — oh, God — wat als er iets met iemand in onze familie is gebeurd?

Nee. Echt niet. Dat zou mama me gewoon vertellen. Ze zou er geen grote toestand van maken. Toen mijn oma — papa's moeder — vijf jaar geleden aan een hartaanval was overleden, had mama het me meteen verteld. Nee, dit is iets anders, iets dat specifiek met mij te maken heeft.

Ik ben tegen de tijd dat ik de bibliotheek nader en op de deur klop ziek van de zenuwen.

"Kom binnen," roept papa.

Ik ga naar binnen. Onmiddellijk vallen mijn ogen op de twee gasten en schiet mijn hartslag de stratosfeer in.

Alexei Leonov en zijn vader.

Ze zitten tegenover mijn ouders aan tafel en kijken me met bijna identieke paren van donkere, koude ogen aan.

"Alinochka, kom alsjeblieft bij ons zitten," zegt

mama, een beetje onstabiel. "We hebben goed nieuws te bespreken."

Ik dwing mijn ledematen om zich te bewegen. Ze voelen vreemd aan, alsof ze niet van mij zijn. Het is alsof ik een pak van vlees en botten draag in plaats van mijn lichaam te bewonen.

Het pak gehoorzaamt echter mijn instructies, en ik ga naast mama zitten, mijn ogen op Alexei gericht, die recht tegenover me zit. Hij staart me met een onleesbare uitdrukking aan, zijn grote handen liggen in elkaar gevouwen op de tafel voor hem.

Ik slik hard en vecht tegen de drang om als een lafaard weg te kijken. En weer geeft zijn aanwezigheid me een afwisselend warm en koud gevoel. Is zijn gezicht altijd zo hard en gebeeldhouwd geweest, of is hij in de zes maanden sinds ik hem voor het laatst heb gezien nog volwassener geworden? Ik heb hem online gestalkt, dus ik weet dat hij net 20 is geworden. Door een bizar toeval zijn we tegelijk jarig — op 24 juli — waardoor hij precies vijf jaar ouder is dan ik. Als mijn oma nog leefde, dan zou ze zeggen dat dit betekent dat ons lot met elkaar verweven is, dat de draden van ons leven sinds onze geboorte met elkaar verweven zijn, maar dat is dom. Ik geloof niet in dat dorpsbijgeloof.

Papa schraapt zijn keel en ik richt mijn aandacht op hem, dankbaar voor een excuus om van Alexei's donkere magnetische blik weg te kijken.

"Alina," zegt papa ernstig. "Je hebt Boris Sergejevitsj Leonov en zijn zoon, Alexei, al eerder ontmoet."

Jaren van beleefdheidstraining drijven mijn reactie

aan. "Ja, natuurlijk. Nogmaals hallo. Fijn om jullie beiden te zien."

De oudere Leonov buigt zijn hoofd met een kleine glimlach die me de kriebels geeft, maar Alexei's uitdrukking verandert op geen enkele manier. Hij zegt ook niets terug. Hij kijkt naar me met die onleesbare blik in zijn onyxkleurige ogen.

"Zoals je weet, hebben onze gezinnen een geschiedenis die al lang teruggaat," zegt papa. "En een relatie die soms... omstreden is geweest." Wat hij echt bedoelt, is dat het een wonder is dat we hier allemaal samen zitten zonder bloed te vergieten.

Een soort reactie lijkt gerechtvaardigd, dus knik ik en druk onder de tafel mijn handen tegen elkaar. Ik heb nog steeds geen idee waar dit allemaal over gaat, maar mijn vingers voelen weer ijskoud aan.

"De wereld van vandaag is heel anders dan die van onze vaders," vervolgt papa. "Hij is zowel kleiner als groter. Hij biedt nieuwe uitdagingen en nieuwe kansen. Het zou dwaas zijn om vetes van tientallen jaren geleden in de weg te laten staan als we allemaal kansen kunnen grijpen, vind je niet?"

Vraagt hij dat aan *mij*? Ik werp een blik op mama, maar ze kijkt recht vooruit, haar lippen staan strak. Omdat ik niet weet wat ik anders moet doen, knik ik weer voorzichtig.

"Goed," zegt papa. "Dan begrijp je het. Onze families hebben een nieuwe start nodig, een manier om oude kloven te dichten en sterke fundamenten voor de toekomst te leggen. Een toekomst waarin, in plaats van rivalen te zijn, de Leonovs en de Molotovs partners zijn, die samen staan tegen deze snel veranderende wereld."

Ik kijk nog een keer naar mama. Ik begrijp niet waarom ik hier ben, waarom het klinkt alsof papa deze toespraak aan *mij* geeft. Zou Nikolai hier niet moeten zijn, aangezien hij degene is die papa aan het voorbereiden is om de zaak over te nemen? Of Konstantin als oudste? Of zelfs Valery, die pas zeventien is, maar al eng goed is in allerlei onzuivere dingen?

Mama kijkt nog steeds niet naar me, dus ik keer terug naar papa, die op de voordelen van een Leonov-Molotov-partnerschap blijft hameren, zowel vanuit financieel als politiek oogpunt. Het komt erop neer dat we allemaal nog rijker en invloedrijker worden, alsof de miljarden die we nu hebben niet genoeg zijn.

"Dus," zegt papa tot slot, "Boris Sergejevitsj en ik hebben het erover gehad en we hebben een oplossing bedacht die iedereen ten goede komt. De beste manier om langs oude kloven te komen, is door er een brug over te bouwen, een brug die ons nog tientallen jaren zal verenigen."

Hij kijkt naar Alexei en zijn vader, wat me dwingt om hetzelfde te doen. Het gezicht van Alexei blijft onleesbaar, terwijl Boris nog steeds op die verontrustende manier glimlacht.

Een bizar vermoeden begint zich in mijn hoofd te roeren, waardoor mijn maag zich nog meer omdraait.

Maar nee. Dat is onmogelijk. Zelfs onze families zijn niet achterlijk genoeg om —

"Kinderen zijn onze toekomst," zegt papa, en het is alsof er een gapende kloof onder me opengaat, de aarde zich met een brul scheidt die de volgende woorden die hij zegt bijna verdrinkt. Bijna, maar niet helemaal. Ze bereiken nog steeds mijn oren, de een nog onmogelijker te verwerken dan de volgende. "Jij, je broers, Alexei en zijn broers en zus — jullie zullen hier allemaal nog lang zijn nadat Boris en ik weg zijn. En jullie kinderen zullen hier na jullie zijn. Daarom is het belangrijk dat jij en Alexei trouwen, dat de band die onze families vormen niet alleen een zakelijk contract is, maar ook een van bloed."

"Trouwen?" Mijn vraag komt er tussen gevoelloze lippen uit terwijl ik Alexei's onbewogen blik ontmoet. Hij ziet er niet geschokt uit. Hij wist dat dit zou gebeuren. Ik ruk mijn blik van hem weg en wend me tot papa, mijn stem gaat in toonhoogte omhoog. "Wat bedoel je met 'trouwen?' Ik ben vijftien!"

"Niet nu, natuurlijk," zegt Boris, met zijn hese stem die over mijn zenuwuiteinden schraapt. "Jullie zijn allebei te jong. Het zal over een paar jaar zijn. In de tussentijd zullen jullie elkaar leren kennen."

"Nee. Echt niet." Mijn blik gaat van Boris naar mijn ouders terwijl ik op zoek ben naar een teken dat ze een grapje maken, dat dit een vreselijke grap is die ze hebben besloten om vanwege een ondoorgrondelijke reden met me uit te halen. Boris en papa ontmoeten mijn ogen zonder te knipperen, terwijl mama haar blik strak op de tafel houdt. Ik pak haar hand en dwing haar om eindelijk naar me te kijken. "Mama? Zeg me dat dit niet —"

"Alina." Papa's toon verhardt. "Dit staat niet ter discussie."

"Maar —"

"Het is voor je eigen bestwil, Alinochka." Mama's stem trilt, wat haar woorden tegenspreekt. Haar ogen zwemmen van de tranen terwijl ze naar me kijkt. "Dat is echt zo."

Het gebrul in mijn oren wordt heviger. Ze menen het. Dit is geen grap. Ze willen me aan Alexei uithuwelijken. Mijn ogen landen op zijn gezicht, dat nog steeds dat verdomde onleesbare masker draagt, en het kost me alles wat ik in me heb om niet over de tafel te reiken en hem door elkaar te schudden, om hem te zeggen dat dit krankzinnig is, dat dit op geen enkele manier kan gebeuren. Maar hij zegt niets. Wat betekent dat het aan mij is. Ik spring overeind. "Nee! Dat dacht ik verdomme niet. Ik doe het niet."

Papa staat op, zijn uitdrukking wordt donkerder. "Dit staat niet ter discussie, zei ik."

Ik gnuif. "Oh ja? Fuck deze shit." Ik draai me om, maar voordat ik de kamer kan verlaten, pakt papa mijn pols.

"Ga zitten." Zijn gezicht staat op onweer, zijn greep pijnlijk strak. "En let op je verdomde taalgebruik."

"Laat me los!" Ik probeer me uit zijn greep te draaien, maar hij is te sterk. Woedend draai ik harder met mijn arm, de adrenaline verzacht de pijn. "Laat me verdomme gaan!"

"Laat haar gaan. Nu." Alexei's stem is gevaarlijk vlak. Het is de eerste keer dat hij vandaag iets zegt, en zijn woorden hebben hetzelfde effect als de hamer van een rechter die hij in een onhandelbare rechtszaal neerslaat.

Ik verstijf instinctief en papa laat mijn pols vallen alsof het een slang is.

"Laat ons alleen," zegt Alexei en hij duwt zichzelf overeind om met een keiharde blik door de kamer te gaan. "Alina en ik moeten praten."

Voor een halve seconde is er alleen maar stilte. Ik verwacht niet dat een van de volwassenen gehoorzaamt, maar tot mijn schrik staat Boris Leonov op en volgt mijn moeder het voorbeeld.

"We komen over tien minuten weer bij elkaar," zegt papa. Zijn ogen vernauwen zich als hij naar me kijkt. "Gedraag je, hoor je me?"

Daarmee stapt hij de kamer uit en mama haast zich achter hem aan. Boris gaat als laatste. Zijn donkere blik blijft een lang moment op zijn zoon gericht, en dan vertrekt hij ook, ons alleen achterlatend in de bibliotheek.

Mijn knieën voelen plotseling zwak aan en ik zink in de stoel en wrijf over mijn kloppende pols. Ik tril van de adrenaline, mijn hartslag klopt in mijn oren. Ik heb nog nooit deze gewelddadige kant van mijn vader gezien. Ik weet dat bestaat, maar hij heeft me nog nooit pijn gedaan. Aan de andere kant, heb ik hem tot vandaag nog nooit ronduit getrotseerd.

Alexei gaat ook zitten en strekt één hand naar me uit, met zijn handpalm omhoog. "Laat me dat eens zien," beveelt hij.

Geschrokken, gehoorzaam ik en laat hem mijn pols zien, waar de huid rood en vlekkerig is. Tot mijn schrik pakt hij zachtjes mijn hand, een frons vormt zich tussen zijn wenkbrauwen terwijl hij hem alle kanten op draait. Zijn aanraking schokt me met zijn warmte. Zijn hand is donker tegen mijn bleke huid, zijn vingers lang en krachtig mannelijk. Mijn smalle handpalm en slanke vingers zien er in zijn greep kinderlijk uit. Een opwindende tinteling stroomt over mijn arm terwijl hij lichtjes met zijn duim over de stekende huid wrijft, de pijn verzacht en mijn ademhaling versnelt zich terwijl de verhitte sensatie zich door mijn lichaam verspreidt, met als hoogtepunt een pulserende, vreemd aangename pijn tussen mijn dijen.

Oh, fuck. Is dit hoe het voelt om opgewonden te zijn? Is opwinding wat ik bij hem heb meegemaakt?

Ik ben niet onwetend over seks — we hebben op school Seks Ed gehad, en ik heb online porno gezien — maar ik ben nooit op een date geweest en heb nooit een vriendje gehad. Dat heb ik nooit gewild, hoe erg mijn vriendinnen me ook uitlachen dat ik de middelbare school heb afgemaakt zonder zelfs maar een jongen te kussen. Natasha is al naar het derde honk gegaan met haar vriend van zes maanden, en een paar van mijn vriendinnen op school hebben volledige seks gehad. Maar ik ben er nog niet klaar voor. Ik wil geen schooljongens met hun slobberige kusjes en hebzuchtige strelingen. Misschien komt het omdat ik sinds mijn twaalfde door mannen van alle leeftijden ben bekeken, maar ik heb nog nooit iemand met een Y-chromosoom bij me in de buurt willen laten. Dat wil ik nog steeds niet, maar voor het eerst begrijp ik waarom andere meisjes dat wel willen.

Als kussen iets is als de gevoelens die Alexei's aanraking in mijn lichaam oproept, dan wil ik het misschien liever eerder dan later proberen.

Maar niet met hem. Nooit met hem. Zelfs als hij mijn leraar niet had vermoord, dan zou alleen al de reputatie van de Leonovs dit een no-go maken.

Ik trek mijn arm terug. "Het gaat prima."

Alexei's blik schiet naar mijn gezicht. "Het zal een blauwe plek worden."

"Ik zal er ijs op doen."

Zijn uitdrukking wordt gelijkmatiger. "Zoals je wilt. Laten we het nu over —"

"Deze waanzin hebben? Ja, laten we dat doen." Ik spring overeind als nieuwe adrenaline mijn systeem overspoelt. Het kan me niet schelen wat voor reactie ik op zijn aanraking of zijn nabijheid heb. Ik ga niet met hem trouwen, of met iemand anders die mijn vader voor me uitkiest.

Mijn man, als ik er ooit een zal hebben, zal mijn keuze zijn en van niemand anders.

Ik begin voor de tafel te ijsberen. "Dit is totale onzin, en je moet ze dat vertellen. Ze lijken naar je te luisteren, dus je moet harder praten en zeggen dat het niet gebeurt, dat het een belachelijk, barbaars iets is waar ze mee zijn gekomen, en dat geen van ons het wil." Ik kijk naar Alexei en zijn blik volgt me met die onleesbare uitdrukking. "Toch?"

Hij geeft geen antwoord.

Ik stop, plotseling veel minder zeker. "Toch?"

"Ga zitten," zegt hij en gebaart naar mijn stoel. "Er is iets dat je moet weten."

"Wat?"

Hij trekt zijn wenkbrauwen op en gebaart opnieuw.

Hijgend, plof ik in de verdomde stoel. "Wat?"

"De verlovingsovereenkomst is al ondertekend."

"*Wat*? Nee. Nee, dat is niet waar. Ze kunnen het niet zonder onze toestemming doen. Ze —" Ik stop bij zijn sardonische glimlach. "Kunnen ze dat?"

"Onze families kunnen alles," zegt hij zachtjes. "Dat weet je."

Een koude rilling verspreidt zich over mijn huid. Hij heeft gelijk. Ik weet dat hij gelijk heeft. In Rusland zijn de Molotovs en de Leonovs bijna almachtig. Misschien als we in de VS waren of ergens in Duitsland, dat ik een rechter of een politiechef had kunnen vinden die niet door één of beide van onze families is gekocht, maar niet hier in Moskou. Waarschijnlijk, nergens in Oost-Europa.

"Geen paniek," zegt Alexei, die de uitdrukking op mijn gezicht correct leest. "Dit gebeurt niet vandaag of binnenkort. Ik heb geen interesse in een vijftienjarige, voor een huwelijk of voor een date. Voor de nabije toekomst gaan we door zoals we altijd hebben gedaan en leiden we ons gescheiden leven."

"We zullen alleen verloofd zijn." Het woord klinkt vreemd op mijn tong, net zo middeleeuws als deze hele regeling is.

"Dat klopt." Hij kijkt me aan.

"Nee, het is niet goed! Zeg ze dat ze op kunnen rotten." Ik kan mijn stem omhoog horen gaan, als die van een gretig kind, dus klem ik mijn lippen dicht. Hoe graag ik dit ook niet wil, de wetenschap dat hij me als een dom kind ziet, dat het niet waard is om te daten, steekt me op de een of andere perverse manier.

Een sardonische kromming vormt zich weer om zijn lippen. "Je begrijpt het nog steeds niet. Het is gebeurd. We *zijn* verloofd. Het verbreken van de overeenkomst zou alleen maar nieuwe onenigheid tussen onze families creëren. Dat wil je toch niet, of wel?"

Ik knipper. "Nee, maar —"

"Dan gaan we er mee akkoord," zegt hij met finaliteit. "We nemen het dag voor dag. Wie weet waar we over een paar jaar zijn? Het leven is geen statisch beeld op een scherm. Het verandert de hele tijd, op manieren die we niet eens kunnen voorspellen. Je kunt vandaag al je energie steken in het vechten voor de toekomst, of je kunt wachten en zien of een gevecht de moeite waard is." Hij leunt naar voren, zijn ogen glinsteren. "In feite, als de tijd komt, zul je misschien merken dat je over die toekomst helemaal van gedachten veranderd bent."

HOOFDSTUK 7

HEDEN, LOCATIE ONBEKEND

Het wordt tijd dat je je aan onze afspraak houdt.

H Alexei's woorden weerkaatsen door me heen, wat kippenvel op mijn blote huid veroorzaakt. Of misschien is het de warmte van zijn adem tegen mijn nek en de wetenschap dat ik nergens naartoe kan rennen, dat ik na al die jaren dit spel met hoge inzet te hebben gespeeld het uiteindelijk ga verliezen. Maar misschien is het wel het beste. Ik ben het zat om te vluchten, zat om te vechten.

Ik begrijp nu dat deze man altijd voorbestemd was om me te vernietigen.

Het stond in de sterren geschreven op de dag dat we, precies vijf jaar na elkaar, geboren werden.

"Goed zo. Stop met ertegen te vechten," mompelt hij in mijn oor, terwijl hij zijn greep op mijn polsen loslaat, en pervers genoeg zijn het zijn woorden die me de kracht geven om het verraderlijke verlangen te weerstaan dat in me naar boven kwam, de verraderlijke

66

opwinding die mijn knieën liet knikken. Ik ben misschien niet meer die naïeve, dwaze dappere vijftienjarige, maar een deel van haar zit nog in me.

Met een schokkerige beweging draai ik me uit zijn greep en schiet om hem heen, achteruit naar het midden van de ruime kamer. Mijn hart slaat verwoed, en het kost me heel wat moeite om mijn armen niet om mijn naakte lichaam te wikkelen, om rechtop te staan terwijl zijn ogen een pad over mijn blote borsten en buik trekken voordat ze naar mijn gezicht terugkeren.

Zijn eigen gezicht staat strak van woeste behoefte, vlekken van kleur branden heet op zijn hoge jukbeenderen. Zijn stem is laag en hees. "Wil je het zo spelen?"

Ik maak mijn lippen vochtig. "Ik heb honger." Het is een leugen — ik ben eerlijk gezegd een beetje zeeziek — maar het is het enige wat ik kan bedenken om meer tijd te winnen.

Zijn neusgaten trillen, en ik voel de tegenstrijdige instincten in hem strijden. Op zijn eigen klote manier, geeft hij om me, om mijn comfort en welzijn. Hij wil me ook. Al sinds onze eerste ontmoeting, al wist ik het pas jaren later. Mijn nagels graven in mijn handpalmen terwijl ik wacht om te zien welke kant van hem wint.

Hij komt naar me toe, zijn stappen langzaam en weloverwogen. "Je hebt honger."

Ik trek me deze keer niet terug. Wat zou het voor zin hebben? Ik ben in deze kamer, op deze boot, volledig aan zijn genade overgeleverd. Mijn broers zoeken me, dat weet ik zeker, maar zelfs met alle middelen die ze tot hun beschikking hebben, zullen ze me niet snel vinden. Een boot is niets anders dan een bewegende vlek in een uitgestrekte oceaan.

Toch kost het me moeite om niet ineen te krimpen als hij voor me stopt en met gebogen vingers mijn kin omhoog kantelt. Ik ben me zeer bewust van mijn naaktheid, mijn kwetsbaarheid, vooral omdat hij nog steeds in de donkere kleren gekleed is die hij verkiest — niet dat hij zonder hen minder intimiderend zou zijn. Ik ben in lengte bovengemiddeld, maar hij is minstens een volle kop groter, zijn schouders zijn meer dan twee keer zo breed als de mijne, zijn spieren lijken uit staal gesneden te zijn.

Hij kan met me doen wat hij wil, en dat weten we allebei.

Me erbij neerleggend, ontmoet ik zijn blik met de kleur van donkere kolen en wacht tot hij over mijn lot beslist.

Hoofdstuk 8

HET SCHOOLBAL, staat er op de glanzende
banner als ik de sportzaal van mijn
middelbare school binnenkom, die tot een
balzaal is omgetoverd die een paleis waardig is. De
laatste popsongs klinken uit de speakers, en de sfeer is
vol van tienerhormonen en drama. Af en toe kun je,
ondanks de inspanningen van de begeleiders, ook een
vleugje wiet opvangen.

Ik zou hier niet moeten zijn, omdat ik nog een
junior ben, maar twee van mijn beste vrienden zijn
laatstejaars en ze hebben me gesmeekt om met hen
mee te gaan, dus hier ben ik dan.

"Jij bent ons aas voor leuke jongens," had Risha
tegen me gezegd. "We hebben je nodig."

Het is natuurlijk onzin. Risha is een opkomende
Bollywood-ster en ze is zo mooi als maar kan. Ze
maakt zich echter wel zorgen om me. Net als onze

vriend Giles. Hij vindt het onnatuurlijk dat ik bijna zeventien ben en geen enkele date heb gehad.

"Denk je dat je misschien aseksueel bent?" vroeg hij me een paar maanden geleden, met zijn Britse accent dat de woorden een zekere chique uitstraling gaf. "Het is helemaal cool als je dat bent."

"Mocht ik willen," had ik met een grimas tegen hem gezegd. "Helaas hou ik van pik, net als jij."

"Waarom neem je er dan niet een paar?"

"Dat zal ik doen. Op een dag." Als ik niet meer verloofd ben, maar dat kon ik hem niet vertellen. Geen van mijn vrienden op school weet van het middeleeuwse contract dat boven mijn hoofd hangt en een schaduw over elk aspect van mijn leven werpt.

Hoewel ik Alexei sinds die dag in de bibliotheek van mijn ouders niet meer heb gezien, kan ik hem en de bedreiging die hij voor mijn toekomst vormt niet vergeten. Ik ben bang voor elke verjaardag, want hoewel er geen werkelijke data zijn vastgesteld, weet ik dat achttien het meest waarschijnlijke moment is wanneer ik als "oud genoeg" zal worden beschouwd. Tenminste voor het daten, zo niet voor het huwelijk — en ik kan alleen maar raden wat daten met een man als Alexei Leonov in zal houden.

Ik heb natuurlijk tegen de verloving gevochten. Het maakt niet uit wat Alexei zei, ik kon de situatie niet zachtmoedig accepteren en wachten om te zien hoe het zich in de toekomst ontwikkelt. Drie dagen lang heb ik gehuild en gesmeekt; tot maanden later heb ik mijn ouders doodgezwegen. Keer op keer heb ik gezegd dat ik het niet zou doen en ze me niet kunnen dwingen. Het maakte allemaal niets uit. Het contract staat, en ook al is Alexei nog niet in mijn leven, ik weet dat hij dat binnenkort zal zijn.

"Daar ben je," schreeuwt Risha als ze me vanaf de dansvloer ziet. Ze zwaait als een gek. "Doe met ons mee!"

Ik zwaai terug. "Ik ga eerst een drankje halen!"

Terwijl ik me door de menigte duw, ga ik naar het verfrissingsstation. Er is natuurlijk punch, maar er is ook bruisend water, bruisend druivensap, kombucha en elke niet-alcoholische cocktail die je je kunt voorstellen, door een echte barman bereid.

Wanneer rijke kinderen feesten, kun je niet aan komen zetten met zoiets eenvoudigs als gekleurd suikerwater.

Ik neem een glas kombucha, vanwege het microbioom, en dan haal ik discreet een joint bij een man die ik ken. In het afgelopen jaar heb ik ontdekt dat ik van wiet hou. Het verzacht de angst die tegenwoordig altijd aan me knaagt.

Ik ben op weg naar het toilet om een snelle sigaret te roken als een lang figuur voor me stapt.

"Hallo daar."

Ugh, dit weer. "Hé, Josh," zeg ik met een oogrol.

Ik wist dat hij hier zou zijn — iedereen verwacht dat hij tot Koning van het Bal wordt verkozen — maar ik had gehoopt dat hij het te druk zou hebben met zijn vriendin om mij te versieren. Maar nee. Hij heeft de tijd gevonden.

"Ben je hier met iemand of ben je alleen?" zegt hij, terwijl hij een hand door zijn lange blonde haar haalt — ongetwijfeld om mijn aandacht te vestigen op hoe glad en glanzend het is. Zijn blik gaat over mijn lichaam, van de punten van mijn zilveren hakken naar de spaghettibandjes die mijn Givenchy-jurk omhoog houden, en de blik in zijn blauwe ogen maakt dat ik mijn lijfje omhoog wil trekken.

Dapper weersta ik de drang. "Ik ben met mijn vrienden."

"Oh ja?" Hij leunt grijnzend voorover. "Zal ik je rondleiden?"

"Nee, bedankt. Ik moet de hagedis uitlaten." Zo. Als dat zijn enthousiasme niet afkoelt, dan weet ik niet wat wel.

Voordat hij met een reactie kan komen, stap ik om hem heen en ga naar het toilet. Het is nog vroeg in de avond, dus het is nog niet vol met allemaal meisjes die stiekem alcohol aan hun virgin cocktails toevoegen. Ik vind een leeg hokje en steek de joint aan, van het scherpe, grasachtige branderige gevoel in mijn keel genietend als de rook diep mijn longen ingaat. Bijna onmiddellijk kalmeert het angstige gezoem van mijn gedachten, de spanning in mijn slapen kalmeert. Nog een trekje, en mijn geest wordt nog iets leger. Voor een paar gezegende momenten, vergeet ik dat het schooljaar snel voorbij zal zijn en ik terug naar huis in Moskou zal moeten. Naar de steeds meer escalerende ruzies van mijn ouders... dat ik deze zomer zeventien word, een jaar dichter bij de leeftijd die ik vrees en bij de man die ik vrees.

Wat het nog erger maakt, is dat ik zeker weet dat Alexei sinds die dag geen moment aan mij of aan het stomme contract heeft gedacht. Ik heb hem al bijna twee jaar niet gezien of iets van hem gehoord, en hij heeft zeker geen poging gedaan om me te leren kennen. Wat goed is. Hopelijk is hij me nu helemaal vergeten, en als de tijd daar is, dan zal hij onze vaders zeggen dat ze op kunnen rotten.

Ik zou die gedachte geruststellend moeten vinden — en dat vind ik ook — maar soms speelt mijn verbeelding een spelletje met me. Soms zou ik zweren dat ik zijn aanwezigheid in de buurt voel, alsof hij een geest is die boven me zweeft en me in de gaten houdt. Wat nog erger is, is dat elke keer als ik in de verleiding kom om "ja" te zeggen als een jongen me uit vraagt, ik me Dans ring herinner en er een "nee" mijn lippen verlaat.

Zou Alexei het weten als ik met iemand van mijn school uitging? En als hij dat deed, zou het hem dan iets kunnen schelen?

Ik zou graag denken van niet, maar ik kan het niet riskeren.

Ik kan niet verantwoordelijk zijn dat er door mij nog iemand verdwijnt.

Nog een paar trekjes en ik ben klaar met de joint. Mijn hoofd voelt zowel zwaar als licht, mijn gedachten zijn op een manier ontwricht die alleen wiet of veel alcohol kan bereiken. Ik ben vanwege mijn vader geen fan van dat laatste, maar ik word graag high. Ik hou van het gevoel dat ik er niet helemaal bij ben.

Soms, als de ruzies van mijn ouders bijzonder wreed worden, vraag ik me af hoe het zou zijn om er helemaal niet te zijn.

Ik duw de deur van het toilethokje open, stap naar buiten, was mijn handen en zorg ervoor dat mijn make-up op zijn plaats zit. Dan ga ik naar de dansvloer, waar ik Risha en Giles tegen hun respectievelijke crushes aan zie wrijven.

Natuurlijk. Ik had moeten weten dat dit hele "kom met ons mee, we hebben gezelschap nodig, omdat we geen dates hebben"-gedoe gewoon een truc was om me hierheen te krijgen. Ze hopen waarschijnlijk dat ik een beetje dronken word, een beetje high, en dat ik voor ik het weet, met een footballspeler achterin zijn vaders limo ga zitten zoenen.

Ja, leuk geprobeerd, jongens.

Ik ben echter een beetje high — oké, meer dan een beetje — dus ik laat me in de menigte van ronddraaiende lichamen meeslepen. Met mijn geest helemaal wazig, voelt de beat van de muziek verleidelijk, het pulserende tempo doet me aan de sensaties denken die ik voel als ik uit een van die nachtmerries over Alexei wakker word en mijn hand op de lege pijn tussen mijn benen druk. Als ik hard genoeg druk en een tijdje wrijf, groeien de gewaarwordingen totdat ze te zoet, te scherp zijn. Dat is wanneer ik me terugtrek.

Ik trek me terug, want als ik dat hoogtepunt nader,

dan zie ik zijn gezicht en vergeet ik waarom van hem zijn een vreselijk idee zou zijn.

De muziek verandert, er wordt een nieuw nummer gedraaid. Het is een van mijn favorieten. Ik sluit mijn ogen en laat de woorden over me heen spoelen terwijl de vertrouwde beat de bewegingen van mijn lichaam leidt. Iemand begint van achteren tegen me aan te rijden, zijn handen dwalen over mijn blote armen voordat ze mijn heupen vastklemmen om mijn kont tegen een groeiende mannelijke uitstulping te trekken. Het is dus een man. Ik voel zijn warmte. Hij ademt zwaar, hij zweet, maar voor de verandering stoot het me niet af. Ik zweef in de nevel van mijn geest, en laat de hypnotiserende beat me meenemen.

"Ja, goed zo, Alina!" Risha's opgewonden stem bereikt me boven de muziek uit, en ik lach, plotseling duizelig. Waarom heb ik dit niet eerder gedaan? Waarom heb ik mezelf opgesloten om als een non te leven, allemaal vanwege een belachelijk, onafdwingbaar stuk papier?

Ik ben niet verloofd.

Ik weiger dat te zijn.

"Schudden, meid," schreeuwt Giles en dat doe ik. Het is alsof er iets in me losgebroken is. Ik heb geen idee wie tegen me aan aan het rijden is, maar het kan me niet schelen. Het gaat niet om een of andere jongen. Het gaat om mij. Met mijn heupen met de muziek mee zwaaiend, open ik mijn ogen en de veelkleurige stroboscoopverlichting boven me mengt zich met de mist van de machines, wat aan het surrealistische gevoel bijdraagt dat me overspoelt. Ik ben mezelf niet meer. Ik ben iemand anders, iemand die ik niet herken. Iemand die wild en vrij is.

De man achter me begint harder tegen me aan te rijden. Hij wordt brutaler, beweegt zijn handen van mijn heupen naar mijn ribben en dan hoger, hoger... "Fuck!" roept hij, plotseling verstijfd, en tot mijn ontsteltenis herken ik de stem van Josh. Voordat ik kan reageren, word ik omgedraaid en door een sterke hand om mijn bovenarm van de dansvloer gesleept.

Ik ben zo verbijsterd en gedesoriënteerd dat ik er in het begin niet tegen vecht. En tegen de tijd dat ik dat wel doe, ben ik al in een donkere hoek van de sportzaal weg van de drukte, afgeschermd van het zicht door tribunes die bedekt zijn met decoratieve spandoeken. Een lang, breed figuur in een smoking hangt over me heen.

"Wat —" begin ik, ik knipper en verstijf vervolgens in shock als ik de donkere ogen en de harde gelaatstrekken van de man voor me herken.

Alexei Leonov.

Mijn aanstaande.

En hij is woedend.

Zijn stem is een lage, donkere grom. "Wat denk je verdomme dat je aan het doen bent?"

"Wat?" Ik worstel met mijn onsamenhangende gedachten in een schijn van coherentie. Is dit echt, of heb ik veel te veel gerookt? Alexei kan hier niet zijn, op mijn schoolfeest. *In New Hampshire.*

Hij laat mijn arm los en pakt mijn kaak in één grote

hand om mijn gezicht de ene kant op te draaien, dan de andere, de hele tijd aandachtig in mijn ogen kijkend. "Je bent verdomme high." Hij klinkt zowel verafschuwd als vol ongeloof.

"Eh, ja." Wacht, had ik het moeten ontkennen? Verdomme. Dit gebeurt echt. Maar hoe? Waarom? Wat doet hij hier? Het komt bij me op dat ik dat laatste waarschijnlijk hardop moet vragen. "Wat doe jij hier?"

Zo. Ik klink bijna normaal. Maar dat ben ik niet. Ik ben zo high als wat, en niets aan deze situatie is normaal. Ik danste met Josh — getver — en toen... Oh shit. De adrenaline verwijdert een deel van de mist in mijn hersenen, en afschuw stroomt naar binnen als Alexei zijn greep op mijn kaak verstevigt, mijn wangen in een pruillip knijpt, en zijn hoofd over me buigt, zijn ogen brandend als levende kolen.

"Je danst verdomme niet met andere mannen." Elk woord komt mijn oren binnen als de bijl van een beul. "Je kijkt niet naar ze en je laat ze je onder geen verdomd beding aanraken. Je bent contractueel en op elke andere manier van mij. Begrepen?"

Ik ben zo geschokt dat ik als antwoord alleen maar kan knipperen. Het moet niet genoeg zijn, want hij komt met zijn gezicht dichterbij, totdat onze neuzen amper vijf centimeter van elkaar verwijderd zijn. Zijn neusgaten bewegen gevaarlijk. "Zeg verdomme dat je het begrijpt."

Met de manier waarop hij mijn kaak vasthoudt, kan ik niets zeggen, dus ik maak slechts een "uh-huh"-geluid achter in mijn keel. Ik voel het onderdrukte geweld in hem, de woede die op het punt staat over te koken, en mijn hartslag schiet omhoog, waardoor meer van de nevel in mijn hersenen verdwijnt.

Dit is geen nachtmerrie of mijn verbeelding die trucjes uithaalt. Dit gebeurt echt. Hij is hier, in levenden lijve.

In tegenstelling tot wat ik had gehoopt, is hij me niet vergeten.

Mijn laatste poging om te antwoorden moet hem vermurwen, want zijn greep op mijn gezicht wordt iets zachter. Hij laat me echter niet gaan, en hij haalt zijn gezicht ook niet weg. In plaats daarvan gaat zijn blik naar mijn lippen, nog steeds pruilend door zijn vingers die in mijn wangen knijpen, en een ander soort spanning dringt zijn krachtige lichaam binnen. Ik kan het voelen, de hitte die van zijn huid opstijgt, de manier waarop zijn ademhaling zwaarder wordt, ongelijkmatiger. Mijn eigen ademhaling verdwijnt als reactie, een warme vermoeidheid die door me heen gaat, mijn knieën laat knikken en mijn kern vloeibaar maakt. Elke droom, elke nachtmerrie die ik ooit over hem heb gehad, is plotseling levendig in mijn gedachten, net als die zoete, scherpe sensaties die ik weiger om tot hun natuurlijke conclusie te brengen. Omdat *hij* verantwoordelijk voor hen is. Hij is de enige die me ooit zo heeft laten voelen.

"Zou je hem je laten kussen?" Zijn stem is hees als hij zijn hoofd naar beneden brengt totdat zijn mond net boven de mijne hangt. Zijn adem is warm en smaakt als kaneel tegen mijn lippen. "Ging je hem je laten neuken?"

"N-nee." Ik weet niet echt wat ik zeg. Ik zou alles zeggen om zijn lippen op de mijne te voelen. Ik tril van de kracht van mijn behoefte, mijn hart gaat zo hard tekeer dat het het enige is wat ik kan horen. Mijn eerste kus. Ik wist niet dat het mogelijk was om iets zo graag te willen. En hij wil het ook. Hij moet wel. Hij zal nu toch ieder moment —

Hij laat zijn hand vallen en doet zo plotseling een stap achteruit dat het me laat schrikken. "Goed. Niet doen." Zijn toon is schokkend koud en hard. "Je bent mijn verloofde en ik deel niet. Nooit."

Daarmee draait hij zich om en loopt weg, me tot in mijn kern geschokt achterlatend. Gedurende de rest van de avond zie ik hem of Josh niet meer.

Sterker nog, ik zie Josh nooit meer, en niemand ziet hem nog.

Net als mijn leraar, is hij gewoon verdwenen.

HOOFDSTUK 9

HEDEN, LOCATIE ONBEKEND

Alexei's ogen zijn zo zwart als de nacht als hij naar me kijkt. Zijn kaak beweegt en als de stilte tussen ons zich uitstrekt, weet ik zeker dat zijn basis verlangens zullen overwinnen. Ik heb het fout. Hij laat me gaan en doet een stap achteruit en laat zijn hand zakken.

"Laten we je dan te eten geven," zegt hij, met zijn droge toon die me vertelt dat hij weet dat het van mijn kant gewoon weer een tactiek is om te rekken.

Het kan me niet schelen. Ik heb meer tijd gewonnen. "Ik heb kleren nodig," zeg ik, trots op hoe rustig ik klink. "Waar kan ik —"

Hij gebaart naar een schuifdeur. "In die kast zit alles wat je nodig hebt."

Oké, dus hij is niet van plan om me naakt te houden. Jippie. Soms moet je de kleine dingen vieren.

Ik haast me naar de kast voordat hij van gedachten verandert. Mijn gezicht wordt heet als ik zijn ogen op mijn blote achterkant voel. Mijn kont is mooi gevormd — ik heb de afgelopen maanden veel wandel- en gymtrainingen gedaan — maar ik vraag me af of hij beter gezien heeft. Iets beters heeft aangeraakt. Ik heb geen reden om te denken dat hij net zo trouw aan mij is geweest als dat ik gedwongen ben om aan hem te zijn.

Het is een gedachte die, zoals altijd, mijn aderen met zuur vult.

Het onderdrukkend, schuif ik de schuifdeur open en stap in een walk-in-kast die bijna net zo groot is als wat ik op Nikolais complex had, hoewel geen van beide te vergelijken is met de ruime kamer die mijn kleren en accessoires in Moskou herbergt. Toch is de selectie hier behoorlijk goed. Ik vind jurken en hakken van veel van mijn favoriete ontwerpers, samen met ongeveer een miljoen badpakken, casual zomerjurken, shorts, T-shirts, en een ruime selectie van platte sandalen en slippers.

Het is verleidelijk om iets casuals en comfortabels aan te trekken, maar in plaats daarvan pak ik een cocktailjurk. Het is van zware groene zijde met een hartvormig decolleté en wijd uitlopend knielange rok. Het zal daardoor lijken of ik mezelf onder controle heb. Meer de controle heb.

Dat is iets wat ik nu hard nodig heb.

Ik vind in een ingebouwde lade in de hoek geschikt ondergoed — een strapless groene beha en bijpassende string — en kleed me snel aan. Een paar nude hakken maken de look compleet.

Als ik naar buiten stap, kijkt Alexei uit een raam, zijn handen zijn achter zijn rug met elkaar verweven. Als hij mijn voetstappen hoort, draait hij zich om en bekijkt me langzaam van top tot teen, zijn ogen een brandend pad over mijn lichaam trekkend. "Mooi, zoals altijd."

Ik heb al duizend keer een versie van dit compliment gehoord, maar de heimelijk geuite woorden klinken anders als ze van hem komen. Duisterder. Enger. Er zit bezitterigheid in zijn toon die me koude rillingen geeft. Hij kijkt me niet met waardering aan, maar met tevredenheid, het soort dat de eigenaar van een duur schilderij zou kunnen laten zien wanneer hij het aan zijn muur ziet hangen.

En dat is eigenlijk wat ik voor hem ben. Een bezit. Een trofee die hij eindelijk aan zijn muur kan hangen.

Een trofee die hij heeft gewonnen door alleen al deze week tientallen mensen af te slachten.

"Dank je," antwoord ik koel en ik onderdruk een rilling. "Waar gaan we eten?"

Een spottende glimlach buigt zijn lippen terwijl hij zijn hand in een onmiskenbare uitnodiging uitstrekt. "Kom, ik zal het je laten zien."

Het is een test, een uitdaging. Hij daagt me uit om me te verzetten, om vanwege dit kleine iets ruzie met hem te maken, zodat hij een excuus heeft om iets ergers te doen. Nou, hij heeft pech. Ik houd mijn hoofd omhoog terwijl ik dichterbij kom en mijn handpalm in de zijne plaats. Mijn hart springt in mijn keel als zijn sterke vingers zich om de mijne sluiten, zijn greep warm en opwindend, maar ik houd mijn gezicht zorgvuldig leeg. Ik laat hem niet zien hoe zijn aanraking me beïnvloedt als hij me uit de kamer leidt.

Buiten is een gang van ongeveer twee meter breed met aan weerszijden meerdere deuren. Rechtdoor is een wenteltrap. Terwijl we er naar toe gaan, loop ik voorzichtig; het op en neer deinen van de boot onder me geeft me het gevoel dat ik voor het eerst hoge hakken draag.

Dat is waarschijnlijk de reden waarom er zo'n grote selectie van platte schoenen in mijn kast staat. Als de zee nog meer gaat deinen, dan zal ik ze nodig hebben.

Alexei houdt me vast bij mijn elleboog en leidt me de trap op. We komen uit op een lang, breed dek. De zon verblindt me even — ik had een zonnebril uit de kast moeten pakken — maar hij leidt me onder een overhang die schaduw biedt en mijn ogen passen zich genoeg aan om onze omgeving in me op te nemen.

Zoals ik al vermoedde, zitten we op de open oceaan. Donkerblauw water omringt ons en strekt zich uit zover het oog reikt. Boven ons, bij de boeg van de boot, is nog een dek, een kleinere. We zitten op een jacht, het lijkt erop dat het groot en luxueus is, maar niet buitensporig. Dat is slim van hem. Als mijn broers een boot zoeken, dan zal deze minder snel op hun radar opkomen dan een superjacht van zevenhonderd miljoen dollar.

Dieper onder de overhang is een ronde, met tafelkleed bedekte tafel met twee gedekte plekken en twee stoelen. Alexei leidt me ernaar toe en trekt een stoel voor me naar achteren — het gebaar van een heer dat de waarheid van onze situatie loochent. De sardonische kanteling van zijn lippen zegt me dat hij dat weet.

"Dank je," zeg ik. Want waarom niet? Als hij een hoffelijke gastheer wil spelen nadat hij me ontvoerd en gedrogeerd heeft, wie ben ik dan om hem tegen te houden? Ik ga sierlijk zitten, pak een netjes gevouwen wit servet van de tafel en spreid het over mijn schoot, alsof we op een date zijn in een leuk restaurant. Ondertussen loopt hij om en pakt hij de andere stoel.

Voetstappen klinken links van me en ik draai mijn hoofd om en zie een man naderen. Hij is lang, mager en witharig, gekleed in een wit-blauw uniform en hij heeft de diep gebruinde, leerachtige teint van iemand die het grootste deel van zijn leven buiten doorbrengt. Bij het bereiken van de tafel, neemt de nieuwkomer zijn pet af en maakt een buiging. "Juffrouw Molotova, het is een genoegen je te ontmoeten."

Ik verberg mijn verbazing als ik in Amerikaans Engels word aangesproken. Ik had verwacht dat Alexei's mannen Russisch zouden zijn.

"Ik ben Jack Larson, de kapitein van dit schip," vervolgt de man. "Als je iets nodig hebt, aarzel dan niet om het te vragen."

"Dank je, Larson," zegt Alexei voordat ik kan antwoorden. Hoewel hij niet in de VS heeft gestudeerd, is zijn Engels net zo accentloos als het mijne. "Vertel Vika alsjeblieft dat we klaar zijn voor de lunch."

Lunch? Ik knijp mijn ogen samen naar de felle zon.

Betekent dat dat het rond de middag is? Waar zijn we precies? Hoelang is het geleden dat hij me van Nikolais complex in Idaho heeft ontvoerd?

Larson buigt weer. "Ja, meneer." Hij loopt weg en laat me alleen met Alexei.

"Je hebt me nooit verteld waar we zijn," zeg ik zodra Larsons voetstappen vervagen. "Wat is dit waterlichaam?"

Alexei's grijns is scherp en wit. "Wat doet het ertoe? Het is niet zo dat je met iemand contact op kunt nemen om het hun te vertellen."

"Precies. Dus waarom vertel je het me dan niet?"

Hij haalt irritant genoeg zijn schouders op. "Waarom zou ik het je vertellen?"

Ik knars met mijn kiezen. "Misschien omdat het wel zo vriendelijk is als je iemand ontvoert?"

"Ik heb je niet ontvoerd." Zijn donkere ogen worden hard. "Je bent vrijwillig met me meegegaan, weet je nog? Gisteren zei je nog, en ik citeer, 'Ik ga met je mee. Ik zal het verlovingscontract nakomen.' Tenzij die belofte ook een leugen was?"

Ik haal haperend adem, mijn handen verfrommelen het tafelkleed aan weerszijden van mijn gedekte plek. Hoe durft hij dit te verdraaien, om van *mij* de slechterik in ons gestoorde verhaal te maken? "Ik heb niet tegen je gelogen. Je weet dat ik dit nooit heb gewild."

Hij leunt naar voren en zet mijn handen onder de zijne vast. "Leugenaar," zegt hij zachtjes. Zijn ogen gloeien fel zwart. "Zelfs nu lieg je tegen me en tegen jezelf. Je wilde me al voordat je veertien werd, en je wilde me zeker weten toen je achttien was. En je wilt me nog steeds, hoe hard je er ook voor probeert weg te lopen. Maar wat denk je?" Zijn handen spannen zich over de mijne, zijn stem wordt heser terwijl zijn ogen in me branden. "Je kunt nu nergens heen rennen, je kunt je nergens verstoppen. Voordat deze dag voorbij is, Alinyonok, zul je de waarheid onder ogen zien. Je zult weten dat je de mijne bent en altijd bent geweest."

HOOFDSTUK 10

Mijn achttiende verjaardag.

Ik voel me misselijk als ik er alleen al aan denk. Mijn ouders geven vanavond een groot feest, een die door iedereen die in Moskou iemand is, zal worden bijgewoond. Mijn moeder zit al maanden in de planningsmodus en ze wil dat het *het* evenement van de zomer wordt. De viering zal in een grote balzaal in het nieuwste luxe hotel plaatsvinden, en het ergste is dat ik mijn ouders hoorde ruziën over de vraag of ik mijn verloving met Alexei daar moest aankondigen.

"— nog niet eens gedate," zei mama op een schelle toon toen ik een paar dagen geleden langs de bibliotheek liep. "Wat als ze elkaar niet mogen? Wat als hij op het laatste moment weigert? Hij heeft haar al jaren niet meer gesproken!"

"Omdat ze een verdomd kind was," antwoordde papa scherp. "Hij zei dat hij niet bij haar in de buurt zou komen totdat ze ouder was, en dat heeft hij ook niet gedaan. Maar ze is nu achttien. Waar moet ik verdomme op wachten? Boris is akkoord."

"Hoe zit het met onze dochter, jij egoïstisch monster? Vind je niet dat *zij* ook aan boord moet zijn?"

"Wat weet zij er verdomme van wat ze wil? Ze is op Columbia toegelaten, en wat wil ze daar studeren? Verdomde computeronzin. Alsof we in de familie nog een sociaal achterlijke nodig hebben."

"Praat niet zo over Kostya!"

"Hij is mijn verdomde zoon en ik zal over hem praten hoe ik maar wil!"

Een knal vergezelde de woorden — waarschijnlijk een stoel die door de lucht ging — en ik kon het niet langer verdragen om te luisteren. Ik ontsnapte naar mijn kamer, waar ik me urenlang in een videospel terugtrok. Maar het was niet genoeg om te voorkomen dat mijn maag zich omdraaide en mijn hoofd niet aanvoelde alsof er kleine hamers op mijn hersenen liepen te bonken. De hoofdpijnen die ik normaal gesproken veinsde, zijn het afgelopen jaar maar al te echt geworden, en ze overvielen me op willekeurige momenten. Of misschien niet zo willekeurig — ze komen wanneer ik aan mijn ouders en aan de toekomst denk die me met Alexei te wachten staat.

Een toekomst met een huwelijk waarvan ik steeds meer overtuigd ben dat het net zo'n ramp zal zijn als die van mijn ouders.

Vorige week zag ik een blauwe plek op mama's arm. Een grote lelijke. Ze zei dat ze zich tegen een keukenkastje had gestoten, maar ik heb mijn twijfels. Papa heeft deze zomer extra veel gedronken, en ik heb het gevoel dat hij zichzelf de helft van de tijd niet onder controle heeft. Ik heb het aan Konstantin verteld, en hij zei dat hij had geprobeerd om mama te overtuigen om weg te gaan, om eindelijk van papa te scheiden. Ze had Konstantin ervan verzekerd dat ze erover nadenkt, maar op dat gebied heb ik ook mijn twijfels.

Zelfs nu, terwijl hun wederzijdse afkeer de lucht om hen heen vergiftigt, lijken mijn ouders naar elkaar toe getrokken te worden, vastgeketend door een onheilige kracht die eenvoudige labels zoals liefde of haat vervangt. Ze zijn samen giftig, maar ze lijken niet zonder elkaar te kunnen zijn.

Een kloppende pijn valt opnieuw mijn slapen aan, wat aan de misselijkheid in mijn buik bijdraagt. Daardoor wil ik in mijn bed kruipen en de dekens over mijn hoofd trekken, om de wereld volledig buiten te sluiten. Maar ik kan het niet. Ik moet me klaarmaken voor het feest.

Tegen de misselijkheid slikkend, open ik een fles Excedrin en neem met een glas water twee pillen in. De pillen helpen zelden, maar ze zijn beter dan niets. Ik heb volgende week een afspraak met de dokter van mijn ouders. Hopelijk schrijft hij me iets sterkers voor. In de tussentijd kan ik op het feest misschien wat wiet scoren. Het is geen geneesmiddel, maar het helpt beter dan Excedrin.

Een klop op mijn deur trekt mijn aandacht. Hij

wordt gevolgd door een voorzichtige, "Alina? Pavel wil graag weten of je honger hebt."

Ugh, geweldig. Het is Lyudmila, Natasha's voormalige huishoudster. Ze werkt al voor ons sinds zij en Pavel getrouwd zijn, en ze is niet mijn favoriete persoon. Nikolai en Valery denken dat ik verliefd ben op Pavel, maar ze hebben het mis.

Het komt doordat ik haar haar rol niet heb vergeven dat mijn ouders achter Dans ring en Alexei's briefje waren gekomen.

Misschien is het oneerlijk om haar de schuld te geven van de verloving, maar ik kan het niet helpen te denken dat als mijn vader niet Alexei's betrokkenheid bij de verdwijning van mijn leraar had ontdekt, hij niet met het idee zou zijn gekomen om onze families op deze barbaarse manier te verenigen. Zonder Lyudmila die me verraadde, zou hij niet geweten hebben dat Alexei interesse in me had, en zou het allemaal niet gebeurd zijn.

"Ik heb geen honger," roep ik, niet in staat om de irritatie in mijn stem te verbergen. De razende hoofdpijn helpt mijn humeur ook niet. "Ik ben me klaar aan het maken voor het feest."

"Natuurlijk," antwoordt Lyudmila snel. "Ik zal het hem laten weten."

Haar voetstappen vervagen en ik voel me schuldig. Of ze nou wel of niet een roddeltante is, Lyudmila verdient mijn houding niet. Ik zou moeten proberen aardiger te zijn, al was het maar voor Pavel. Ik weet dat hij van haar houdt, en zij lijkt van hem te houden. En in tegenstelling tot het giftige huwelijk van mijn ouders, lijkt die van hun een eenvoudige, rechttoe rechtaan verbintenis te zijn, ook al deelt Pavel de meedogenloosheid en neiging tot geweld van mijn vader.

Het doet me bijna geloven dat het mogelijk is om geluk te vinden met een gevaarlijke man — met "bijna" als het werkwoord.

Verloren in deze overpeinzingen kleed ik me aan, doe mijn haar in een strak opgestoken kapsel en breng ik op de automatische piloot make-up aan. Tegen de tijd dat ik klaar ben, is de hoofdpijn een beetje gezakt en is het tijd om naar het hotel te rijden. Mama is er al, toezicht houdend op de catering en al het andere, en papa gaat er direct heen vanaf een zakelijke bijeenkomst, dus ik ga met mijn broers.

Konstantin en Valery wachten in de woonkamer als ik beneden kom, en Nikolai kan elk moment arriveren. Ik weet niet waarom mama besloot dat ik ze alle drie nodig heb om me te begeleiden — of iemand anders dan onze bodyguards — maar ik vind het niet erg. Ik krijg mijn broers zelden te zien, vooral niet zo samen. Ieder van ons ging naar — of gaat momenteel naar — verschillende kostscholen en universiteiten in het buitenland, en alle drie mijn broers hebben de afgelopen jaren op verschillende momenten in het leger gediend. Valery is nog steeds niet klaar met zijn dienst, hij is hier alleen voor mijn verjaardagsfeest.

Ik glimlach als hij van de bank opstaat om me te begroeten. "Hoe bevalt het in het leger?"

Hij buigt zich voorover om mijn wang te kussen zoals het een goede broer betaamt, maar als hij een stap terug doet, bereikt zijn antwoordende glimlach zijn koele ambergroene ogen niet. "Zo goed als verwacht kan worden." Hij kijkt me aan. "Je ziet er leuk uit. De ouders zullen blij zijn."

Ja, dat zullen ze. Ik vraag me wel af waarom hij dat zei. Als hij iemand anders was, dan zou ik het als een onschuldig compliment wegwuiven, maar dat kun je met Valery niet doen. Hij zegt of doet niets zonder een verborgen agenda te hebben. Zo is het al zolang ik me kan herinneren.

Hoewel hij het dichtst bij me staat, is Valery de broer die ik het minst ken en begrijp. Zelfs Nikolai, die veel te veel van de eigenschappen van onze vader deelt, is voor mij begrijpelijker. Bij Valery draait het allemaal om nuances en lagen, verborgen betekenissen en geheime agenda's.

Het is eerlijk gezegd vermoeiend.

"We moeten gaan," zegt Konstantin terwijl hij opkijkt van zijn telefoonscherm en opstaat van de bank. Zoals gewoonlijk is hij zich niet bewust van de noodzaak van een begroeting. "Het verkeer zal ons met vijftien en een halve minuut vertragen."

Ik grijns naar hem. Vijftien en een half, natuurlijk. Dat is typisch Kostya. Als hij kon, zou hij elk aspect van ons leven kwantificeren en digitaliseren, alles in nullen en enen veranderen. Papa haat dat aan hem, dat heeft hij altijd al gedaan, maar ik denk dat het mijn oudste broer zo briljant maakt. Nikolai en

Valery waarderen zijn vaardigheden ook. In tegenstelling tot onze vader, die nog steeds verstrikt is in de negentiger jaren mentaliteit van macht maakt recht, begrijpen ze het belang van technologie voor onze toekomst. Het zullen Konstantins dark webventures en dergelijke zijn die de macht en invloed van onze familie in de komende jaren zullen doen toenemen, niet onze vastgoedactiva of olie- en gasvelden.

Maar goed, wat weet ik er nou van? Volgens mijn ouders kan ik alleen aan het fortuin van onze familie bijdragen door er mooi uit te zien en met Alexei te trouwen.

Mijn stemming wordt donkerder bij de gedachte, en het kost me heel wat moeite om mijn glimlach te behouden als Nikolai de kamer binnenkomt en me ook met een kus op de wang begroet. Als hij zich terugtrekt, zijn zijn lippen in een van zijn kenmerkende eierstok verslaande glimlachen gebogen. Alle drie mijn broers zijn opvallend knap en lijken genoeg op elkaar om een drieling te zijn, maar Nikolai of Kolya, zoals ik hem al sinds zijn kindertijd noem, bezit dat beetje extra. Dierenmagnetisme, misschien? Persoonlijk voel ik het niet, maar vrouwen worden tot hem aangetrokken als mieren op suiker. Helaas voor hen speelt hij gewoon met hen voor een nachtje of twee en dan gooit hij ze aan de kant en laat ze met een gebroken hart achter. Bij nader inzien, misschien moet ik 'gelukkig' zeggen.

Onder die mooie buitenkant, is hij net zo duister en

intens obsessief als onze vader, en ik zou medelijden hebben met elke vrouw op wie hij echt gefixeerd is.

"Mijn limo staat buiten te wachten," zegt hij en hij biedt me zijn arm aan. "Laten we onze Assepoester naar haar bal brengen."

"Als ik daar maar de optie had om mijn prins op het witte paard te ontmoeten," mompel ik binnensmonds, terwijl ik mijn arm door de kromming van zijn elleboog haal.

Nikolai hoort me toch. Hij kijkt me scherp aan terwijl hij me naar de deur leidt die in de hal met de lift uitkomt. "Je weet dat onze ouders hopen de verloving vanavond aan te kondigen, toch?"

Een deel van mijn misselijkheid keert terug. "Ik heb iets van die strekking gehoord, ja."

Valery komt bij ons lopen. "Ik kan met ze praten als dat niet is wat je wilt. Ze voorlopig op de rem laten trappen." Zijn toon is cool, emotieloos, maar de blik die hij me geeft, is zenuwslopend.

Mijn hart slaat over van hoop. "Kun je dat doen?"

Hij knikt, alsof het niet erg is, en Nikolai zegt, "Ik zal hem steunen. Je bent veel te jong voor een huwelijk. Vooral met een Leonov." Hij doordringt het laatste woord met minachting.

"Eerlijk gezegd heb ik al met onze vader gesproken," zegt Konstantin van achter ons. We stoppen allemaal en draaien ons verbaasd om om naar hem te kijken. Hij past rustig zijn bril aan, ongemakkelijk door de aandacht. "Hij is het ermee eens dat de timing van de aankondiging en al het andere dat volgt vanaf nu aan Alina en Alexei moet zijn. Zolang de verlovingsovereenkomst van kracht blijft, kunnen zij beslissen hoe het vanaf hier verdergaat."

Mijn mond valt open, en ik ben niet de enige met die reactie. Ik heb een idee van hoe Valery zijn doel zou hebben bereikt — hij kan iedereen te slim af zijn en manipuleren, ook onze vader — en ik zou niet verrast zijn geweest als Nikolai, als de favoriete erfgenaam, ook een behoorlijke hoeveelheid invloed zou hebben uitgeoefend. Maar Konstantin? Hoe heeft hij dit in hemelsnaam gedaan? Papa verachtte hem al sinds hij een peuter was, toen duidelijk werd dat hij anders was dan andere kinderen en hij geen interesse had om te leren wat papa hem wilde leren.

"Kostya..." Mijn stem hapert, de toppen van mijn vingers zijn ijskoud als ik ze tegen mijn handpalmen krom. "Weet je het zeker? Heb je het misschien verkeerd begrepen?"

Hij houdt nadenkend zijn hoofd schuin. "Nee," zegt hij na een lang moment, waarin mijn emoties wild worden, tussen hoop en angst stuiterend. "Vader was heel duidelijk. Hij begreep het alternatief."

Mijn adem komt opgelucht naar buiten als Valery vraagt, "Welk alternatief?"

Van ons drieën ziet hij er het minst verrast uit door deze ontwikkeling. Ik vraag me af of dit deel uitmaakte van zijn back-upplan. Want Valery heeft altijd een back-upplan. En een back-up van het back-up plan.

Konstantin haalt zijn telefoon tevoorschijn en kijkt opnieuw naar het scherm. "We hebben met de huidige verkeerssituatie drieënzeventig seconden speelruimte. Als we niet opschieten, komen we te laat."

Ik wil hem graag verder ondervragen, en ik weet zeker dat Nikolai en Valery dat ook willen, maar hij heeft gelijk. We moeten gaan, anders zijn we niet op tijd op het feest — een feest waar ik plotseling veel minder bang voor ben.

Als Konstantin de waarheid vertelt, en ik heb geen reden om te denken dat hij dat niet doet, dan hoeft vanavond niet mijn ondergang te zijn.

Mijn gedachten gaan als een gek alle kanten op als we in de lift stappen en naar de ondergrondse parkeergarage afdalen waar Nikolais limo staat te wachten. Ik heb een miljoen vragen voor mijn oudste broer, maar ik weet wel beter dan ze buiten de privacy van ons penthouse te stellen, waar ons beveiligingsteam dagelijkse controles uitvoert op afluisterapparatuur en dergelijke. Dit is een privélift, die alleen naar ons penthouse gaat, maar toch, het is minder veilig. Welke middelen Konstantin ook heeft gebruikt om papa te overtuigen om zich terug te trekken, zijn hoogstwaarschijnlijk dingen die onze vijanden tegen ons kunnen gebruiken. Nu de eerste schok vervaagt, kan ik verschillende manieren bedenken waarop Konstantin onze vader heeft overtuigd om te doen wat hij wil, en ze hebben allemaal te maken met wat papa denkt dat Konstantins zwakte is: zijn alles verslindende passie voor computers en technologie.

Met Konstantins hackcapaciteiten en intieme

kennis van het bedrijf van onze familie, is het maar al te gemakkelijk om je voor te stellen dat hij met een paar tikken op zijn toetsenbord een belangrijke fabriek offline haalt, of onze liquide middelen op de Kaaimaneilanden bevriest. Of ze helemaal laat verdwijnen.

Op zijn eigen rustige manier is Konstantin misschien wel de gevaarlijkste van mijn drie broers.

Eindelijk zitten we in de limo, en zodra de scheidingswand tussen ons en Nikolais chauffeur omhoog gaat, kan ik me niet langer inhouden. Me naar Konstantin draaiend, begin ik, "Dus, Kostya, hoe heb je —"

"Je moet nog steeds met Alexei praten," zegt hij, en ik vergeet alles over zijn papa-afhandelings-methodologie terwijl hij doorgaat. "Vader zal de kwestie niet afdwingen, maar de Leonovs kunnen erop staan dat de aankondiging volgens plan verloopt."

Mijn borst voelt als een ballon die net is doorboord. De hoop die me een seconde geleden een opleving gaf, bloedt leeg en neemt het grootste deel van de lucht in mijn longen mee. Ik heb dat gedeelte op de een of andere manier de eerste keer gemist, waar hij zei dat papa ermee in had gestemd om het aan mij en *Alexei* over te laten.

Niet alleen aan mij.

Ik moet *hem* ook aan boord krijgen.

Alle angst waar ik tegen heb gevochten keert terug, vertienvoudigd, en mijn slapen kloppen opnieuw. *Met*

Alexei praten. Dit is, meer dan wat dan ook, de reden dat ik door dit feest slapeloze nachten heb gehad.

Omdat *hij* er zal zijn.

Ik heb hem sinds mijn eindexamenbal niet meer gezien, maar ik weet dat hij me in de gaten houdt. Dat gevoel van een spookachtige aanwezigheid die over me heen zweeft, het gevoel dat ik voor die noodlottige dans had weggewimpeld, is de hele tijd bij me. Op de een of andere manier houdt hij me in de gaten, klaar om ertussen te komen als ik een stap te ver ga. Ik weet niet of hij me echt wil of dat hij op een bizar territoriaal instinct handelt, maar ik heb sinds die avond niet eens meer naar een lid van het andere geslacht gelachen. Ik zou niet durven.

Twee doden op mijn geweten is genoeg.

Al mijn vrienden zijn ervan overtuigd dat ik ofwel aseksueel ben of lesbisch en nog niet uit de kast ben gekomen, maar ze kunnen er niet verder naast zitten. Ik wil seksuele intimiteit met een man. Ik hunker er zelfs naar. De helft van de tijd, als ik 's morgens wakker word, is het met de lakens rond mijn benen en mijn handen die tussen mijn dijen drukken in een vergeefse poging om de pijn die diep van binnen zit te stillen.

Ik ben achttien en ik ben nooit gekust, nooit aangeraakt buiten dat korte dansje met arme Josh — moge zijn overblijfselen waar ze ook zijn in vrede rusten.

"*Ik* kan met Alexei praten," zegt Nikolai, zijn kaak gevaarlijk strak. "Er is geen reden voor haar om met die klootzak om te gaan. Hij zal zich terugtrekken. Ik zal hem dwingen."

"Geen goed idee," zegt Valery, net zo ijzig kalm als altijd. "Hij haat ons alle drie en zal met de aankondiging doorgaan om ons te pesten. We hebben serieuze invloed nodig voordat we het met hem bespreken." Hij kijkt naar onze oudste broer. "Konstantin, misschien kun jij —"

"Laat maar," zeg ik en haal diep adem. "Ik zal zelf met Alexei praten."

Hoe graag ik mijn broers ook mijn strijd wil laten voeren, ik weet dat Valery gelijk heeft. Er is kwaad bloed tussen onze families, altijd al geweest, en het zou niet meer dan een vonk nodig hebben om de fragiele band die papa met Boris Leonov heeft opgebouwd op te blazen. Niet dat papa's agenda me iets kan schelen of zo. Ik ben gewoon bang dat als Nikolai of Valery Alexei met Konstantins hulp proberen te dwingen, het averechts kan werken, en in plaats van dat de verlovingsaankondiging wordt uitgesteld, ik morgen weggekaapt en getrouwd zou kunnen zijn.

De Leonovs zijn tot alles en nog wat in staat.

"Weet je het zeker?" vraagt Konstantin naar me fronsend. "Hij is —"

"Het is oké." Dat is het niet — niets hieraan is oké — maar ik wil niet dat mijn broers in mijn rotzooi worden gesleept. Tenminste niet als ik het zelf aankan door wat ballen te krijgen.

En wat dan nog als Alexei de man is die me in mijn dromen en nachtmerries achtervolgt? Die ene waar ik elke keer aan moet denken als ik op het randje van extase kom, alleen maar om me vervolgens terug te trekken? Ik kan nog steeds met hem praten, hem tot rede brengen. Hoe hij zich op de avond van dat feest ook gedroeg, hij wil waarschijnlijk ook niet met mij verloofd zijn en hij zou vast met alle plezier de gelegenheid krijgen om de aankondiging voor onbepaalde tijd uit te stellen — als ik hem op de juiste manier benader.

"Oké," zegt Nikolai. "Maar laat het ons weten als hij moeilijk doet."

"Maak je geen zorgen." Ik ga met mijn vochtige handpalmen over mijn jurk en til mijn kin op, waarbij ik het zware bonzen van mijn hart negeer. "Ik handel dit wel af."

Ik ben tenslotte ook een Molotov.

———

HET FEEST IS ALLES WAT MIJN OUDERS HADDEN GEHOOPT DAT HET ZOU ZIJN — een spektakel dat zo overdreven is, dat het in Moskou nog jaren besproken zal worden. Alle glitterati is uit de kast getrokken. Naast hooggeplaatste overheidsfunctionarissen en lokale zakenmagnaten, zijn er internationale filmsterren en supermodellen, Amerikaanse tech-miljardairs, Italiaanse modeontwerpers en beroemde kunstenaars van alle soorten. De nek en oorlellen van elk vrouw hebben sieraden die meer waard zijn dan de meeste huizen, en de glamoureuze jurken en smokings die de gigantische balzaal vullen, steken met gemak boven alles uit waar men bij de Oscars over kwijlt. Het entertainment is even indrukwekkend. Een beroemde Russische band treedt de hele avond live op en om middernacht zal Beyoncé een van haar hits zingen, gevolgd door een aantal andere internationale popsterren. Er zal ook een dans worden uitgevoerd door het Bolshoi Ballet en er zal een uur durende acrobatische luchtshow door Cirque du Soleil uitgevoerd worden.

Onder andere omstandigheden zou ik van alles hebben genoten, maar met het gesprek met Alexei dat boven mijn hoofd hangt, kan ik nog net glimlachen, handen schudden en luchtkusjes met de sympathisanten uitwisselen. Het lijkt alsof iedereen met me wil praten, om commentaar te geven op mijn jurk, mijn juwelen, mijn uiterlijk. Ik krijg grappen en vragen over mijn liefdesleven van vrienden en vreemden — blijkbaar vindt iedereen dat ik nu weleens een partner had moeten hebben — en ik beantwoord allerlei indringende vragen over mijn studieplannen.

Ja, ik begin deze herfst bij Columbia. Nee, ik heb geen universiteit in Parijs overwogen. Dank je, maar ik heb geen interesse in modeontwerp als hoofdvak. Economie en PoliSci, zoals Nikolai? Nee, dat is ook niet echt mijn ding. Ik ben meer geïnteresseerd in computerwetenschappen, zoals Konstantin.

Zelfs als ik dit allemaal zeg, vraag ik me af of er iets van waar is. Begin ik over een paar weken wel bij Columbia? Kan ik gaan studeren wat ik wil? In New

York wonen zoals ik wil? Want er is een zeer reële kans dat al mijn plannen op het punt staan uit het raam te vliegen. Ik heb beslissingen genomen over mijn toekomst alsof het verlovingscontract niet bestond en mijn leven van mij was, maar dat is niet het geval. Op papier behoor ik Alexei toe, en hij zou erop aan kunnen dringen dat ik naar een universiteit in Moskou ga om dichter bij hem in de buurt te zijn, of zelfs helemaal niet naar de universiteit te gaan. Natuurlijk ben ik niet van plan om hem mijn leven te laten dicteren, maar als mijn ouders geen partij voor mij kiezen — en ze hebben geen enkele indicatie gegeven dat ze dat zouden doen — dan zou het moeilijk, zo niet onmogelijk, zijn om naar Columbia te gaan.

Het is nog een reden dat ik Alexei vanavond moet spreken. Ik moet weten waar hij staat wat betreft deze vervloekte verloving, of hij er net zo tegen is als ik hoop dat hij is. Hij is ook nog jong, slechts drieëntwintig naast mijn achttien. Welke man van die leeftijd wil trouwen? Of überhaupt de belofte ervan? Alexei is volgens de geruchten echter geen gewone twintiger, hij heeft de afgelopen paar jaar achter de schermen de Leonov-organisatie gerund — maar ik wed dat hij nog steeds graag naar feesten gaat en niet zou willen dat een verloofde (of erger nog, een vrouw) hem in de weg zou staan.

Sterker nog, hij kan op dit moment zelfs een of andere schoonheid hebben die zijn bed warm houdt en die hem helpt om vanavond *zijn* verjaardag te vieren.

Mijn maag draait zich bij die gedachte eigenaardig

om, en ik ontsnap de menigte met het excuus dat ik even gebruik moet maken van het toilet. Hoezeer ik de aanstaande confrontatie met Alexei ook vrees, het stoort me dat ik hem nog niet op het feest heb gezien. Het is nog vroeg in de avond, maar hij is mijn verdomde verloofde. Had hij niet een van de eersten moeten zijn om me een fijne verjaardag te wensen? Niet dat ik dat wil, maar het zou beleefd en beschaafd zijn geweest. Maar ja, wat weten de Leonovs van beleefdheid en beschaafd gedrag?

Het zijn wilden, dat zijn ze altijd al geweest.

Ik gebruik het toilet en was mijn handen voordat ik ze met een zachte handdoek droog die me door een geüniformeerde toiletjuffrouw wordt aangeboden. Tot mijn opluchting weerspiegelt de spiegel van vloer tot plafond achter de moderne kunstzinnige zwevende wastafel een jonge vrouw die helemaal glanzend en glinsterend is, haar koele glimlach die de onrust van binnen verbergt. Niemand die naar me kijkt, zou denken dat ik een nerveus wrak ben met een snel toenemende hoofdpijn, of dat ik alleen maar naar huis wil en terug wil naar mijn kamer en in slaap wil vallen na een paar broodnodige trekjes te hebben genomen.

Wat dat betreft... Ik verlaat het damestoilet en ga door de gang naar het herentoilet. Zoals ik had gehoopt, houdt Vova zich daar bij de ingang op. Hij ziet er chic uit in zijn maatpak en helemaal niet als de dure wietdealer die hij is.

"Het gebruikelijke?" vraagt hij als ik hem nader, en ik knik en geef hem een paar biljetten uit mijn kleine tasje in ruil voor een gerolde, volledig voorbereide joint.

"Weet je zeker dat je niets sterkers wil?" vraagt hij terwijl ik me omdraai. "Ik heb vanavond een paar speciale traktaties."

Ik weet dat ik het niet zou moeten doen, maar mijn rechter slaap voelt alsof hij door een tandarts zonder vergunning geboord wordt. "Zoals wat?"

Vova's glimlach lijkt op die van de Cheshire-kat. "Molly, coke, een paar andere feestaccessoires."

Ik trek mijn neus op. "Nee, bedankt."

"Wat dacht je van wat pijnstillers?" Hij opent zijn handpalm om me een paar witte pillen te laten zien. "Het is goed, sterk spul, maar mijn oma heeft het niet meer nodig. Ze is vorige week overleden."

"Het spijt me dat te horen."

Hij haalt zijn schouders op terwijl ik naar de pillen staar en nadenk. Ik heb dit soort dingen nog nooit eerder geprobeerd, maar als het tegen de pijn is, zou het de hamers die in mijn schedel dansen dan niet moeten verlichten? En de angst die me van binnen gek maakt dempen? Misschien is het precies wat de dokter van mijn ouders me volgende week zal voorschrijven. Voordat ik mezelf kan ompraten, pak ik de twee pillen en slik ze in.

"Ho, daar," zegt Vova lachend terwijl ik nog drie biljetten op zijn handpalm leg als betaling. "Een daarvan is de startdosis."

Verdomme. Nu ben ik misschien high in plaats van

zonder hoofdpijn. Nou ja. Misschien maakt het dit feest draaglijker.

Vova achterlatend, keer ik terug naar de balzaal, waar ik onmiddellijk omringd ben door een groep vrienden, kennissen en mensen die ik eerder alleen op tv en in de roddelbladen heb gezien. Iedereen wil bij het jarige meisje slijmen, en voor ik het weet, is het een uur later en is mijn hoofdpijn een verre herinnering. In plaats daarvan is er een wazige gloed die de randen van de realiteit verzacht en die me het gevoel geeft dat ik alles en iedereen van een kleine afstand observeer.

Ik ben er dol op. Heel erg dol op. Deze pillen zijn zelfs beter dan wiet in het temmen van mijn onrust. Ik ben zo kalm dat ik bijna catatonisch ben.

Ik ben op weg naar de toiletten om Vova te vragen of hij nog meer pillen voor me heeft als een lange man met brede schouders voor me stapt en mijn pad blokkeert. Geschrokken kijk ik op — en mijn maag voert een salto uit die Cirque du Soleil trots zou maken.

Alexei.

Hij is eindelijk hier.

"Gefeliciteerd met je verjaardag," zegt hij, zijn diepe stem hoorbaar ondanks de muziek en de drom van de honderd verschillende gesprekken om ons heen. Zijn donkere ogen glinsteren als hij me een keer langzaam in zich opneemt. "Je ziet er zoals altijd mooi uit."

Al mijn kalmte vliegt weg. Mijn hart maakt een sprongetje in mijn borst, zelfs als de wazigheid aan de randen van mijn zicht intensiveert. "Dank je," zeg ik ademloos. "Jij ook van harte gefeliciteerd. Ik hoop dat je de kans hebt gehad om het te vieren?"

Verdomme, ik hoop dat ik iets zinnigs zeg. Ik heb me nog nooit zo gevoeld, volledig van de kaart, maar toch gespannen. Mijn hart gaat razendsnel, mijn handpalmen zweten, en mijn ogen kunnen niet stoppen met over zijn gezicht te gaan, over zijn lichaam... over elke sterke, vitale centimeter van hem. Is het mogelijk dat hij in de 15 maanden sinds mijn schoolbal nog harder en intimiderender is geworden?

Drieëntwintig of niet, de machtige, zelfverzekerde man die voor me staat, lijkt meer dan in staat om een duister rijk te regeren — of de Leonov-organisatie, wat een en hetzelfde is.

"Ik ben hem nog steeds aan het vieren," zegt hij terwijl zijn ogen weer over me heen bewegen, wat kippenvel op mijn armen veroorzaakt en warmte onder mijn huid laat ontbranden. "De avond is nog niet voorbij. En over twintig minuten hebben we nog een reden om te vieren."

Ik knipper met mijn ogen naar hem, mijn hersenen werken krankzinnig langzaam. Het duurt even voordat ik me realiseer dat hij naar de verlovingsaankondiging verwijst — precies de reden waarom ik zo snel mogelijk met hem moet praten. Ik sta op het punt om precies dat te vertellen als hij in zijn jaszak reikt en er een kleine zwarte fluwelen doos uit haalt.

De woorden bevriezen op mijn lippen terwijl mijn longen niet meer functioneren. Verlamd door afschuw, staar ik naar het doosje terwijl mijn geest terugflitst naar de andere doos die hij me had gegeven, degene waar Dans ring in zat. Panisch probeer ik te bedenken of er iemand anders is geweest, een andere man in mijn leven die Alexei de verkeerde indruk had kunnen geven wat —

Hij klapt het doosje met een nonchalante duimbeweging open en onthult een prachtige loepzuivere geslepen diamant omringd door smaragden. Gelegen in een delicate, met diamanten omhulde platina ring, is het onmiskenbaar een vrouwenring... en precies wat ik voor mijn verloving zou hebben gewild, als ik dat laatste al had gewild.

Ik zou opgelucht moeten zijn dat het niet een ander gruwelijk geschenk is van het soort dat een kat aan zijn eigenaar zou kunnen geven, maar een ander soort afschuw grijpt me vast terwijl Alexei zachtjes beveelt, "Geef me je hand." Hij pakt de ring eruit en steekt het doosje terug in zijn zak. Verstijfd kijk ik toe hoe hij mijn linkerhand in de zijne klemt en de ring om mijn vinger schuift, waardoor er geen twijfel bestaat over wat dit geschenk zou moeten betekenen.

Bezit. Eigenaarschap.

Het einde van mijn vrijheid.

Nee. Nee, nee, nee.

Ik realiseer me niet eens dat ik het woord hardop zeg totdat Alexei's hand pijnlijk strak om de mijne zit.

"Wat bedoel je verdomme met nee?" Zijn stem is laag en gevaarlijk, zijn kaak staat in een harde lijn. "Je bent mijn verloofde."

Ik ruk mijn hand uit zijn greep. "Nee, dat ben ik

niet."

Gezichten draaien zich naar ons, ogen groot van nieuwsgierigheid. Ik moet harder gesproken hebben dan ik dacht.

Alexei's gezicht wordt donkerder, en met een ziekmakend gevoel, realiseer ik me dat ik dit compleet verpest. Dit zou een privégesprek moeten zijn waarin ik rustig zou uitleggen waarom ik de verloving niet wilde terwijl ik een beroep deed op zijn waarschijnlijke verlangen naar vrijheid. Het was niet de bedoeling dat we ruzie zouden maken en het was zeker niet de bedoeling om hem in het openbaar in verlegenheid te brengen.

Ik had net zo goed Nikolai voor me kunnen laten spreken. De uitkomst had niet erger kunnen zijn.

Misschien is er nog steeds een manier waarop ik dit kan oplossen. Ik haal trillend adem, reik naar voren en pak zijn grote hand verontschuldigend vast, en negeer de manier waarop mijn huid tintelt van de warmte van de zijne. "Wat ik bedoelde, is... dank je. Ik ben dol op de ring, maar kunnen we alsjeblieft ergens privé gaan praten?"

De kleine spieren rond zijn ogen worden strakker, maar hij knikt kort. "Laten we gaan."

Hij leidt me bij de hand en negeert de hoofden die zich omdraaien om ons te volgen. Ik kan het opgewonden gefluister in ons kielzog horen, en een ziekmakend gevoel dringt mijn maag binnen. Aankondiging of niet, we zijn nu in de geest van deze mensen verbonden, onze namen zullen voor de komende weken of maanden als voer voor de roddelmolen dienen.

Dit is niet alleen de eerste keer dat iemand me de hand van een man zag vasthouden, maar hij is ook nog eens een Leonov. De tongen zullen zo hard rollen dat ze het risico zullen lopen eraf te vallen.

We verlaten de balzaal naar de gang die naar de toiletten leidt, maar Alexei draait zich in de tegenovergestelde richting en verlengt zijn pas totdat ik bijna aan het joggen ben om hem bij te houden. Hij stopt voor een van de deuren aan de andere kant van de gang, duwt hem open en trekt me naar binnen voordat hij hem achter ons dichtslaat. Pas dan laat hij mijn hand los.

Ik doe meteen een paar stappen terug. We zijn in een andere balzaal, een veel kleinere en lege, waar stoelen zijn opgestapeld op de bovenkant van een dozijn ronde tafels. Achter ons is een podium met een groot oprolscherm, wat waarschijnlijk gebruikt wordt voor lezingen en presentaties. Ik neem dit alles op de automatische piloot in me op, door de training in situationeel bewustzijn die ik door de jaren heen van Pavel heb gehad. Hij heeft me ook getraind om te schieten en in man-tot-man-gevechten — het laatste is iets wat ik hoop dat ik vanavond niet nodig heb, ondanks de donkere woede die duidelijk in Alexei's uitdrukking te zien is.

"Spreek," zegt hij grimmig. "Je hebt tien minuten voordat we terug moeten zijn voor de aankondiging."

"Juist, daarover... Ik heb goed nieuws." Ik haal diep

adem in een poging om mijn op hol geslagen hartslag in te tomen. Het enige goede aan al die adrenaline die mijn systeem overspoelt, is dat het de wazigheid van de pillen tegengaat. Ik zeg nu logische dingen. Denk ik. Ik ga hoe dan ook verder. "Mijn vader is het ermee eens om de aankondiging uit te stellen."

Alexei's ogen vernauwen zich. "Wat?"

"Ja, is dat niet geweldig?" Ik vouw mijn handen voor mijn ribbenkast in elkaar om te voorkomen dat ze trillen. De ring drukt in mijn huid, allemaal koud metaal en harde diamant. "Hij laat het aan ons over om de timing te bepalen, wat het juiste is om te doen, vind je niet? Op die manier kunnen we de aankondiging voor nu uitstellen en —"

"Voor nu?"

"Of voor een tijdje." Ik slik. "Waarom zo'n haast, toch? Ik weet zeker dat je in deze fase van je leven betere dingen te doen hebt dan met een verloofde omgaan die je is opgedrongen. Onze ouders, ze zijn zo middeleeuws in hun denken, dus —"

"We stellen verdomme niets uit." Zijn kaak beweegt zich gevaarlijk. "Als je vader denkt dat hij onder de overeenkomst uit kan komen —"

"Nee, nee, dat zegt niemand." Tenminste nog niet. Ik haal nog een keer adem en laat mijn handen langs mijn zij vallen, waarbij ik mijn vingers bewust strek. Ik moet kalm en rationeel overkomen, niet bang en defensief. "Alsjeblieft, Alexei, luister naar me. We hebben nu een keuze, jij en ik. *Wij* kunnen beslissen wat we willen, niet onze ouders."

Zijn neusvleugels trillen. "En wat jij wilt is de aankondiging uitstellen?"

Fuck. Dit gaat zoveel slechter dan ik had gehoopt. Ik dring niet tot hem door. "Dat willen we allebei. Ik weet zeker dat je niet met me verloofd wilt zijn. Je kent me niet eens."

Hij trekt zijn wenkbrauwen op. "Niet?" Hij komt op me af, elke stap herinnert me aan de vastberaden tred van een wolf. "Ik krijg al drie jaar dagelijks rapporten over je. Ik weet wat je eet en hoelang je slaapt, wat je draagt en welke videospelletjes je speelt. Ik weet alles over je vrienden en je leraren... en je kleine cannabishobby." Terwijl hij voor me stopt, lacht hij duister om mijn verbijsterde reactie. "Ja, het is waar. Je hebt geen geheimen voor me, Alinyonok. Ik weet er alles van, zelfs van de twee pillen die je een uur geleden tegen je hoofdpijn hebt ingenomen."

Ik zou me zorgen moeten maken over deze gruwelijke inbreuk op mijn privacy en de nog gruwelijkere implicaties ervan, maar mijn geest houdt zich vast aan het meest onbeduidende detail van alles: de manier waarop hij mijn naam zei. De meeste Russische namen, de mijne inbegrepen, hebben verschillende informele variaties, maar niemand heeft me ooit Alinyonok genoemd. Het lijkt heel erg op *Olenyonok* — reekalfje — en op de lippen van iemand anders, zou ik me er helemaal knus en warm door hebben gevoeld.

Maar niet bij hem. Nooit bij hem.

Hij mag me niet zoiets zachts en teders noemen —

niet als er geen greintje tederheid in zijn moordzuchtige zwarte ziel zit.

Ik sta op het punt om hem daarmee te confronteren als ik me realiseer dat het medicijn mijn gedachten nog steeds verstoort. Er is geen reden voor me dat het me iets boeit hoe hij me noemt. Wat er toe doet, is dat hij me op de meest invasieve manier bespioneert, en het feit dat hij het heeft kunnen doen ondanks alle veiligheidsmaatregelen van mijn familie — en nog belangrijker, dat het hem genoeg doet om het te doen — is meer dan ijzingwekkend.

"Waarom?" is de vraag die uit mijn mond komt terwijl ik naar hem staar. Mijn hart slaat een misselijkmakend ritme in mijn borst terwijl ik de implicaties verder verwerk. Ik heb een vreselijk gevoel dat ik het antwoord al weet, maar ik push toch door. "Waarom zou je dat doen?"

Hij pakt mijn gezicht vast, de ruwe rand van zijn duim streelt over mijn wang terwijl zijn glimlach verder verduistert. "Waarom denk je, mijn schoonheid?"

Omdat hij niet tegen de verloving is. Hij wil me. Zoals hij me op het bal had verteld, beschouwt hij me al als de zijne. Ik heb geprobeerd mezelf ervan te overtuigen dat zijn gedrag die nacht niets meer was dan een of ander territoriaal instinct, dat zijn bezitterige verklaringen niet betekende dat hij me echt als zijn vrouw wilde, maar tot op zekere hoogte, heb ik altijd de waarheid geweten.

"De verloving..." Ik slik terwijl hij zijn hand laat

zakken om mijn keel met zijn knokkels te strelen, zijn aanraking is zo licht als een veertje, maar desastreus in zijn impact. "Je wil het."

"Ben je verbaasd? Ik wilde je al vanaf het moment dat ik je zag." Hij gaat met zijn hand verder naar beneden, streelt met zijn knokkels over mijn sleutelbeen, dan over de punten van mijn borsten, die omhoog worden geduwd door het korset-lijfje van mijn jurk. Nogmaals is zijn aanraking slechts een streling, toch voelt het alsof hij sporen van vuur op mijn huid schildert, wat diep in mijn aderen reikt om mijn bloed te ontsteken. Ik slik weer terwijl hij er droog aan toevoegt, "Ik weet dat je je niet bewust bent van je uiterlijk."

Mijn uiterlijk. Natuurlijk, wat nog meer? Hij wil *mij* niet. Niemand wil *mij* echt. Ze willen de mooie buitenste schil, het gezicht en het lichaam en de unieke combinatie van genetica die de Molotovs deze bedrieglijk aantrekkelijke façade heeft gegeven. De appels van Eva, noemde mijn grootmoeder ons, een ondraaglijke verleiding die de onschuldigen in een wereld van geweld en zonde lokt. Niet dat Alexei onschuldig is.

Net als ik, werd hij in deze duistere wereld van ons geboren.

In tegenstelling tot mij, heeft hij het volledig omarmd.

De herinnering is als een plons van ijskoud water in mijn gezicht. Ik recht mijn rug en ga weer buiten zijn bereik staan. "Nou, *ik* wil deze verloving niet. Maakt dat je niet uit?"

Tot mijn ontsteltenis trilt mijn stem, de aanhoudende hitte van zijn aanraking verontrust me bijna net zoveel als de brandende honger waarmee hij naar mijn terugtrekking kijkt. Net zo verontrustend is de wetenschap dat we alleen in deze kamer zijn, dat als hij besluit dat hij me *nu* wil, er weinig is dat ik kan doen om hem te stoppen.

Natuurlijk komt hij achter me aan. Instinctief trek ik me terug, maar hij blijft komen totdat mijn rug tegen een muur staat en er geen uitweg meer is. Maar hij is nog steeds niet tevreden. Hij zet zijn handen aan weerszijden van me en sluit me in terwijl hij dichterbij leunt. "Waarom niet?" Zijn stem is gevaarlijk zacht. "Waarom wil je onze verloving niet?"

Ik staar hem aan, stomverbaasd door de vraag. "Omdat ik... omdat ik dat niet wil." Ik heb er nooit echt over nagedacht, maar waarom zou ik? Men heeft geen reden nodig om niet te willen dat een orkaan toeslaat of om niet gedwongen te worden tot een huwelijk met een man wiens familie naar verluidt nog erger is dan de mijne. Boris Leonov staat bekend om zijn creatieve martelmethoden, en gezien wat er met Josh en mijn leraar is gebeurd, weet ik dat Alexei niet zo heel anders is.

Als ik ooit zou trouwen — en dat is een grote als — dan zou ik een echtgenoot willen die het tegenovergestelde is van mijn vader, niet iemand die nog duisterder en genadelozer is.

Alexei leunt nog dichterbij, totdat zijn gezicht slechts centimeters boven het mijne hangt en ik die subtiele mannelijke geur kan ruiken die hij draagt, degene die me aan winterwouden in de diepten van de nacht doet denken. "Dat is niet echt een antwoord. Waar heb je bezwaar tegen? Tegen mij of het idee van een huwelijk?"

"B-beiden." Verdomme, waarom stotterde ik? Ik vecht tegen de drang om terug te krabbelen van zijn intense blik en voeg er met een stabielere stem aan toe, "Ik wil niet trouwen en ik wil jou zeker niet."

"Nee?" Hij buigt zijn elleboog om op één onderarm te leunen en tilt zijn andere hand van de muur om zijn vingertoppen over mijn kaak te laten gaan. Er verschijnt een wrede kromming om zijn lippen terwijl mijn adem in mijn keel stokt en mijn lichaam opnieuw van zijn aanraking in vuur en vlam staat. "Wil je me helemaal niet, Alinyonok? Zelfs niet een beetje?"

Ik vertrouw mijn stembanden niet, dus probeer ik met mijn hoofd te schudden. Mijn hart bonst zo hard dat ik zeker weet dat hij het kan horen, en mijn huid staat in brand waar hij me heeft aangeraakt. Wat nog erger is, is dat ik een verraderlijke gladheid mijn kern voel doordrenken, die de zijdezachte stof van mijn slipje vochtig maakt. Die lege, pulserende pijn die me tegenwoordig zo vaak teistert, is scherper dan ooit, waardoor ik mijn dijen samen wil knijpen om het ergste ervan te verlichten. Maar dat zou niet helpen, dat weet ik, en mijn hand tegen de plek drukken waar de pijn vandaan komt, zou ook niet helpen. Ik heb meer nodig, hunker naar meer — zoals *zijn* hand daar — maar zelfs met de pillen die mijn geest vertroebelen, weet ik dat ik niet aan de verlangens van mijn lichaam kan toegeven.

Niet als ik mijn vrijheid wil.

Zijn glimlach wordt nog wreder, zelfs nu de woeste honger in zijn ogen brandt. "Bewijs het dan. Bewijs dat je me niet wilt en ik zal je laten gaan. Voor altijd, als je dat wilt."

Voor altijd? Als in… hij zal me uit de verloving laten stappen?

Mijn hart bonkt in mijn keel terwijl ik naar hem staar, door een wilde mix van emoties overweldigd. Als het waar is, als hij het meent... "Hoe moet ik het bewijzen?"

Zijn blik gaat naar mijn lippen. "Een kus." Zijn stem wordt heser. "Eén echte kus, dat is alles."

Oh, fuck. Mijn hoofd zwemt als een hevige golf van hitte over me heen spoelt en de pijn tussen mijn benen intenser wordt. Een kus. Het zou geen groot probleem moeten zijn — waarschijnlijk is het dat ook niet voor een ander meisje van mijn leeftijd — maar voor mij is het de Mount Everest.

Het zou mijn allereerste kus zijn, iets waar ik al jaren over droom en fantaseer.

Het zou hem ook in zijn handen spelen, want hoe onervaren ik ook ben, ik weet wat de reacties van mijn lichaam betekenen. Fysiek gezien wil ik hem. Het maakt niet uit hoe hard ik heb geprobeerd om het te bestrijden, zijn gezicht is degene die ik in mijn fantasieën altijd zie, zijn lippen zijn degene waar ik van droom als ik me mijn eerste kus voorstel.

Nee.

Ik kan het niet.

Dat doe ik niet.

Tenminste, dat is wat ik van plan ben te zeggen, maar hij staat het niet toe. Hij pakt mijn gezicht in één grote handpalm, komt naar voren en neemt wat ik niet heb gegeven.

Mijn eerste kus.

Zijn lippen zijn warm en zacht tegen de mijne, zijn adem heeft de smaak van een vleugje kaneel. Ik snak naar adem als hij zijn tong over de gesloten naad van mijn lippen streelt, en hij maakt meedogenloos gebruik van de hoeken van mijn mond en overspoelt me met zijn smaak, zijn geur, zijn gevoel... met sensaties die zo intiem en nieuw zijn dat mijn ogen zich dichtknijpen en mijn wazige hersenen volledig worden afgesloten, waardoor ik overgeleverd ben aan de genade van mijn lichaam en de verschroeiende hitte die tussen mijn benen klopt. Ik vergeet dat ik hem moet haten, dat hij de vijand is die me binnenkort mijn vrijheid ontneemt. Ik vergeet dat dit een test is waarvan ik me niet kan veroorloven om te falen en wat er zal gebeuren als ik dat wel doe.

Ik vergeet alles en ik kus hem terug.

Mijn armen slaan om zijn nek, mijn lichaam drukt zich in hersenloze behoefte tegen hem aan terwijl ik met alle honger reageer die ik heb onderdrukt, alle passie die ik heb ontkend. Ik kan de harde uitstulping van zijn erectie tegen mijn buik voelen, en dat voedt de verhitte razernij in me, en het voedt de opwinding die al jaren in de maak is.

Een laag gegrom komt uit Alexei's keel op mijn reactie, en zijn kus wordt gewelddadig, bijna blauwe plekken gevend. Omdat hij mij ook al die tijd heeft gewild, realiseer ik me verbijsterd. Omdat zijn behoefte net zo sterk is als de mijne. Hij pakt mijn haar vast, buigt mijn hoofd achterover, legt mijn hals bloot en een onderdrukt gekreun ontsnapt aan mijn keel als hij zijn open mond over mijn keel laat gaan, zijn hete, bijtende kussen brandend op mijn tedere huid. Tegelijkertijd gaat hij met zijn andere hand langs de zijkant van mijn lichaam, zijn handpalm glijdt over mijn schouder, mijn ribbenkast, de welving van mijn middel, de ronding van mijn heup... Zijn vingers sluiten zich over het vlezige deel van mijn kont, knijpen er hard in, en dan frommelt hij de rok van mijn jurk in zijn vuist op, hem omhoog trekkend.

Een verre alarmbel klinkt in mijn hoofd terwijl koele lucht over mijn blote benen stroomt, maar die wordt snel door een verschroeiende nieuwe golf van sensaties verdrongen als zijn vingers zich tussen mijn dijen begraven en de bron van mijn kloppende pijn onder de doorweekte zijde van mijn ondergoed lokaliseren.

"Fuck, ja. Je bent zo nat," hijgt hij in mijn oor, en hete schaamte spoelt zich over me heen, waardoor mijn opwinding op een perverse manier toeneemt.

Dit is alles waar ik over heb gefantaseerd en meer,

en de wetenschap dat hij degene is die mijn gladde plooien aanraakt, dat het zijn vingers zijn en niet die van mij die zich op mijn vlees bevinden, maakt dit zowel oh zo verkeerd en oneindig veel heter.

Ik moet hier nu een eind aan maken, maar ik kan met die slimme vingers die slechte dingen met me doen niet denken, ik kan geen coherent protest laten horen met zijn tanden die over mijn hals gaan en zijn tong die de gevoelige onderkant van mijn oor plaagt. Het enige wat ik kan doen is hijgen en kreunen, de schouders van zijn jas vastpakken, terwijl de verhitte spanning in mijn kern zich opbouwt en opbouwt totdat deze als een opgerolde veer in me zit. Zijn vingers bewegen nu in een cirkel, op de een of andere manier precies het juiste ritme aannemend, en mijn hart bonst als een gek als de sensaties zich ondraaglijk intensiveren. Elke spier in mijn lichaam spant zich aan, mijn adem komt sissend tussen mijn opeengeklemde tanden door terwijl wat aanvoelt als een tsunami in me naar boven komt. Duister en krachtig, draagt het me steeds hoger tot ik er zeker van ben dat ik eraan ga sterven.

"Goed zo. Geef je over, mijn lieve schoonheid." Zijn stem is een zachte grom in mijn oor terwijl hij hard in mijn kloppende clitoris knijpt en de golven van de tsunami naar beneden komen crashen, me over de rand duwend waar ik bij in de buurt ben gekomen, maar nooit eerder overheen ben gegaan. Mijn mond opent zich in een kreet zonder woorden terwijl mijn inwendige spieren zich met catastrofale, gewelddadige pulsaties aanspannen en loslaten en withete extase me uit elkaar blaast. Alleen zijn hand tussen mijn benen en mijn doodsgreep op de schouders van zijn jas weerhouden me ervan om op de grond te zakken als mijn knieën beginnen te knikken, wanneer mijn spieren niet langer in staat zijn om me omhoog te houden als spasme na spasme mijn lichaam overneemt.

Zachtjes in mijn oorlel bijtend laat hij zijn knijpende greep op mijn clitoris los en ik huiver als een andere, kleinere schokgolf ervoor zorgt dat mijn bovenlichaam zich weer kromt.

Onregelmatig ademend, open ik mijn ogen terwijl hij zijn hoofd opheft en met woeste voldoening vermengd met brandende honger naar me kijkt.

"Je eerste?" vraagt hij met een lage, hese stem, en ik knik op de automatische piloot, mijn neuronen vuren nog steeds niet goed. Ergens realiseer ik me dat ik tril, mijn oververhitte huid koelt snel af in de kamer met airconditioning als hij zijn hand tussen mijn benen vandaan trekt en deze naar zijn mond tilt. Met opzet zuigt hij doelbewust elke vinger schoon, de smerige actie laat me met een andere, veel zwakkere naschok huiveren... samen met schaamte en opkomende afschuw.

Wat heb ik gedaan? Hoe kon ik hem toestaan om dit met me te doen?

Ik lik aan mijn gezwollen lippen en proef de vage hint van kaneel. Me realiserend dat ik me nog steeds aan zijn schouders vastklamp, laat ik los en plaats mijn handpalmen tegen de muur. Ik moet in een wereld die om zijn as draait iets stevigs voelen.

Alexei heeft me gekust en ik hield hem niet tegen.

Hij heeft me klaar laten komen, hier in deze lege balzaal.

De enorme omvang ervan is te veel om te verwerken. Het enige wat ik weet is dat ik op de slechtste, meest vernederende manier zijn test heb gefaald. En dat weet hij ook.

De overwinning schijnt in zijn donkere ogen terwijl hij met het kussen van zijn duim over de randen van mijn lippen gaat en zachtjes zegt, "Misschien wil je je lippenstift opnieuw aanbrengen voordat we weer naar buiten gaan, Alinyonok. Alle ogen zullen op ons gericht zijn als we de aankondiging doen. Later vanavond kunnen we dit hervatten."

Hij duwt zich van de muur af en stapt achteruit, me uit de kooi van zijn lichaam bevrijdend, en een golf van paniek jaagt mijn afschuw weg als de betekenis van zijn woorden in mijn hersenen doordringt.

De verloving.

Hij is van plan hem nu aan te kondigen... en me dan mee naar bed te nemen.

Mijn leven zoals ik het ken, eindigt vanavond.

"Wacht!" roep ik naar hem als hij zich naar de deur wendt. Ik tril nu nog harder, zo overweldigd door wat er net is gebeurd dat het me alles kost wat ik in me heb om niet huilend in elkaar te zakken. "Alexei, alsjeblieft, wacht."

Hij draait zich om en kijkt me aan, zijn

wenkbrauwen sardonisch gebogen, en ik weet dat er niets is wat ik kan zeggen om hem ervan te overtuigen om het niet te doen, om hem te laten geloven dat ik dit niet wil. Hij heeft me een kans gegeven en die heb ik verknald.

Ik heb mijn vrijheid weggegooid voor een kus en een orgasme.

"Nou?" Hij kijkt op zijn horloge. "De muziek is al gestopt en de gasten komen samen bij het podium om een grote aankondiging te horen. We moeten ze niet te lang laten wachten."

"Alexei, alsjeblieft." Ik duw me van de muur en wankel op onstabiele benen naar hem toe. Mijn slapen bonzen pijnlijk als de hoofdpijn die ik heb onderdrukt plotseling keihard terugkeert, wat aan de onrust die ik voel, bijdraagt. Mijn maag draait zich om van de misselijkheid, als ik dringend zeg, "Alsjeblieft, kunnen we er niet gewoon over praten? Ik ga over een paar weken studeren. In New York. Ik—"

"Ik weet het." Zijn kaak spant zich aan als ik voor hem stop. "Daar moeten we het over hebben, maar niet nu. Hoe dan ook —"

"Alsjeblieft." Ik grijp zijn hand met allebei mijn handen, mijn wanhoop groeit met de seconde. *Hoe dan ook*, had hij gezegd. Dat betekent dat ik misschien niet naar Columbia kan gaan. Wat betekent dat hij vanaf dit moment verwacht dat hij alle beslissingen voor me neemt.

Net als een horrorfilm, flitsen scènes uit het huwelijk van mijn ouders door mijn hoofd, maar in plaats van het gezicht van mijn moeder, zie ik mijn eigen gezicht. En in plaats van mijn vader, zie ik Alexei. Ik zie hem mijn leven met bedreigingen en chantage regeren, terwijl hij mijn lichaam en mijn emoties met de onheilige aantrekkingskracht manipuleert die hij vanavond al tegen me heeft gebruikt. Ik zie een eindeloze parade van feesten en netwerkevenementen waar van mij verwacht wordt dat ik er mooi uitzie en glimlach, zelfs als alles wat ik van binnen ben verwelkt en sterft. Ik zie onze kinderen met de bittere wetenschap opgroeien dat hun ouders elkaar haten en die haat zal aan toekomstige generaties worden doorgegeven, de vreselijke cyclus voortzetten.

Ik zie het allemaal voor me, en een snik ontsnapt uit mijn keel als de tranen die ik probeer te bedwingen in hete stromen over mijn wangen lopen. Zijn gezicht vervaagt in mijn zicht, de hamers bonzen harder op mijn schedel, en ik sla beide handen voor mijn mond als mijn misselijkheid abrupt toeneemt. Maar het helpt niet.

Het lukt me nog net om een paar meter opzij te stappen voordat ik op mijn handen en knieën val en de inhoud van mijn maag op het glanzende marmer van de vloer leeg.

Als ik dacht dat ik me eerder schaamde, dan is het niets vergeleken met de manier waarop ik me voel als sterke handen mijn schouders vastklemmen, en me stabiliseren naarmate meer gekokhals mijn lichaam laat trillen. "Goed zo. Gooi het er allemaal maar uit," mompelt Alexei, terwijl hij een paar haren gladstrijkt die aan mijn opgestoken kapsel zijn ontsnapt en zich aan mijn klamme voorhoofd hebben vastgeklampt. "Je zult je snel beter voelen."

Nee, dat zal ik niet. Hoe zou ik dat kunnen, nu hij me zo walgelijk heeft gezien? Ergens in mijn achterhoofd ben ik me ervan bewust dat de waarschijnlijke boosdoener hiervoor de pillen zijn — alleen of in combinatie met de hoofdpijn die me het gevoel geeft dat mijn hersenen imploderen — maar dat helpt niet. Ik heb niet eens een servet om mijn mond af te vegen. Kreunend van pijn en schaamte, probeer ik weg te kruipen van de plaats van mijn misdaad, maar Alexei trekt me overeind en tilt me tegen zijn borst.

Geschrokken pak ik zijn schouders terwijl hij me naar een van de tafels draagt, waar hij met zijn elleboog een van de omgedraaide stoelen eraf gooit en deze behendig met zijn voet rechtop kantelt voordat hij mij erop zet.

"Wacht hier, oké? Ik ben zo terug," zegt hij zachtjes, terwijl hij in mijn schouder knijpt, en voordat ik kan antwoorden, loopt hij de kamer uit.

Als een gehoorzame pop zit ik daar, te zwak en te wankel om me te bewegen. Een minuut later duikt hij weer op met verschillende vochtige papieren handdoeken, een fles water, een mondwater in reisformaat en een lege plastic beker die hij ongetwijfeld uit het nabijgelegen herentoilet heeft gestolen. Hij hurkt voor me neer, dept zachtjes mijn lippen met de vochtige handdoeken. Zijn manier van doen is net zo neutraal als die van een verpleegster.

Dan instrueert hij me om met de mondspoeling te gorgelen en het in de beker uit te spugen. Tegen de tijd dat ik daarmee klaar ben, heeft hij de waterfles geopend en houdt die voor me. Dankbaar drink ik daarvan en voel me bij elke slok meer mens worden.

"Beter?" vraagt hij terwijl ik de lege fles op mijn schoot laat zakken, en ik knik, niet in staat om zijn blik te ontmoeten.

Hij neemt de fles van me over en zet hem op de grond. "Hoe gaat het met je hoofdpijn?"

"Niet zo goed," mompel ik, wensend dat ik de kracht had om gewoon te verdwijnen. Net als in de *Harry Potter*-films — poef en weg.

Hij tilt mijn kin met gebogen vingers omhoog en dwingt me naar hem te kijken. Zijn toon is zacht. "Wil je dat ik je naar huis breng?"

Ik knipper met mijn ogen, geschrokken van de warme, bijna sympathieke blik in zijn donkere ogen. "Je bedoelt..."

"We kunnen nu gaan, je in bed leggen met een ijspack op je voorhoofd. Morgenvroeg zal ik je naar een topneuroloog brengen om wat tests te laten doen."

"Oh, nee, dank je, ik heb deze week een afspraak met de arts van mijn ouders en — wacht, nee." Ik druk de hielen van mijn handpalmen tegen mijn kloppende slapen. "Ik kan niet zomaar weggaan. Het is mijn feestje en er zijn allemaal mensen —"

"Dus ze zullen zonder jou verder feesten. Wie kan het wat schelen?"

Ik staar hem aan, mijn hart bonst onregelmatig

terwijl ik mijn handen laat zakken. "Hoe zit het met de aankondiging? Ik dacht —"

"Zes maanden." Zijn toon verhardt, alle sporen van warmte verdwijnt uit zijn blik terwijl hij opstaat. "Ik geef je nog zes maanden om aan het idee van ons te wennen. Ga naar Columbia, studeer wat je wilt en als je thuiskomt voor de kerstvakantie, kiezen we twee datums — één voor de aankondiging en één voor de bruiloft zelf."

Even weet ik zeker dat ik hem verkeerd heb verstaan over de zes maanden. Verbaasd vraag ik hem om te herhalen wat hij zei, maar hij is nog niet klaar met praten.

"Ik geef je dit op twee voorwaarden," vervolgt hij. "Ten eerste, ga je naar een arts voor de hoofdpijn. Onmiddellijk. En ten tweede, geen wiet of illegale drugs meer, al dan niet op recept." Hij buigt zich over me heen en pakt de armleuningen van de stoel terwijl zijn ogen zich in me boren. "Kun je me dat beloven?"

"Ja! Absoluut." Voor nog zes maanden vrijheid zou ik alles beloven.

"Goed. En er is nog één dingetje..." Zijn ogen zijn als zwarte diamanten terwijl hij zijn gezicht dichterbij brengt, zijn stem druipt van de dreiging terwijl hij zachtjes zegt, "Heb in de Big Apple alle plezier die je wilt met je vrienden, maar weet dit: elke man die je probeert aan te raken zal er de rest van zijn zeer korte, zeer pijnlijke leven spijt van hebben."

HOOFDSTUK 11

Mijn wangen branden als ik in Alexei's ogen staar, niet in staat om mijn handen weg te trekken van waar zijn handpalmen de mijne op de tafel houden. De heldere zon maakt het onmogelijk om me voor de waarheid van zijn woorden te verbergen.

Ik wilde hem als een jonge tiener, zelfs toen ik het zelf niet begreep. En op mijn achttiende verjaardag was ik rijp om te grijpen. Voor *hem* om te grijpen. Hoezeer ik een gedwongen huwelijk ook vreesde, ik zou het niet hebben kunnen weerstaan om na het feest in zijn bed te belanden als de pillen me niet zo ziek hadden gemaakt.

Alleen kan ik dat nu niet toegeven. Ik kan hem niet nog meer munitie tegen me geven.

"Ik was die avond mezelf niet," zeg ik ongelijkmatig. "Ik was high. Dat weet je."

Zijn kaak wordt strakker en hij laat mijn handen los

om achterover te leunen in zijn stoel. "Ja, dat was je. High en ziek ervan. En als een dwaas had ik medelijden met je en had je die extra zes maanden gegeven." Zijn lippen worden smal. "Ik wist op dat moment niet wat het me zou kosten."

Jammer. Dus dat was zijn motivatie. Dat vroeg ik me al jaren af. Zelfs nadat mijn wereld die winter verbrijzelde, bleef een deel van me nieuwsgierig naar zijn motieven die avond, of hij me de gratie had gegeven uit een schijn van vriendelijkheid of omdat hij me afstotend vond.

Nu weet ik waarom. En ik weet niet wat ik ervan vind, en of het iets verandert. Omdat een ander deel van me, een deel waarvan ik pas onlangs besefte dat die bestaat, hem die paar extra maanden altijd had verweten... dat beetje extra vrijheid dat ons later beiden duur is komen te staan.

Als hij op mijn achttiende verjaardag was doorgegaan met de verlovingsaankondiging, zou ik dan die vreselijke winteravond thuis zijn geweest, of zou ik in *zijn* huis zijn geweest, in zijn bed, ver weg van het penthouse van mijn ouders?

Als ik al officieel van hem was geweest, zouden de gebeurtenissen van die avond dan hebben plaatsgevonden?

Mijn keel sluit zich, zoals altijd als ik me die vreselijke avond herinner, en de spanning knijpt mijn slapen in een genadeloze bankschroef. Ik slik tegen een nieuwe golf van zeeziekte en kijk naar de tafel, waar mijn handen nu samengeklemd liggen, mijn knokkels wit... zo wit als het vage witte litteken op mijn rechteronderarm. Met moeite open ik mijn vingers en merk met een hoekje van mijn geest op dat mijn rode nagellak nog steeds intact is, nog steeds niet gechipt. In tegenstelling tot mij.

Ik hef mijn blik op naar Alexei's gezicht, niet gehuilde tranen brandend als zuur achter mijn oogleden. Ik zou het niet moeten zeggen, ik weet het, maar de berisping knalt van mijn lippen, net zo onlogisch als dat het onthullend is. "Je had me dan direct na dat feest moeten stelen."

"Ja," zegt hij, en voor het eerst weerspiegelt zijn onyxkleurige blik de pijn. Mijn pijn. Zijn stem is vol spijt als hij zegt, "Ik had je toen mee moeten nemen, hoe ziek je ook was. Of op zijn minst had ik je die winteravond tegen moeten houden om naar huis terug te keren, ook al waren je zes maanden nog niet voorbij."

HOOFDSTUK 12

6 JAAR EN 9 MAANDEN EERDER, MOSKOU

"Mama, ik ga naar Natasha," zeg ik op een onechte vrolijke toon terwijl ik mijn hoofd in de mediaruimte steek, waar mijn moeder weer aan een soap gekluisterd is. "Ik zal laat thuis zijn."

Ze kijkt mijn kant op, haar ogen rood en gezwollen. Haar stem is zwaar, duidelijk hees van het huilen als ze zegt, "Maar je bent vanmorgen aangekomen."

"Ik weet het, maar ik heb weken geleden plannen gemaakt met Natasha. Ze staat te popelen om me te zien." En ik wil hier heel graag weg.

"Neem dan een paar bodyguards mee." Ze richt haar aandacht weer op de tv.

"Dat zal ik natuurlijk doen."

Ik kan nu gaan, maar ik blijf in de deuropening hangen, onzeker over wat ik moet doen. Ik wil graag aan de giftige atmosfeer in het penthouse van mijn ouders ontsnappen, maar ik heb mama nog nooit zo van streek gezien, en papa nog nooit zo woedend en dronken. Het gerucht gaat dat ze een minnaar heeft, een overheidsambtenaar die zo hoog is dat zelfs mijn machtige vader hem niet zonder gevolgen kan uitschakelen. Ik heb geen idee of het waar is, maar als het waar is, dan hoop ik dat mijn ouders eindelijk hun eigen weg gaan.

Dat hadden ze al veel eerder moeten doen.

Ze blijft blanco naar het scherm staren terwijl ik op mijn onderlip bijt, verscheurd tussen mijn verlangen om te vertrekken en mijn behoefte om haar te troosten. Ze zou dat laatste niet verwelkomen, dat weet ik — ze houdt ervan om te doen alsof niemand van ons van haar onenigheid met papa weet — maar ik weet niet of ik haar zo achter kan laten. Als Pavel en Lyudmila hier waren, dan konden zij tenminste voor haar zorgen, maar ze zijn vanavond allebei vrij.

Aarzelend stap ik de kamer binnen. "Mama..."

"Ga gewoon," zegt ze toonloos, zonder haar ogen van het scherm te halen. "Ik wil alleen zijn."

Ik wil haar wens eren, maar een of ander instinct drijft me dieper de kamer in. Als ik haar zachte stoel nader, zak ik voor haar op mijn hurken. "Mama, weet je zeker dat je in orde bent?"

Haar betraande ogen ontmoeten de mijne en haar met lippenstift bedekte mond trilt in een geforceerde glimlach. "Waarom zou ik dat niet zijn, Alinochka?"

Terwijl ze spreekt, spelen haar slanke, perfect verzorgde vingers met haar ketting, een hartvormige diamanten hanger aan een dunne gouden ketting die papa haar bij Konstantins geboorte had geschonken. Het is een van haar favoriete sieraden, en ik zie het vaak om haar nek na hun ruzies. Ik vermoed dat het een manier voor haar is om zichzelf aan de goede tijden te herinneren, voordat ze wist hoe de man waarmee ze was getrouwd echt was.

Voorzichtig zeg ik, "Je lijkt een beetje overstuur. Is er iets aan de hand?"

Haar mond trilt harder. "Nee, nee. Het is gewoon..." Ze reikt achter haar nek en rommelt met de sluiting van de ketting. "Hier." Ze pakt mijn hand en legt de ketting op mijn handpalm. "Ik wil dat jij hem hebt."

"Oh, uhm... bedankt, maar waarom?"

"Ik heb hem niet meer nodig." Ze probeert weer trillend te glimlachen. "Ik heb hem genoeg gedragen."

Of ze is klaar met proberen te doen alsof de goede tijden — ervan uitgaande dat die er waren — de moeite van de hel waard zijn die haar huwelijk nu is.

De geruchten moeten kloppen. Zij en papa gaan eindelijk scheiden, en ik kan niet zeggen dat ik iets anders voel dan opluchting.

"Dank je, mama," zeg ik zachtjes, terwijl ik mijn vuist over de ketting sluit als ik overeind ga staan. "Ik zal het koesteren."

"Oh, het is gewoon een sieraad," zegt ze en zwaait met haar hand. "Ik weet zeker dat Alexei je veel mooiere dingen zal geven."

Ik verstijf te midden van het omdoen van de ketting. "Alexei?"

Ze knikt en ze ziet er een beetje schaapachtig uit.

"Heb ik het je niet verteld? Hij komt je morgenvroeg ophalen. Hij wil dat jullie samen de dag doorbrengen. Heeft hij het niet tegen je gezegd? Hij zou vandaag langskomen om je te zien zodra je thuiskwam, maar zijn vlucht uit Hongkong was vertraagd."

"Nee," zeg ik met een verstikte stem en ik laat mijn handen vallen. "Hij heeft niets tegen me gezegd."

De laatste keer dat we interactie hebben gehad was op mijn achttiende verjaardagsfeestje, of beter gezegd, toen hij me thuis afzette met de waarschuwing om te rusten en snel beter te worden. Tenminste, ik denk dat dat is wat hij zei. Ik was er tijdens de autorit niet helemaal bij als gevolg van de hoofdpijn en de aanhoudende effecten van de pillen. In feite is die hele avond een waas voor me. Wat ik me wel herinner is dat Alexei me zes maanden had beloofd, en zes maanden vanaf eind juli is niet eind december. Ik heb nog bijna vier weken vrijheid. Het is alleen... had hij ook niet iets gezegd dat mijn kerstvakantie het moment is wanneer we de timing van alles zouden beslissen?

Fuck. Dat heeft hij gezegd, en ik heb het totaal uit mijn hoofd geblokkeerd, me aan de zes maanden vastklampend alsof het een datum was die in steen was gehouwen.

Idioot. Ik weet niet wat ik dacht. Nee, het is meer alsof ik *niet* dacht. Ik was zo duizelig door het onverwachte uitstel dat ik mezelf met de roekeloze verwaarlozing van iemand die nog zes maanden te leven heeft in het universiteitsleven had gestort. Ik volgde alle lessen, ging naar alle feesten, deed alle buitenschoolse activiteiten die ik kon doen, en tijdens wat voor vrije tijd er ook overbleef in mijn volle agenda, heb ik alle hoeken en gaten van New York City verkend, van bekende musea tot poëzie op uitnodiging in kelders aan de Lower East Side.

Het grootste deel van de afgelopen vijf maanden, was ik bezig vanaf het moment dat ik mijn ogen opende bij zonsopgang tot ik van pure uitputting na middernacht in slaap viel, en de enige keer dat gedachten van Alexei in staat waren om mijn geest binnen te vallen was 's nachts, in mijn nachtmerries en dromen. Zelfs tijdens de vliegreis hier naar toe, was ik verwoed een bug in de app aan het repareren die ik voor mijn les Intro in Informatica had geschreven, zodat ik het naar mijn professor kon sturen en wat extra punten kon scoren.

Voor mama moet ik er uitzien alsof ik een geest heb gezien, omdat ze met onechte vrolijkheid zegt, "Nou, dan weet je het nu. Veel plezier bij Natasha, oké? Doe haar familie de groeten van me."

"Dat zal ik doen, bedankt." Op de automatische piloot loop ik de mediakamer uit en ga naar de voordeur, alle angst die ik op afstand heb gehouden met non-stop activiteit komt in één keer bij me binnen.

Alexei.

Hij wil een hele dag met me doorbrengen.

Morgen.

Wat moet ik verdomme doen?

Mijn hoofd begint pijn te doen. In de hoop dat de ijskoude avondlucht een volledige migraineaanval zal voorkomen, trek ik mijn warmste laarzen, muts, handschoenen en jas aan en stuur ik een app naar de bodyguards die beneden wachten dat ik naar Natasha wil lopen en dus geen auto nodig heb.

Ik ben al halverwege naar de lift als papa's kolossale gestalte in de deuropening verschijnt. "Ga je uit?"

Zijn woorden zijn onduidelijk, zijn gezicht opgeblazen en ongeschoren. Zijn zwarte haar, nu royaal met grijs doortrokken, is een warboel, net als zijn kleren, met zijn witte shirt bevlekt en scheef geknoopt, de revers half in zijn gedeeltelijk opengeritste broek gepropt. Geen das, geen schoenen van welke aard dan ook, slechts één sok aan zijn linkervoet.

Ik heb nog nooit gezien dat mijn machtige, knappe vader er zo uitzag, zelfs niet toen hij in het verleden dronken was.

"Gaat het, papa?" vraag ik zachtjes. Een onbekend medelijden roert zich in me.

De man voor me is nooit het soort vader geweest dat ze in films laten zien, degene die je knuffelt, belangrijke gesprekken met je voert, en gewoon over het algemeen doet alsof je meer bent dan een object om te verhandelen. Toch is hij mijn vader en hij heeft pijn. Hoe gebroken en giftig zijn relatie met mama ook is geworden, ooit heeft hij van haar gehouden, dat weet ik zeker. Misschien doet hij dat nog steeds, op zijn eigen vreemde manier.

Hij gnuift en haalt zijn vingers door zijn haar, het gebaar ongewoon onstabiel. "Waarom zou ik dat verdomme niet zijn?" Hij wankelt naar me toe, zijn bewegingen doen me aan een zombie denken die te veel cafeïne heeft gehad. "Dus ga je uit of niet?"

Ik neem een terughoudende halve stap terug en til mijn hand op om de hanger om mijn nek te verbergen. "Ja, naar Natasha. Ik ben over een paar uur terug. Is dat goed?"

Hij beweegt zijn kin naar de deur. "Ja. Maak dat je wegkomt."

Onbeschoft, maar oké. Het hoeft me niet twee keer gezegd te worden. Ik haast me de lift in, en als ik beneden de lobby binnenkom, gaan er vier bodyguards met me mee. Zodra we de straat opkomen, vallen ze terug om me discreet te volgen, en ik word alleen gelaten met mijn gedachten — gedachten die onmiddellijk naar Alexei gaan.

Vertraagd in Hongkong, had mama gezegd. Ging hij daarheen voor zaken of plezier? Ik heb er afgelopen zomer een paar dagen doorgebracht, op bezoek bij een vriend van school, zodat ik me de glamoureuze nachtclubs en lounges kan voorstellen, samen met alle prachtige vrouwen. Vrouwen die ik me maar al te gemakkelijk kan voorstellen in Alexei's bed, hun lichte lichamen die tegen hem aan kronkelen, hun volle lippen om zijn —

Fuck. Stop. Het kan me niet schelen. Hij kan alle schoonheden in Hongkong neuken die hij wil — wat hem ook maar bij mij uit de buurt houdt. Ik heb geen reden om bij de gedachte dat hij een andere vrouw aanraakt te gaan kotsen. Ik zou blij moeten zijn als zijn aandacht ergens anders is. Ik hoop dat die ergens anders is.

Misschien, heel misschien, is hij op dit moment met een vrouw die hem onze stomme verloving laat vergeten, en dan ben ik voorgoed vrij.

De gedachte zou me op moeten vrolijken, maar ik voel me nog slechter, mijn hoofdpijn wordt met de minuut erger. Zelfs de frisse winterlucht helpt niet. Het is vanavond koud buiten, minstens min 20 graden Celsius, en ijskristallen kraken onder mijn laarzen terwijl een ijskoude windvlaag me in het gezicht raakt, waardoor ik ril en wens dat ik toch met de auto was gegaan. Of misschien zelfs thuis was gebleven, ondanks de giftige sfeer en zo. Ik had mijn ouders kunnen negeren, mijn pillen tegen hoofdpijn kunnen nemen, in bed kunnen kruipen, en de broodnodige slaap in kunnen halen.

Nou, het is nu te laat. Ik blijf lopen en probeer niet aan Alexei te denken die morgenvroeg komt, en als ik een hoek om ga, stopt er een zwarte auto naast me.

Geschrokken spring ik achteruit, mijn instincten schreeuwen gevaar, maar mijn bodyguards zijn er al, ze vormen een halve cirkel tussen mij en de auto. Hun handen gaan naar hun wapens terwijl het verduisterde raam achterin naar beneden rolt en een bekend paar donkere ogen in een gezicht met een harde gelaatstrekken onthult.

Ogen die van wreed vermaak schitteren.

"Rustig, jongens," zegt Alexei terwijl ik hem

aanstaar, verstijfd van shock. "Ik zal mijn aanstaande geen kwaad doen."

Hij duwt de deur open, stapt naar buiten en ontvouwt zijn lange gestalte in een soepele, gemakkelijke beweging terwijl ik naar hem staar en geen woord kan zeggen.

Hoe is het mogelijk dat hij hier voor me staat, terwijl hij in Hongkong hoort te zijn?

Mijn verbijsterde blik gaat over zijn gezicht, met zijn harde hoeken en scherpe vlakken, dan over zijn lichaam, waarvan de krachtige spieren zichtbaar zijn, zelfs in de grijze leren jas die hij over een zwarte trui draagt. Donkere jeans omhelzen zijn lange, atletische benen en zwarte bikerlaarzen bedekken zijn voeten, waardoor hij er nog gevaarlijker uitziet.

"Heb je me gemist, Alinyonok?" vraagt hij, naar me toe komend, en mijn bodyguards zakken weer naar achteren en smelten weer uit het zicht. Ze moeten ingelicht zijn over onze relatie, zoals die er is.

Ik roep ze bijna terug, maar ik wil niet dat Alexei weet hoe bang hij me maakt. In plaats daarvan recht ik mijn rug en plak ik een koele glimlach op. "Wat doe jij hier? Ik dacht dat je vlucht vertraging had."

"De storm trok op en mijn piloot besloot het risico te nemen," zegt hij, terwijl hij voor me stopt. De straatlantaarns reflecteren in zijn ogen, waardoor ze op zwarte spiegels lijken die boven me hangen. Zijn lippen komen spottend omhoog. "Ik wist dat je stond te springen om me te zien."

Ik vecht tegen de drang om ineen te krimpen als hij

een hand opheft om een haarlok onder mijn muts te stoppen. In tegenstelling tot mij draagt hij geen handschoenen, maar zijn vingers zijn warm ondanks het feit dat het buiten vriest. Zo warm dat ze mijn koude huid laten branden en me het gevoel geven dat ik te veel lagen kleding draag... alsof ik in dit ijskoude weer naakt moet zijn om het vuur dat in me woedt af te laten koelen, en zelfs dan zou ik levend kunnen verbranden.

"Te springen, ja. Om je te zien, nee," dwing ik mezelf om te zeggen terwijl hij zijn hand naar achteren trekt. Mijn hart gaat tekeer, maar ik kan hem dat niet laten weten. Ik moet rust uitstralen, zodat hij niet beseft hoe erg hij me van streek maakt. Hoe onvoorbereid ik ben om hem en alles wat mijn toekomst in petto heeft onder ogen te komen.

De treiterende glimlach blijft op zijn lippen. "Je kwetst me, mijn schoonheid. Hier ben ik, mijn leven riskerend door in een sneeuwstorm te vliegen om je te zien, en je kon niet eens thuis op me wachten."

Ik klem mijn kaken op elkaar. "Ik heb vanavond plannen met Natasha." Wat hij, stalker die hij is, waarschijnlijk al weet.

Zijn glimlach wordt breder. "Die zul je moeten annuleren, ben ik bang. Aangezien ik op tijd thuis ben, hebben jij en ik vanavond plannen. Grootse plannen."

Mijn hartslag wordt intenser. Hij kan onmogelijk bedoelen... "Ik heb nog vier weken!" Tot mijn schaamte komen de woorden er als een gil uit. Met moeite krijg ik grip op mezelf en zeg in een meer vlakke toon, "Ik hoef je tot eind januari niet te zien." Op dat moment zal ik terug zijn in New York City, en hopelijk heeft hij het dan te druk om naar me toe te vliegen.

De glimlach valt van zijn lippen en zijn ogen worden gevaarlijk gespannen. "Waar heb je het verdomme over?"

"Over jou..." Ik slik, mijn hart bonst sneller bij zijn uitdrukking. "Je hebt me zes maanden gegeven."

"Ik heb je tot deze kerstvakantie gegeven."

"Dat zijn geen zes maanden!"

Er trekt een spier in zijn kaak. "Dat bedoelde ik niet letterlijk. Ik heb tegen je gezegd dat we zouden praten als je thuiskwam en dat we dan alle datums zouden bepalen."

Dat had hij wel gezegd, maar ik heb alleen zes maanden gehoord. En ik heb die extra maand nodig. Ik heb hem hard nodig. Terwijl ik mijn kin optil, zeg ik gelijkmatig, "Dat je niet goed kan rekenen is niet mijn probleem."

Zijn neusgaten bewegen terwijl een harde windvlaag de ijskristallen van een dak in ons gezicht blaast. "Oh, maar dat is het wel." Hij grijpt mijn elleboog. "Laten we gaan. We zullen dit in de auto bespreken."

"Nee!" Ik zet mijn hielen in de grond als hij me naar zijn auto trekt. Onmiddellijk omsingelen mijn bodyguards ons en hun aanwezigheid geeft me moed. Ze laten me niet tegen mijn wil meegenomen worden, zelfs niet door mijn zogenaamde aanstaande. Ik verhef mijn stem zodat ze me duidelijk kunnen horen. "Ik ga nergens heen met jou."

Hij stopt, woede brandt in zijn ogen als een van de bodyguards —Vankov — zijn jas opzij beweegt, een wapenholster laat zien, en zegt, "Laat Alina Vladimirovna alsjeblieft los." Zelfs in een gespannen situatie, vergeet hij niet om respect te tonen door mijn patroniem te gebruiken. Met een strakke kaak, gaat hij verder. "Ze wil niet met je mee."

Ja. Hup, Vankov!

Het is alleen dat Alexei niet gehoorzaamt. Hij ziet er ook niet geïntimideerd uit. "Ze is mijn verloofde," zegt hij met een harde stem, "en we hebben dingen te bespreken. Ga aan de kant, of je zult hier spijt van krijgen."

De andere bewakers wisselen bezorgde blikken uit, maar Vankov trekt het pistool uit de holster en richt het op Alexei. "Mijn orders zijn om de Molotov-familie te beschermen. Laat haar gaan en stap achteruit, meneer."

Alexei's ogen versmallen zich tot spleten, maar hij laat mijn elleboog los. Godzijdank. Even was ik bang dat hij me toch zou proberen mee te nemen, ongeacht de vier gewapende bewakers.

Voor het geval dat, stap ik achteruit en zijn ogen volgen me met de intensiteit van een kat die een muis uit zijn greep ziet glippen.

"Nog één nacht," zegt hij grimmig terwijl twee bewakers tussen ons in stappen en me met hun enorme lichamen beschermen. Hij kijkt me door de opening tussen hun schouders aan, de hitte erin zet me in vuur en vlam ondanks de ijzige wind. "Ik heb per ongeluk zes maanden tegen je gezegd, dus ik geef je nog een nacht om aan het idee van ons te wennen. Maar meer niet. Ik ben klaar met wachten, Alinyonok. Morgenvroeg kom ik je halen, en niets of niemand zal me tegenhouden."

IK TRIL NOG STEEDS VAN DE KOU EN ADRENALINE ALS DE liftdeuren opengaan en ik het penthouse van mijn ouders binnenloop. Ik ben na die confrontatie niet naar Natasha gegaan. In plaats daarvan heb ik me omgedraaid en ben naar huis gerend. Ik had de veiligheid van de muren nodig, hoe denkbeeldig die misschien ook is.

Nog één nacht. Dat is alles wat ik nu heb. Morgen komt hij, en mijn ouders zullen geen vinger uitsteken om hem tegen te houden. In tegenstelling tot mijn bodyguards, kan het ze niet schelen als hij me meesleept. Papa zal hem waarschijnlijk zelfs helpen.

Luide stemmen bereiken mijn oren als ik mijn jas uittrek en hem in de kast bij de deur hang voordat ik mijn schoenen, muts en handschoenen uittrek. Het duurt even, omdat mijn vingers zo gevoelloos zijn door de kou dat ik niks kan voelen. De stemmen worden luider als ik naar de trap loop en mijn hoofd bonst vervelend. Ik heb mijn pillen nodig, een warme douche, en mijn bed, in die volgorde. Wat ik niet nodig heb, is dat mijn ouders weer ruzie maken.

God, ik hoop dat ze snel uit elkaar gaan.

"— verdomde hoer," schreeuwt mijn vader in de woonkamer terwijl ik stiekem naar de trap sluip, wanhopig om me in mijn kamer te verstoppen voordat ze beseffen dat ik thuis ben. "Ik zal hem verdomme vermoorden!"

"Moet jij eens kijken wat er zal gebeuren! Ik ga weg en je kunt me verdomme niet tegenhouden!" De stem van mijn moeder is hoog, hysterisch. Er volg een crash — ongetwijfeld een onbetaalbaar stuk dat op de schoorsteen stond. Ik krimp ineen en bedek mijn oren, maar zelfs dat blokkeert mama's stem niet als ze schreeuwt, "En ik neem Alina met me mee! Rot op met je bondgenootschappen. Ze haat hem, net zoals ik jou haat!"

Ik stop halverwege de trap en laat mijn handen zakken om te luisteren. Meent ze dat, of is dit iets wat ze zegt om mijn vader te kwetsen? En als ze het meent, zou ze me dan echt uit Alexei's klauwen kunnen houden? Misschien als mijn broers aan haar kant zouden staan —

Nog een crash laat me opspringen. "Ze is verdomme mijn dochter! Als je haar mee probeert te nemen, dan vermoord ik je. Ik zal jullie allebei vermoorden, samen met die klootzak die je neukt!"

Een volgende crash wordt gevolgd door mama's kreet van pijn. Mijn hart schiet in mijn keel. Ik heb mijn vader dat nooit tegen haar horen zeggen, en ik heb nog nooit gezien dat hij haar fysiek pijn deed, hoewel ik het vermoeden had dat het gebeurd was.

Bevend haal ik mijn telefoon uit mijn zak en bel Nikolais nummer. Hij is op dit moment de enige die in Moskou is. Konstantin is in Dubai voor zaken, en Valery doet zijn legerding ergens in de buurt van de Krim.

De telefoon gaat over terwijl er nog een crash klinkt, gevolgd door een luidere schreeuw van pijn.

Neem alsjeblieft op, neem op. Kom op, neem alsjeblieft op.

"Ja?" Nikolais stem klinkt in mijn oor, en ik stort bijna in van opluchting.

Mijn middelste broer zal hierheen komen. Hij zal weten wat hij moet doen.

"Kolya, ze hebben weer ruzie," zeg ik, bijna over de woorden struikelend. "Het is erg. Echt heel erg. Ik denk dat hij haar pijn doet."

"Fuck!" Hij klinkt niet zo verrast als ik had gewild. "Blijf uit hun buurt. Kom niet tussenbeide. Ik ben er zo."

De lijn gaat dood en ik steek mijn telefoon met trillende vingers terug in mijn zak terwijl ik naar de woonkamer ga. Ik wil doen wat Nikolai heeft gezegd en me in mijn kamer verstoppen tot hij er is, maar ik kan het niet. Niet als mama pijn wordt gedaan.

Nog een crash, nog een vrouwelijke kreet van pijn, meer gewelddadige vervloekingen. Ik begin te rennen, mijn hartslag brult in mijn oren. "Papa, mama," schreeuw ik terwijl ik de hoek omloop naar de woonkamer. "Stop, allebei!"

Maar ik ben degene die stopt waar ik sta, verlamd van angst bij de aanblik voor me. Mijn vader zit boven op mijn moeder op de vloer, en ze schreeuwt niet langer van de pijn. Ze is stil, bewusteloos, terwijl hij zijn enorme vuist keer op keer in haar gezicht slaat.

Een gezicht dat al zo bloederig en verpulverd is dat het nauwelijks herkenbaar is als het hare.

Stop. Stop. Stop.

Ik voel mijn lippen het woord vormen, maar er komt geen geluid uit mijn keel, terwijl mijn blik verwoed door de kamer gaat, op zoek naar iets, wat dan ook — daar! Een mes, daar op de vloer, naast mijn ouders.

Ik vraag me niet af waarom het daar ligt. Ik reageer alleen maar. Ik spring naar voren, grijp het in mijn rechterhand en pak mijn vaders elleboog met mijn linkerhand, net op het moment dat zijn vuist weer in mama's gezicht slaat. "Stop!" Deze keer komt het woord er als een schreeuw uit. "Papa, hou op! Stop, alsjeblieft!"

Hij slaat me met zijn krachtige arm omver en slaat haar weer. Ik spring op, zonder de pijn op te merken, en probeer hem weer te stoppen. Hij slaat met zijn vuist tegen mijn zonnevlecht, waardoor ik naar achteren vlieg en hij gaat verder met mama's gezicht tot moes te slaan. Mijn rug slaat tegen de armleuning van de bank en mijn zicht wordt donkerder terwijl ik naar lucht hap, maar ik veer omhoog en ga weer naar hem toe en pak het mes stevig in mijn vuist.

Ik wil papa geen pijn doen, maar ik moet hem tegenhouden. Ik moet hem van mama afhalen, wat er ook voor nodig is.

Hij is zo door woede verteerd dat hij het niet merkt als ik zijn arm weer pak en hem met het mes steek, op zijn schouder richtend. Het is niet wat Pavel me heeft geleerd, maar dit is papa, geen willekeurige vreemdeling in een steegje. Ik wil hem tot bezinning brengen, niet vermoorden.

Het mes zakt ondiep in de dikke spier van zijn schouder, en pas als hij zich met een brul naar mij toe keert en ik zijn ogen zie, realiseer ik me mijn fout.

Zijn pupillen zijn zo groot dat ze het meeste van zijn irissen bedekken.

Hij is niet alleen dronken. Hij heeft iets veel sterkers gebruikt.

In een oogwenk, zit hij boven op me, gewelddadig mijn arm met het mes grijpend. Er knapt iets in mijn pols terwijl hij het mes uit mijn greep haalt, maar de kreet van pijn sterft in mijn keel als hij met zijn vuist tegen mijn ribben slaat, waardoor ik naar achteren strompel, dubbelklap van de pijn en piepend naar adem snak. Het duurt een paar seconden voordat mijn zicht helder is, en als dat gebeurt, val ik met een schreeuw aan. "Niet doen! Stop!"

Dat doet hij niet.

Terwijl hij op mama's bewusteloze lichaam zit, steekt hij met het mes steeds opnieuw in haar borst.

Overal spuit bloed heen, over het witte meubilair en de glanzende houten vloeren.

Schreeuwend ram ik mezelf tegen hem aan en slaag erin hem van haar af te stoten. We rollen op de grond, en op de een of andere manier eindig ik bovenop. Ik spring van hem af en spring op mijn voeten, maar hij staat binnen een seconde achter me. Met een brul komt hij op me af, wild met het mes stekend, en ik voel vuur over mijn onderarm likken terwijl ik hem wanhopig gebruik om mijn gezicht te beschermen.

Hij gaat me vermoorden, realiseer ik me ergens als hij het mes weer opheft, en dan slaat een enorme kracht zich in mijn buik en wordt alles zwart.

————

Een koperachtige geur, vermengd met iets smerigs, vult mijn neusgaten als ik wakker word met het geluid van mannen die grommen en meubels die breken. Mijn zicht is wazig als ik mijn ogen open, en ik moet meerdere keren knipperen om de beelden goed te zien. Mijn onderarm brandt, mijn ribben en buik voelen als één grote kneuzing, en mijn hoofd klopt misselijkmakend, maar niets van dat alles doet ertoe als ik me realiseer waar ik naar kijk.

Nikolai en onze vader, gevangen in een dodelijk gevecht.

Bloed bedekt ze beiden terwijl ze over de vloer rollen, worstelend om controle over het mes te krijgen.

Adrenaline overspoelt mijn aderen en zorgt dat ik

overeind kom. Mijn hoofd zwemt, mijn zicht wordt weer donkerder, maar ik negeer het en spring naar voren. "Stop," zeg ik hees, naar hen toe strompelend. "Stop, alsjeblieft."

Ik struikel ergens over en val op mijn handen en knieën. Withete pijn schiet omhoog vanuit mijn rechterpols en ik ga op mijn knieën zitten en hou hem instinctief tegen mijn borst. Er zit bloed op me, zie ik verdwaasd, ik zie zoveel bloed. Het druipt van mijn arm en bedekt de vloer zo ver als het oog kan zien. Ik wist niet dat ik zoveel bloed in me had, dat iemand zoveel bloed in zich had, zelfs niet — wacht, ik ging ergens heen.

Ik ruk mijn hoofd omhoog en zie dat Nikolai nu boven op papa zit en hem vasthoudt. Hij heeft ook het mes.

Eindelijk. Het is voorbij.

Het is alleen... Nikolais gezicht is een masker van duistere woede, zijn hand grijpt het mes in een dodelijke greep die ik van mijn lessen met Pavel herken.

Gal komt in mijn slokdarm omhoog.

Nee, alsjeblieft, nee.

"Kolya, stop, alsjeblieft." De woorden zijn slechts een hees gefluister. Ik probeer het opnieuw, mijn wanhoop groeit. "Kolya, alsjeblieft!" Ik begin op mijn knieën en de ene hand die intact is naar hem toe te kruipen. "Stop. Stop nu."

Hij luistert niet.

Terwijl papa naar boven reikt om het mes te

pakken, ontwijkt mijn broer zijn grijpende hand en steekt naar beneden; de dodelijke beweging is bliksemsnel.

Bloed. Meer bloed. Het spuit overal heen, op Nikolai, op mij. Een schreeuw stijgt in mijn keel op en barst naar buiten, en nu, nu kijkt Nikolai mijn kant op, zijn met bloed bevlekte gezicht is bleek en niet langer van woede vervormd.

Het is nu alleen te laat.

Onder hem ligt het onbeweeglijke lichaam van onze vader, zijn ingewanden hangen uit de opening in zijn romp, die veroorzaakt is door het dodelijke mes van zijn zoon.

Een andere schreeuw bouwt zich op in mijn keel, maar hij komt niet naar buiten. Hij sterft in me, omdat mijn ogen op het andere lichaam in de kamer landen.

Mama.

Ik denk tenminste dat het mama is.

Het kan ook een bloederig stuk vlees in de vorm van een mens zijn dat met stroken kleding bedekt is.

Nee. Alsjeblieft niet.

Ik kruip er naar toe en negeer de pijn die in mijn arm steekt, en als ik daar aankom, realiseer ik me dat zij het is. Of liever gezegd, dat ze dit ooit was.

Wat over is gebleven kan niet eens als mens worden beschouwd. Papa heeft haar onherkenbaar verminkt.

Er komt ergens een hevig gejammer vandaan, een kreet van pijn, zo hartverscheurend dat ik het niet kan verdragen om het te horen. Ik sla mijn handpalmen over mijn oren, maar het gejammer gaat door totdat zwaar gespierde armen zich om me heen wikkelen en me tegen een met bloed doordrenkt shirt trekken.

"Sst, Alinochka. Stil maar. Het komt wel goed. Het komt allemaal goed." Nikolais hese stem kan net zo goed die van een vreemde zijn. Hetzelfde geldt voor zijn met bloed bedekte gezicht als ik me uit zijn greep draai en achteruit stap. Ik herken deze man niet die voor me knielt... deze gewelddadige moordenaar die onmogelijk mijn broer kan zijn.

Bevend duw ik me omhoog. Ik heb het koud, zo heel erg koud. Gevoelloos, gaat mijn blik van Nikolai naar de bloederige homp vlees die vroeger onze moeder was en dan naar het opengereten lijk dat ooit onze vader was.

Mijn knieën knikken, en deze keer, als de duisternis komt, verwelkom ik hem.

Ik wil het daglicht nooit meer zien.

Hoofdstuk 13

Het oogcontact met Alexei verbrekend, duw ik me in een scherpe beweging van de tafel omhoog en loop ik naar de zijkant van de boot, waar ik de houten rail vastgrijp en naar de eindeloze blauwe oceaan staar, terwijl mijn borst met een ongelijke ademhaling op en neer beweegt. De herinneringen drukken zwaar op me, zo zwaar dat ze me verstikken, zelfs na al die jaren.

Mijn vader heeft mijn moeder vermoord.

Mijn broer heeft mijn vader vermoord.

Ik heb het allemaal gezien, en er is geen dag voorbijgegaan sinds die nacht waarin ik er niet over na heb gedacht, me het niet heb herinnerd... bewust of in mijn nachtmerries.

Warme handen komen van achteren op mijn schouders, sterke duimen graven zich in de strak gespannen spieren in mijn nek. Het helpt. De pijnlijke spanning neemt af, de ergste herinneringen trekken zich terug, zelfs als mijn rug om de een of andere reden stijf wordt... een reden die niets te maken heeft met die nacht.

"Het spijt me wat er met je ouders is gebeurd," zegt Alexei zachtjes en hij zet de rustgevende massage voort. "Ik wou dat ik het meteen had geweten, maar je broers hebben het goed verborgen gehouden."

Ja, dat hadden ze. Voor de vrienden en kennissen van onze familie, was mijn vader aan een hartaanval gestorven, en was mijn moeder in een auto-ongeluk op weg naar het ziekenhuis overleden. En zelfs deze valse feiten werden door de kracht van de invloed van mijn familie uit de kranten gehouden, om onsmakelijke speculaties te verminderen.

"Hoe ben je dan achter de waarheid gekomen?" vraag ik, terwijl ik probeer het effect te negeren dat zijn aanraking op me heeft. "Was het via mijn therapeut, zoals ik vermoedde?"

"Ja." Er is geen berouw in zijn toon, geen schuldgevoel bij deze verschrikkelijke inbreuk op mijn privacy. "Ik moest weten wat er met je aan de hand was, zodat ik kon beslissen wat ik moest doen."

Ik knijp mijn ogen samen tegen het zonlicht dat uit het water weerkaatst. "En wat besloot je te doen?"

Hij komt dichterbij, duwt zijn lichaam tegen mijn rug en haakt zijn handen aan de reling aan weerszijden van mijn lichaam, en zet me opnieuw in zijn omhelzing vast. Hij laat zijn kin op mijn hoofd rusten en mompelt, "Ik besloot je meer tijd te geven. Tijd en ruimte om te genezen."

Ja, natuurlijk. Omdat hij zo'n heilige is. "Je was gewoon bang dat ik mijn polsen door zou snijden als je in mijn buurt kwam."

Hij zwijgt een tijdje voordat hij stilletjes toegeeft, "Dat ook."

HOOFDSTUK 14

6 JAAR EN 9 MAANDEN EERDER, MOSKOU

"Hoe voel je je?" vraagt Lyudmila zachtjes en ze gaat op de rand van mijn bed zitten. "Kan ik iets voor je halen?"

"Pijnstillers," mompel ik en ik knijp mijn ogen dicht tegen de stekende pijn achter mijn oogleden. "Meer pijnstillers, alsjeblieft."

Alles doet pijn. Mijn gebroken pols, de snee in mijn onderarm die twintig hechtingen nodig had, mijn gekneusde ribben en buik, en vooral mijn hoofd. Het is de nasleep van een hersenschudding, hadden de dokters me verteld. Ik moet mijn hoofd tijdens het auto-ongeluk hebben gestoten, degene die me vorige week had verwond en die mijn moeder had gedood.

Ze weten natuurlijk niets. Er was geen auto-ongeluk. Mijn verwondingen komen van het gevecht met mijn vader, de hersenschudding komt van het moment dat hij me tegen de muur had gegooid en ik bewusteloos was geraakt. Deze verwondingen zijn ook niet de reden dat ik drie dagen geleden niet naar de begrafenis van mijn ouders ben gegaan, zoals de buitenwereld denkt.

"Hier, neem deze." Lyudmila helpt me rechtop te zitten en ik slik met een glas water twee pillen door. De beweging laat mijn ribben uit protest schreeuwen en ik val met een kreun op mijn kussen terug en vecht tegen een golf van misselijkheid.

Een koele, natte handdoek wordt zachtjes over mijn voorhoofd gelegd, waardoor het ergste van de stekende druk wordt verlicht, en ik haal oppervlakkig adem totdat de misselijkheid voorbij is en mijn gedachten weer op een rijtje komen. Een warm waas omhult me. Deze pillen zijn het goede spul, niet de zwakke onzin die ik voor de hoofdpijn heb genomen sinds Alexei me zes maanden uitstel had gegeven. Noch zijn ze de nutteloze troep die de artsen me in de eerste paar dagen na het "ongeluk" hadden voorgeschreven vanwege die stomme hersenschudding. Het had me drie dagen kronkelen van de pijn gekost om ze toe te laten geven en me echte pijnstillers te geven. Maar nu heb ik ze, en ze zijn mijn beste en enige verdediging tegen de pijn die me elk moment dat ik wakker ben, dreigt te verteren.

De uren veranderen in minuten terwijl ik zweef, aangenaam high en gevoelloos. Als mijn gedachten helder worden, laat ik Lyudmila me nog twee pillen geven, en zodra ze de kamer verlaat, neem ik er in mijn eentje nog twee in.

Ik wil niet denken, ik wil niet verwerken wat er gebeurd is.

Ik wil gewoon dat mijn geest leeg blijft.

Op een gegeven moment bezoeken mijn broers me. Konstantin, zijn gezicht bleek en getekend door verdriet. Valery, zo cool en onleesbaar als altijd. Nikolai, die er verschrikkelijk uitziet, zijn gebeeldhouwde kaak bedekt met een week aan stoppels en zijn ogen door donkere schaduwen omringd. Zijn bezoek verontrust me zo erg dat ik gedurende twee uur niet kan stoppen met huilen, en dan doet mijn hoofd zo'n pijn dat ik Lyudmila een dokter laat halen.

De dokter komt, hij controleert of mijn genezing op schema ligt, en schrijft een sterkere pijnstiller voor. Hij waarschuwt me hem niet in te nemen tot later vandaag, wanneer de andere pillen uit mijn systeem zullen zijn, maar ik luister niet. Zodra hij weg is, neem ik de nieuwe pillen in, en als ze me laten overgeven, wacht ik een paar minuten en neem ik ze weer in — en dit keer slaag ik erin om ze binnen te houden. Ze beginnen vrijwel onmiddellijk te werken. Mijn wereld wordt wazig, helemaal zacht en vaag, en de pijn neemt af totdat hij slechts een verre herinnering is. Hetzelfde geldt voor de drang om te huilen. Ik weet niet eens meer waarom ik huilde.

Ik val enige tijd later in slaap, om vervolgens met een schreeuw wakker te worden van een nachtmerrie, waardoor Pavel en Konstantin — die tijdelijk in het penthouse is ingetrokken om een oogje in het zeil te houden — mijn slaapkamer in rennen. Zodra ze bevestigen dat er geen echt gevaar is, ondervragen ze me over mijn fysieke en mentale toestand voordat ze bezorgde blikken uitwisselen en vertrekken. Een minuut later komt Lyudmila binnen en ze laat me iets eten, geeft me dan nog een dosis van de pillen, die ik een paar minuten later met een eigen dosis aanvul.

Alles om de helderheid op afstand te houden.

Uren strekken zich uit in dagen als ik in en uit een drugs-geïnduceerde semi-bewustzijn wegdrijf. Ik zou liever helemaal bewusteloos zijn, maar slapen is het moment dat er nachtmerries komen, dus slaappillen zijn een no-go. Wazig vraag ik me af of ik mijn belofte aan Alexei verbreek door al deze medicijnen in te nemen. Vijf maanden lang heb ik me aan de afspraak gehouden. Na mijn rampzalige achttiende verjaardag heb ik geen joint meer gerookt en heb ik geen medicijnen meer genomen die me niet waren voorgeschreven. Aan de andere kant, wat ik nu inneem, *is* aan me voorgeschreven.

Deze pillen zijn legaal van mij, en ik heb ze nodig.

Ik heb ze nodig omdat het alternatief is om de realiteit onder ogen te zien, en ik kan het niet verdragen om dat te doen.

Alexei is weer langs geweest, vertelde Lyudmila me vanmorgen. Of misschien was het gisteren — ik weet niet meer welke dag het is. Hoe dan ook, mijn broers weigerden hem binnen te laten. Hij eist me al sinds de ochtend na alles wat er gebeurd is te zien, maar ze hebben hem uit mijn buurt kunnen houden.

Mijn hoofd bonkt bij de gedachte aan dit alles — bij de gedachte aan *hem* — ook al is er geen reden meer om bang te zijn. De dood van mijn vader heeft het verlovingscontract nietig verklaard; dat heeft Konstantin me een paar dagen geleden verteld. Nikolai leidt het familiebedrijf nu, en hij heeft geen interesse in het aangaan van een bondgenootschap met de Leonovs. Er is voor mij geen reden om Alexei ooit weer te zien, en ik ben er blij om. Als de verloving nog op tafel lag, zou ik die hele fles pillen nemen en er klaar mee zijn.

Nu, meer dan ooit, kan ik me niet voorstellen om met een man als mijn vader te trouwen. Zelfs niet als een klein, zielig deel van mij zou willen dat ik Alexei's armen nog een keer om me heen kon voelen, om de hitte te ervaren die tussen ons brandt in plaats van de ijzige gevoelloosheid die me overspoelt als ik aan die nacht denk... of überhaupt over iets nadenk.

Het is het beste dat ik helemaal niet denk.

Ik pak de pillen en slik er nog twee door zonder dat ik de moeite neem om water te pakken.

De pillen raken uiteindelijk op. Natuurlijk doen ze dat. En mijn broers, sadisten die ze zijn, weigeren me meer te geven totdat ik akkoord ga om in therapie te gaan. Nu er een paar weken voorbij zijn, zijn mijn verwondingen blijkbaar genoeg genezen zodat ik geen constante pijnmedicatie nodig heb — dat is tenminste wat de dokter hun heeft verteld. Vuile klootzak. Wat weet hij ervan?

Ik heb hoe dan ook geen keus.

Voor het eerst in weken kleed ik me aan, doe ik make-up op en ga ik naar beneden, waar de auto op me wacht. Ik voel me zwak en misselijk, mijn benen trillen en mijn hoofd bonkt bij elke stap die ik zet. Tegen de tijd dat ik met de gebruikelijke groep bodyguards in de auto stap, zweet ik en draait mijn maag zich om van angst.

Ik slaag erin om mezelf een beetje te vermannen tijdens de rit, maar ik ben nog steeds een puinhoop als ik het kantoor van Jekaterina Belkova, de therapeut, binnenkom. Ze blijkt een dunne, kleine vrouw te zijn met warme bruine ogen en een uitnodigende glimlach. Tot mijn schaamte stort ik, een half uur na het begin van onze sessie, huilend in, ook al hebben we alleen over de vroege jaren van mijn jeugd gesproken, toen het huwelijk van mijn ouders net marginaal verschrikkelijk was.

Ze wacht aandachtig tot ik mezelf weer herpakt heb, en dan praten we verder. In plaats van het gebruikelijke uur, hebben mijn broers vandaag onbeperkt tijd met haar geboekt, en terwijl we verder gaan, ben ik daar blij om. Ik heb sinds die avond geen van mijn vrienden meer gesproken. Dat kan ik niet, niet als ze geen idee hebben wat er echt gebeurd is. Ik kan me ook niet echt openstellen voor mijn broers. We zijn emotioneel gezien niet zo hecht, en ik weet zeker dat ze op hun eigen manier ook een trauma hebben. Het laatste wat ik wil is hun last vergroten.

Daarom is het zo'n opluchting om met deze sympathieke, niet-veroordelende vrouw te praten, ook al heb ik liever de pillen. Ze pusht niet, prikt niet, ze stelt alleen maar doordachte vragen en luistert. We gaan van onderwerp naar onderwerp, en op de een of andere manier vertel ik haar over Alexei en de verloving die me de afgelopen drie en een half jaar zoveel angst heeft bezorgd — nog iets waar ik mijn vrienden nooit iets over heb verteld en ook niet in enige diepte met mijn familie over heb besproken.

Mijn broers wisten dat ik tegen de verloving was, maar ze begrepen nooit hoe bang Alexei me maakte en waarom. Maar Belkova begrijpt het. Ze begrijpt meteen hoe vreselijk het voor me zou zijn geweest om als mijn moeder te eindigen, gevangen in een haat-liefdeverhouding met een meedogenloze, gewelddadige man.

"Je moet zo blij zijn dat de verloving voorbij is," zegt ze zachtjes en ik knik, terwijl ik mijn armen om mijn buik heen sla als hij weer pijnlijk verkrampt.

Ze kijkt me met die warme bruine ogen aan. "Heb je sinds de dood van je ouders met hem gesproken?"

De dood. Mijn borst wordt pijnlijk strak en de zure tranen prikken weer in mijn ogen. 'De dood' is zo'n saaie manier om het te zeggen, zo simpel en gewoon.

Verdomme, ik wou dat ik de pillen had.

"Het spijt me," zegt ze, terwijl ze onmiddellijk de

bron van mijn leed begrijpt. "Ben je er klaar voor om daarover te praten? Over... het ongeluk?"

Ik klem mijn handen samen tot mijn knokkels wit worden. Mijn maag draait zich heftig om en koud zweet stroomt over mijn hele lichaam, zelfs in de wortels van mijn haar. Ik weet niet of ik er wel over wil praten of dat ik het wel mag. Aan de andere kant zei ze dat laatste woord voorzichtig, met een pauze. Ze neemt het officiële verhaal niet direct voor waar aan, hetzij vanwege iets wat ik vandaag heb laten vallen of omdat mijn broers haar een soort waarschuwing hebben gegeven.

Ik slik moeizaam en forceer de woorden voorbij de beklemming in mijn keel. "Is alles wat ik hier zeg volledig privé? Zelfs als het niet helemaal... legaal is?"

Ze kijkt me zonder te knipperen aan. "Ja. Ik moet me niet alleen aan het beroepsgeheim houden... maar ik heb ook een speciale overeenkomst met je familie. Niets van wat je me vertelt, hoe verontrustend ook, zal dit kantoor verlaten." Zachtjes voegt ze eraan toe, "Zelfs niet als het over moord gaat."

Moord. Dat is het juiste woord. Of beter gezegd, femicide en vadermoord.

De herinneringen borrelen naar boven, duister en giftig, en ik wend me af om kort en oppervlakkig adem te halen, terwijl gal in mijn keel omhoogkomt. Misschien ben ik er niet klaar voor om erover te praten, hoe graag ik dat ook wil. Misschien is het enige wat het doet de beelden in mijn hoofd vastzetten, ze dieper inwerken tot die nacht het enige is waar ik aan kan denken en geen enkele hoeveelheid pillen me kan helpen.

"We hoeven daar vandaag niet over te praten als je er niet klaar voor bent," zegt Belkova zachtjes. "Het is volledig aan jou."

Ja, ja, dat is het. Ik heb dit onder controle. Die wetenschap kalmeert me. Misschien *moet* ik erover praten. Dat is tenslotte waarom ik hier ben. Misschien zal het delen van wat ik heb gezien me van het verpletterende gewicht van die last bevrijden, van het verdriet dat me verstikt en elke ademhaling die ik neem, vergiftigt.

Misschien zal de dokter wat magie gebruiken, en zal ik stoppen met te denken over hoe fijn het zou zijn om de hele fles pillen in te nemen en me nooit meer zo te voelen.

Ik duw mijn nagels in mijn handpalmen en draai me naar haar toe. Ze wacht geduldig, zegt niets, en langzaam maar zeker begin ik te praten. Ik vertel haar over mijn ontmoeting met Alexei en hoe die ervoor had gezorgd om vroeg naar huis te gaan. Hoe ik mijn ouders hoorde ruziën en ik mijn broer had gebeld. Hoe ik in had gegrepen, niet had gewacht tot hij kwam, en wat er daarna gebeurde. Terwijl ik verder ga, komen de woorden sneller tot ze in een stortvloed uit me stromen, een verachtelijk drab dat nu net zo oncontroleerbaar voelt als de tranen die over mijn gezicht stromen. Zo onvermijdelijk als de enige waarheid die ik tot op dit moment niet aankon.

De wetenschap dat de laatste ruzie van mijn ouders over mij ging.

"Dat maakt het niet jouw schuld," zegt Belkova, naar voren leunend. Haar gezicht is bleek — ik denk dat mijn verhaal zelfs voor haar te veel is. Ze gaat resoluut verder. "Dat moet je weten. Alles had je vader in die toestand hebben kunnen doen ontploffen."

Maar het was niet zomaar iets. Het kwam door mama's dreigement om mij mee te nemen. Zij had tegen papa gezegd dat ik Alexei haatte. En dat is nog niet alles. Met geweld schud ik mijn hoofd. "Ik had meteen naar ze toe moeten gaan. Zodra ik ze hoorde ruziën, had ik in moeten grijpen in plaats van Nikolai te bellen. Ik—"

"Dan zou jij ook dood zijn." Haar stem wordt sterker van overtuiging. "Dit is *niet* jouw schuld. Jij bent hier op geen enkele manier verantwoordelijk voor. Je vader —"

"Genoeg!" Ik spring bevend overeind. Waarom dacht ik dat ik me hierdoor beter zou voelen? Met een vreemdeling praten die het niet kan begrijpen? Er is geen magische geruststelling die ze kan bieden, niets dat ze kan zeggen dat de bloederige homp vlees die mijn moeder was weer tot leven zal wekken of die mijn broer minder de moordenaar van onze vader zal maken. Erger nog, ze heeft het mis. Het is honderd procent mijn schuld. Er zijn zoveel dingen die ik anders had kunnen doen, zoveel manieren waarop ik dit had kunnen voorkomen. Als ik die avond thuis was gebleven, als ik precies het juiste tegen papa had gezegd voordat ik vertrok, als ik in de voorgaande maanden niet op school had gezeten... De 'als'-momenten zijn eindeloos, oneindig, elk zich in mijn geest gravend, stukjes van mijn ziel wegrukkend. Ik ben wekenlang verdoofd geweest, mijn gedachten wazig, maar met elke minuut die zonder de medicijnen voorbijgaat, worden ze helderder en scherper totdat ze net zo kwellend snijden als papa's mes.

Belkova zegt weer wat rustgevende onzin, maar haar woorden bereiken me niet. Me omdraaiend ren ik de deur uit en de lift in. Ik stop niet met rennen totdat ik in de auto zit, en zelfs dan stopt mijn hart niet met racen, mijn handen trillen als ik uit het raam staar, nietsziend, flitsen van die nacht die de een na de ander bij me binnenkomen, die me opblazen met alle emoties die de pillen op afstand hebben gehouden.

Ik ben me maar vaag bewust van het getoeter achter ons en de zwarte SUV die naast onze auto rijdt. Pas als we scherp uitwijken en de bodyguards vloeken, hun wapens trekken, realiseer ik me dat er iets gebeurt.

Vanaf de voorste passagiersstoel schreeuwt Vankov tegen de bestuurder, "Laat die klootzak je niet van — fuck!" De zwarte auto ramt ons van rechts, en de remmen piepen als we naar links draaien. Als mijn gordel en de bodyguard er niet waren geweest, dan was ik door de auto gegooid. Met een kracht geboren uit een plotselinge golf van adrenaline pak ik de stoel voor me.

Aanval.

We worden aangevallen.

Een deel van me kan het niet geloven. Ik bedoel, ik heb beveiliging om een reden, maar toch. Het is klaarlichte dag en we zijn op een paar minuten afstand van het centrum van Moskou. Men zou suïcidaal moeten zijn om de Molotov-familie zo openlijk aan te vallen.

De chauffeur trapt zo plotseling op de rem dat mijn hoofd naar voren klapt en de veiligheidsgordel in mijn ribbenkast snijdt en alle lucht uit mijn longen knijpt. We komen piepend tot stilstand. Fuck! We botsten bijna tegen een busje dat uit het niets verscheen om de weg voor ons te blokkeren. De chauffeur probeert om te keren, maar iets ramt van achteren tegen ons aan, de auto dwingend om weer te stoppen.

Ingesloten. We zijn ingesloten, realiseer ik me als de bodyguards weer beginnen te vloeken. Naast het busje aan de voorkant staan er drie SUV's — één aan elke kant van ons en één achter ons. Ze hebben ons van de hoofdweg afgedwongen, deze zijstraat in, alle getuigen negerend. Mijn hartslag gaat omhoog. Ik kan maar één vijand van ons bedenken die zo brutaal, zo schaamteloos is —

En daar is hij.

De deur van het busje dat naar ons toestaat, glijdt open, en niemand minder dan mijn vroegere aanstaande, Alexei Leonov zelf, stapt uit.

Geheel in het zwart gekleed als de engel des doods, komt hij met lange, woedende stappen naar me toe. Zijn uitdrukking komt overeen met zijn kleren, zijn ogen gloeien donker en zijn kaken klemmen zich stevig op elkaar.

Heel even ben ik zo getroffen door de aanblik van hem — en door de hitte die onder mijn huid kruipt — dat ik geen spier kan bewegen. Dan komt er paniek in me op terwijl er nog vijf mannen achter hem uit het busje springen en er nog acht uit de SUV's aan weerszijden van ons komen, met semiautomatische geweren gewapend.

Het is onmogelijk dat mijn vier bodyguards tegen hen zouden kunnen vechten en het winnen.

"Stop je wapens in je holster," zeg ik beverig, met mijn veiligheidsgordel rommelend terwijl mijn bodyguards uit de auto springen om het gevaar af te handelen. "Het is goed. Ik ken hem."

En ik weet dat hij niet zal aarzelen om iemand te doden die hem in de weg staat.

Vankov knarst met zijn tanden, maar doet wat ik hem opdraag. De andere bewakers volgen zijn voorbeeld.

Ondertussen reikt Alexei naar mijn deur en trekt hem open. Zijn ogen branden in me. "Eruit. Nu."

Ik open de deur aan de andere kant en klauter uit de auto, mijn hart bonst wild. Voor het eerst in weken voel ik me levend. Levend en doodsbang. Ik kan alleen maar beginnen te raden wat Alexei wil, en geen van de gissingen zijn geruststellend.

Bij mijn kleine verzet, vernauwen zijn ogen zich en loopt hij met dezelfde woedende stappen om de auto heen, mij bereikend voordat ik zelfs maar kan denken om het op een lopen te zetten. Hij pakt mijn elleboog, sleept me naar het busje en duwt me in een van de rijen stoelen achterin, klimt erin en schuift de deur achter ons dicht en isoleert ons van de mannen buiten.

Zodra hij mijn elleboog loslaat, klauter ik over de stoel, zo ver mogelijk bij hem vandaan als dat ik in de cabine van het busje kan komen. Mijn ademhaling is snel en oppervlakkig als zijn ogen zich op me richten, nog steeds tot spleetjes vernauwd, nog steeds woedend.

En dan, zomaar ineens, ben ik ook woedend. "Wat denk je verdomme dat je aan het doen bent?" Ik stop met tegen het raam ineen te krimpen en steek mijn kin naar voren, boos naar hem kijkend. "Mijn broers —"

"Rot op met je broers." Zijn kaak beweegt gevaarlijk terwijl hij een hand op de stoel voor ons zet en mij op mijn plaats houdt. "Ik probeer je al weken te zien."

"Dus kwam je met een fucking leger om mijn auto van de weg te rijden?"

"Heb je liever dat ik het leger gebruik om je woning te bestormen? Dat stond voor deze zondag op de agenda, maar gelukkig kwam je daarvoor al uit je hol."

Ik snak geschokt naar adem. Hij wilde zich ondanks alle bewakers en veiligheidsmaatregelen een weg naar het penthouse banen? "Waarom?" is het enige wat ik kan vragen als ik in zijn grimmige gezicht staar.

Zijn mond vervormt zich. "Waarom denk je?" Hij laat zijn hand zakken en haalt zichtbaar adem. Iets van de woede verlaat zijn blik, zijn toon verzacht minutieus als hij zegt, "Ik wilde met je praten, mijn medeleven betuigen voor je verlies... met eigen ogen zien dat je goed geneest."

Mijn verlies. Juist. Heel even was ik het bijna vergeten. Ik slik moeizaam, mijn woede neemt af en zijn uitdrukking wordt nog zachter.

Hij leunt naar voren en legt zijn hand op mijn been, zijn aanraking raakt me zelfs door de dikke laag van mijn jas heen. "Alinyonok..." Zijn ogen houden die van mij gevangen. "Het spijt me van het ongeluk. Het spijt me echt."

Ongeluk. Dus zelfs hij weet het niet. Ik ruk mijn been weg en m'n woede ontbrandt. "Het spijt je zo erg dat je je een weg naar mijn penthouse wilde forceren? Heb je me daarom met je klotepeloton van wagens van de weg gereden? Om je medeleven te betuigen?" Mijn stem gaat met elk woord meer omhoog. "Waarom kun je me verdomme niet met rust laten? Het is voorbij. We zijn klaar. Afgelopen. Dit stomme contract is —"

"Van kracht totdat ik iets anders zeg," zegt hij, zijn uitdrukking verhardend. Welke warmte ik me ook in zijn stem heb voorgesteld, zijn gezicht staat weer in wrede, harde lijnen. "Het kan me geen reet schelen wat Nikolai zegt. Je was aan mij beloofd en —"

"Ik ben verdomme geen object!" schreeuw ik. Al mijn emoties komen plotseling als een explosie naar buiten. Ik tril van hun kracht, mijn maag draait zich hevig om. Ik voel mezelf ontrafelen, van streng tot streng, beetje bij verdomd beetje uit elkaar vallen. Net als mama. Net als het bloederige stuk vlees dat op het einde van haar over was gebleven. Net als papa's ingewanden die door Nikolais meedogenloze lemmet naar buiten waren gekomen. Het lemmet dat ik weer voor mijn gezicht kan zien zwaaien, een vurige streep in mijn arm snijdend... *Stop! Stop! Stop!* Het woord brandt als een alarm in mijn oren, en ik realiseer me dat ik het hardop schreeuw, mijn vuisten hameren tegen het enige beschikbare object — Alexei's borst. Op de een of andere manier, vecht ik tegen hem, schreeuw ik iets onsamenhangends. In de verte hoor ik hem vloeken, en dan slaat hij zijn armen om me heen, me in bedwang houdend. Maar het helpt niet. Zijn omhelzing maakt me alleen maar gek. Ik verlies alle controle, schreeuwend en snikkend en bijtend als een wild dier totdat ik uiteindelijk tegen hem in elkaar stort. Mijn schedel implodeert van de pijn.

Ik weet niet of ik flauwval of dat mijn hersenen zich een tijdje uitschakelen, zoals een computer die opnieuw opgestart moet worden, maar het volgende waar ik me bewust van ben, is dat ik de trap op word gedragen naar mijn slaapkamer. Boze mannenstemmen omringen me, en ik herken het als mijn broers die ruzie maken met Alexei. Dat is degene die me draagt, realiseer ik me met een vaag gevoel van shock—Alexei. Zachtjes legt hij me op mijn bed, waar ik me in een bal oprol, mijn hoofd vasthoud en kreun. Het voelt alsof er een kettingzaag door mijn schedel zaagt, mijn hersenen in stukken snijdt.

"Sst, het is goed. Hier." Nu hoor ik een vrouwelijke stem. Lyudmila. Ze duwt twee pillen in mijn hand, en ik heb net genoeg kracht over om ze naar mijn mond te brengen en ze zo door te slikken. Een glas water met een rietje wordt naast mijn gezicht gehouden en ik zuig een paar slokjes op voordat ik mijn ogen dichtknijp tegen de vreselijke pijn.

"Zie je dit?" Nikolais stem is hard en bijtend. Het bereikt me door de bonzende pijn in mijn hoofd. "Dat is *jouw* schuld. Ze was al aan de beterende hand, was met de medicijnen aan het stoppen, en nu hebben we deze shit weer. Je moet verdomme bij haar uit de buurt blijven, begrijp je dat?"

Alexei's toon komt overeen met die van hem. "Wat is er verdomme met haar aan de hand? Is ze bij een dokter geweest?" eist hij, en ik dwing mijn ogen lang genoeg te openen om hem naar Nikolai te zien staren, de twee staan neus aan neus. Konstantin staat ernaast, zijn houding gespannen, klaar om in te grijpen voor het geval het misgaat — net als Pavel, die als een menselijke berg dreigend in de deuropening staat.

"Dat gaat je geen reet aan, maar ja," zegt Nikolai met opeengeklemde tanden. "Ga nu verdomme weg voordat ik haar voorgoed van je verlos."

Alexei's houding verandert heel licht, maar ik heb genoeg gevaarlijke mannen om me heen gehad om de dodelijke spanning in zijn houding te begrijpen... om de dreiging te zien in de manier waarop Alexei's spieren zich aanspannen, als een cobra die zich voorbereidt om toe te slaan. Mijn hartslag gaat omhoog, angst laat mijn maag zich omdraaien.

"Stop," fluister ik en ik duw me op mijn elleboog omhoog. Dan sterker, "Stop!"

Alle mannen staan stil en draaien zich om om naar me te kijken.

Alexei is de eerste die beweegt. Hij komt naar me toe, zijn lange stappen brengen hem in drie stappen bij me. Zijn gezicht is gespannen, bezorgd. "Alinyonok..." Hij zit op de rand van mijn bed en reikt naar me. Instinctief deins ik terug en hij stopt, zijn uitdrukking verandert terwijl hij zijn hand laat zakken. Iets als pijn flitst in zijn donkere ogen, en dan zijn Konstantin en Nikolai daar, zijn armen grijpend om hem van het bed te slepen.

"Niet doen!" schreeuw ik uit terwijl Alexei zich met een snelle, woeste beweging uit hun greep draait. Het geluid van mijn eigen stem stuurt een scheut van pijn door mijn ogen, en ik val met een kreun terug op het kussen, de hielen van mijn handpalmen tegen mijn kloppende slapen duwend.

Alle drie worden ze weer stil. Dan wil Alexei weer naar me toe te komen, en stappen mijn broers in zijn pad, grimmige vastberadenheid op hun gezicht. Ze laten hem niet bij me in de buurt komen, dat realiseer ik me en hij zal niet weggaan zonder een gevecht.

Geweld is allesbehalve onvermijdelijk, en ik kan de gedachte niet verdragen, de mogelijkheid dat iemand van hen iets aangedaan wordt.

"Laat..." Tegen de pijn in mijn schedel vechtend, duw ik me omhoog naar een zitpositie en slik ik tegen een opkomende vloed van misselijkheid. "Laat hem alleen met me praten. Alsjeblieft."

Nikolai schiet een scherpe blik in mijn richting

terwijl Konstantin fronsend vraagt, "Weet je het zeker?"

"Ja. Alsjeblieft. Je kunt —" Ik slik krampachtig. "Je kunt voor de deur blijven staan."

Nikolai en Konstantin wisselen een blik uit en stappen dan met tegenzin opzij. Maar ze gaan de kamer niet uit. Ze stoppen bij de deur en kijken als uit steen gehouwen toe terwijl Alexei me weer nadert. Hij stopt bij het hoofd van mijn bed en opent zijn mond om te spreken, maar ik ben hem voor.

"Ik wil je niet," zeg ik, in zijn ogen met de kleur van de nacht kijkend. Mijn stem is zacht, maar duidelijk, elk woord scherp uitgesproken ondanks dat de wolk mijn geest begint te overspoelen, de pijn dof maakt en de ondraaglijk scherpe randen van de werkelijkheid vervaagt. "Ik wil onze verloving niet. Ik wil niet met je uit. Ik wil niets van dat alles. Als je ook maar iets om me geeft, dan loop je nu weg en laat je me met rust. Ik ben niet van jou. Ik zal nooit vrijwillig de jouwe zijn. Ik zou nog liever sterven."

Zijn gezicht raakt bij elk woord dat ik zeg meer gespannen, zijn kaken klemmen zich op elkaar tot de kleine spieren bij zijn oren hevig kloppen. Hij zegt niets als ik zwijg. Hij kijkt me gewoon aan, en ik hou zijn blik zonder te knipperen vast, en negeer de hamers die tegen mijn hersenen bonken en de sluier van de medicijnen gezegend in mijn hoofd kruipt. Op dit moment meen ik elk woord dat ik zeg, en dat weet hij. Ik zie het in zijn ogen, in de manier waarop ze donkerder worden, in hoe zijn gelaatstrekken verharden totdat er geen spoor van emotie op zijn gezicht achterblijft. Zelfs geen woede.

Zonder ook maar een woord te zeggen, draait hij zich om en vertrekt — en ik val uitgeput achterover op mijn kussen. Het is niet totdat mijn broers ook de kamer uit stappen, hem volgend, dat ik instort en huil, overvallen door een verdriet dat nergens op slaat... door een gevoel van verlies dat ik niet begrijp en ook niet kan benoemen.

HOOFDSTUK 15

HEDEN, LOCATIE ONBEKEND

"Die dag in het busje wist je niet wat er die avond was gebeurd. Je dacht dat het een ongeluk was geweest. Wanneer ben je achter de waarheid gekomen? Heb je Belkova's gegevens gehackt of haar gewoon omgekocht?" vraag ik hees en draai me in de kooi van Alexei's armen om.

Hij laat de reling los en doet een stap achteruit, waardoor ik wat ademruimte krijg. Ik weet dat het maar een illusie is.

Wat hij ook heeft gezegd, hij heeft me nooit echt ruimte gegeven. Niet in al die jaren dat hij weg is gebleven.

"Ik heb die avond in haar kantoor ingebroken en heb haar notities gelezen," zegt hij, alsof dat normaal is. Alsof dat is wat elke man doet die een vrouw wil. Hij buigt zijn hoofd, en kijkt me met een ondoorgrondelijke uitdrukking aan. "Hoe wist je dat ik het wist?"

"Mijn broers. Ik hoorde ze een paar dagen later over een aanvaring met jou praten," zeg ik. "Je moet iets tegen ze hebben gezegd, omdat Konstantin zich afvroeg hoe je erachter kon zijn gekomen. Zijn stem ging naar de hackertheorie."

Alexei's blik wordt speculatief. "Ben je daarom nooit naar Belkova teruggegaan?"

"Belkova of een andere psychiater." Alleen al de mogelijkheid dat hij een glimp in mijn hoofd had gekregen was genoeg om te voorkomen dat ik ooit nog met iemand zou praten, hoezeer mijn broers me ook aanspoorden om therapie nog een kans te geven.

"Mijn excuses daarvoor." Het klinkt alsof hij oprecht spijt heeft. "Dat was niet mijn bedoeling."

Ik gnuif. "Wat was dan je bedoeling?"

"Om te begrijpen wat er was gebeurd. Om—" Hij stopt en schudt zijn hoofd. "Het doet er niet toe."

"Niet?" Een windvlaag van koele, zoute wind slaat mijn haar in mijn gezicht en laat de boot onder ons bewegen. Ik pak de leuning met de ene hand vast en veeg het haar met de andere uit mijn gezicht. Er vormt zich een storm aan de horizon; ik zie de rafelige randen van de grijze wolken in de verte, die het heldere blauw van de lucht blokkeren. Hij is nog ver van ons vandaan, maar hij komt eraan. Ik kan het voelen. Net zoals ik het gevaar in de man voor me kan voelen. Ik kijk hem recht in zijn gezicht en vraag, "Waarom heb je me die dag thuisgebracht?"

Hij trekt zijn wenkbrauwen op. "Wat had ik dan moeten doen? Je was in mijn busje hysterisch, en daarna bijna catatonisch. Het was of je naar huis brengen of je naar een ziekenhuis brengen — en geloof me, ik heb heel hard over de tweede optie nagedacht."

Ik lach humorloos. "Waarom geen ontvoering? Ik bedoel, je had me in je greep."

"Is dat wat je zou willen dat ik had gedaan?"

"Ik wou dat je me met rust had gelaten, zoals ik je had gesmeekt om te doen."

Een hoekje van zijn mond komt omhoog. "Is dat zo?"

"Ja!" Ik haal diep adem om te kalmeren en moduleer mijn toon. "Natuurlijk is dat zo. Ik heb je al gezegd dat ik je niet in mijn leven wil. Heb ik nooit gewild."

"Welk leven?" Hij doet een halve stap naar voren en leunt naar voren, waardoor ik mijn rug tegen de reling moet drukken. Zijn ogen glinsteren hard. "Je had geen leven. In het beste geval had je een bestaan."

"Dankzij jou!" Ik vergeet alle voorzichtigheid en staar hem aan. "Jij hebt ervoor gezorgd dat ik alleen zou zijn, je ging tot het uiterste om het te laten gebeuren."

"En toch heb je je broers er niet bij betrokken." Hij houdt zijn hoofd schuin. "Waarom niet? Is het omdat je diep van binnen mijn aandacht wilde? Omdat je wist dat je het zou missen als het weg was?"

Mijn mond valt open. "Wat? Nee! Dat is gestoord. Ik heb het nooit gewild — dat is onzin."

"Is dat zo?" Hij veegt nog een pluk haar uit mijn gezicht, waardoor zijn aanraking mijn lichaam oververhit laat voelen, ondanks de koelere lucht die door de snel oprukkende storm wordt veroorzaakt. Ik trek me instinctief terug en zijn lippen krommen zich spottend bij mijn reactie. Terwijl hij de reling aan beide kanten van me weer vastpakt, leunt hij naar voren en zegt zachtjes, "Je had geen idee wat je wilde, mijn schoonheid. Dat doe je nog steeds niet. Maar ik zal het je laten zien. En als ik dat doe, dan zul je beseffen hoe fout je zat om me al die jaren geleden weg te sturen. Je zult de waarheid over ons net zo goed begrijpen als ik."

HOOFDSTUK 16

"Je komt vanavond naar mijn première, toch?" vraagt Risha, terwijl ze met haar taupekleurige nagels op de tafel trommelt. Bij gebrek aan een reactie leunt ze naar voren, haar bruine ogen zijn tot spleetjes vernauwd. "Toch?"

"Natuurlijk. Ik zal er zijn." Ik neem een slok van mijn mimosa en kijk nog een keer uit het raam. Yep. De man staat nog steeds aan de overkant van de straat. Ik ben er vrij zeker van dat hij geen deel uitmaakt van mijn beveiligingsteam, dus hij moet van *hem* zijn. Verdomme.

"Hé." Risha knipt met haar vingers voor mijn gezicht. "Aarde aan Alina."

Ik knipper met mijn ogen en richt me opnieuw op mijn vriendin. "Sorry, wat?"

"Ik vroeg of je iemand meeneemt, zodat ik weet hoeveel stoelen ik voor je moet reserveren, en je hebt

178

me totaal genegeerd. Alweer. Wat is er met je aan de hand?"

Ik forceer een glimlach op mijn lippen. "Niets. Ik denk alleen aan de examens."

"Ik weet zeker dat je zult slagen," zegt Risha en ze zwaait naar de ober. Terwijl we wachten tot hij het drukke restaurant doorkruist, zegt ze, "Dus? Neem je wel of niet iemand mee?"

"Niet."

"Oh, kom op. Serieus?"

"Goed dan. Ik zal Natasha vragen. Ze komt vanmiddag aan vanuit Moskou. Als ze geen jetlag heeft, dan kan ze misschien —"

"Dat is niet wat ik bedoel." Risha kijkt me geïrriteerd aan. "Ik heb het over een man. Of een vrouw die geen platonische vriendin is. Of — fuck, ik weet het niet — een beer. Wie het ook is, waar je ook op valt."

Ik grijns. "Ik val niet op beren, dat beloof ik."

Ze kijkt me dubieus aan. "Als jij het zegt. En mijn vriendin Lana dan? Ze —"

"Ik val ook niet op meisjes."

Ze springt er bovenop. "Dus op jongens dan? Wat dacht je van Julio? Hij —"

"Nee." Mijn stem klinkt harder dan ik bedoelde. Ik haal diep adem. "Geen Julio, geen Raj, geen Dennis, geen Lana. Koppel me helemaal aan niemand. Ik heb je dat al een miljoen keer verteld."

"Maar —"

"Niks te maren. Ik heb op het datingfront geen hulp nodig."

"Ja, natuurlijk," mompelt Risha, maar op dat moment komt de ober en die redt me van haar gezeur. We plaatsen onze brunchbestellingen — boekweitpannenkoeken voor mij, een eiwitomelet voor haar — en als hij weg is, bestook ik Risha met vragen over haar aanstaande film en vergeet ze alles over mijn gebrek aan vriendjes.

Terwijl zij praat, werp ik nog een blik uit het raam. De man is weg, maar ik voel me niet opgelucht. Hij is gewoon uit het zicht, ik weet het gewoon. Hij en wie dan ook die Alexei heeft ingehuurd om me te stalken.

Bij de gedachte eraan vormt zich een bekende gespannenheid bij mijn slapen en haal ik diep adem en probeer me in een poging om de hoofdpijn te voorkomen op Risha's geklets te concentreren. Ik heb me dit jaar beter gevoeld, ik heb hele weken kunnen doorstaan zonder zelfs maar een Advil in te nemen, en ik ben van plan om het vol te houden. Dit is de eerste lente in jaren waarin ik me min of meer als mijn oude zelf heb gevoeld, en ik ga die sukkels van Alexei me geen terugslag laten geven.

Ik ben na die vreselijke kerstvakantie niet teruggegaan naar school. Ik ben in Moskou gebleven, tegen de slopende migraine vechtend en tegen een depressie die zo diep was dat ik niet zeker wist of ik er ooit uit zou komen. Maar ik kwam er na een paar maanden wel uit, dankzij een cocktail van antidepressiva en speciale pijnstillers die de duur en frequentie van de migraineaanvallen verminderden. En dankzij het feit dat Alexei me met rust liet — of dat dacht ik destijds. Pas toen ik de volgende herfst naar de universiteit terugkeerde en probeerde het normale leven te hervatten, kwam ik achter de waarheid.

Als hij me niet kan krijgen, dan kan niemand anders dat.

In het begin ging ik niet op dates. Ik had mijn handen vol om alle lessen in te halen die ik had gemist, en de terugkerende hoofdpijn hielp ook niet. Uiteindelijk ben ik overgestapt van informatica naar economie en politicologie, omdat het staren naar een scherm terwijl ik urenlang programmeerde, de hoofdpijn verergerde. Plus, Econ en PoliSci waren makkelijk voor me, en ik had iets makkelijks nodig. Hoewel mijn depressie voldoende was verdwenen om te kunnen functioneren, had ik nog steeds meer slechte dan goede dagen.

Aan het einde van het zomersemester had ik echter alles ingehaald en was ik weer op weg om met mijn klasgenoten af te studeren. En aan het begin van mijn juniorjaar was ik eindelijk klaar om te daten, ondanks een veelvuldig gevoel van in de gaten gehouden te worden dat ik aan aanhoudende angst en paranoia toeschreef.

De eerste man die me kuste, viel de volgende avond van het dak van een bar. Een dronken ongeluk, zei iedereen, maar het had me zo erg laten schrikken dat ik pas vele maanden later op een andere date ging, toen ik Jorge in een nachtclub tijdens mijn voorjaarsvakantie op Bali ontmoette. Hij was slim, grappig en had ogen zo donker dat ze er bijna zwart uitzagen. Ik mocht hem meteen. We dansten, zoenden een beetje en spraken af om elkaar de volgende ochtend op het strand te ontmoeten.

Hij kwam niet opdagen. De volgende dag hoorde ik dat hij op de ochtend van onze geplande ontmoeting was overleden. Blijkbaar was hij op zijn scooter naar het strand gereden toen zijn remmen het niet deden en hij over een klif reed.

Een vreselijk ongeluk, zei iedereen opnieuw, maar ik wist deze keer beter. Het was geen toeval dat de mannen om me heen bleven verdwijnen en sterven.

Hij was het.

Alexei was nog niet klaar met me.

Dat besef veroorzaakte mijn ergste migraineaanval in een jaar, een die me enkele weken en twee flessen pillen had gekost om van te herstellen. Ik miste het einde van het voorjaarssemester en moest zomercursussen volgen om het in te halen. Ik begon ook extra aandacht aan mijn omgeving te besteden, en schreef niet langer mijn gevoelens als paranoia af dat ik in de gaten werd gehouden. Ik begon iedereen om me heen als een potentiële stalker te evalueren, en nu zie ik hen zo af en toe — een of meer mannen die me volgen die geen onderdeel zijn van mijn normale beveiligingsteam.

Ik heb overwogen om er met mijn broers over te praten, hen over de dreiging te vertellen die Alexei nog steeds vormt, maar de relaties tussen onze families zijn steeds gespannener geworden, met verschillende gevallen van zakelijke sabotage die net geen openlijke oorlog waren, en ik wil niet dat die spanning door mij tot bloedvergieten escaleert. Ik heb al te veel doden op mijn geweten. Ik denk trouwens niet dat Alexei me nog wil. We zijn elkaar de afgelopen jaren bij verschillende evenementen in Moskou tegengekomen, en hij heeft me genegeerd alsof we vreemden waren.

Deze stalking is zijn manier om me te straffen voor het verbreken van onze verloving, niets meer. Daar ben ik bijna zeker van.

Dus hier ben ik, op slechts een paar weken van mijn diploma-uitreiking en nog steeds een maagd zonder vooruitzichten om die maagdelijkheid te verliezen. Het zou triest zijn als het me iets kon schelen, maar vreemd genoeg boeit het me niet. Op een bepaalde manier heeft het wat druk van me weggenomen. Nadat ik naar school was teruggekeerd, voelde ik de behoefte om mezelf en anderen te bewijzen dat ik net als iedereen kon zijn, dat ik volledig hersteld was. Het inhalen van de lessen was mijn eerste prioriteit, maar het hervatten van een normaal sociaal leven was een goede tweede.

Ik wilde niet zo zeer een vriendje als dat ik gewoon verder wilde gaan, om het verleden met al zijn lelijkheid te vergeten. Het kon me niet eens schelen dat ik bijna niets voelde toen ik die twee jongens kuste; ik wilde gewoon die ervaring hebben gehad.

En het blijkt dat ik dat niet kan — en dat is prima. Ik realiseerde me dat er in de nacht dat mijn ouders werden vermoord iets in me is gestorven. Of misschien leefde ik sowieso niet. Mijn seksualiteit begon pas te ontwaken toen ik met Alexei verloofd was, en vanaf dat moment is het altijd met hem verstrikt geraakt — en met angst en schaamte. Tot op de dag van vandaag, gaan al mijn seksdromen, al mijn duistere, vieze fantasieën, over hem. Ondanks de vreselijke dingen die hij heeft gedaan, wil ik hem nog steeds, en ik haat mezelf daarvoor.

Het zou niet eerlijk zijn om met een andere man uit te gaan, zelfs als dat hem niet in levensgevaar zou brengen. Het zou niet eerlijk zijn om met hem naar bed te gaan terwijl ik me mijn stalker in zijn plaats voorstel.

"Serieus, luister je wel?" Risha knipt weer met haar vingers en ik glimlach schaapachtig naar haar.

"Sorry daarvoor. Je zei...?"

Ze blaast geïrriteerd haar adem uit. "Laat maar. Ben je vandaag high of zo?"

"Of zo," mompel ik en ik kijk weer uit het raam.

Misschien *moet* ik high worden om van dat angstige gevoel af te komen.

Nu ik erover nadenk, dat klinkt helemaal niet als een slecht plan.

———

Een verblindende flits gaat af als ik het toilet nader, en ik knipper er geïrriteerd naar. De paparazzi zouden mij niet moeten fotograferen. Het zijn Risha en de andere sterren van haar bekroonde onafhankelijke film waarin ze geïnteresseerd zouden moeten zijn. Ik verleng mijn pas, mentaal de ontwerper van mijn jurk bedankend voor het opnemen van de dij-hoge split in de strakke, lange rok, en het duurt niet lang voor ik aan de jonge reporter en haar camera ben ontsnapt. Als ik eenmaal veilig in het luxe toilet ben, sluit ik mezelf op in een wc-hokje, haal de joint tevoorschijn die ik net van Giles heb gekregen, en neem een paar trekjes.

Zo. Veel beter. Ik voel de spanning in mijn slapen al verminderen.

Ik rook de rest van de joint op en spoel de peuk door het toilet. Dan was ik mijn handen, werk mijn make-up bij, en keer terug naar het feest voordat Risha me ervan kan beschuldigen dat ik ineens weg was.

De film gaat zo beginnen, dus ik ga naar de bioscoop. Iedereen zit al, maar twee plaatsen in het midden van de middelste rij zijn leeg. Een van hen moet van mij zijn. En inderdaad, het heeft een discreet label met mijn naam erop aan de achterkant zitten. Op het label van de andere lege stoel staat 'Lion Holdings'. Waarschijnlijk een van de bedrijven die betrokken zijn bij de productie.

Het licht dimt, een schijnwerper valt op het podium, en de regisseur van de film verschijnt. Hij geeft een toespraak en bedankt iedereen voor het bijwonen van de première en de betrokkenheid bij de film. Ik luister maar half naar zijn woorden, de wiet maakt me aangenaam wazig. De acteurs zijn als volgende aan de beurt, te beginnen met Risha, die de hoofdrol heeft. Ik klap enthousiast voor haar, en dan sluit ik me weer af als de andere acteurs hun toespraken geven, de regisseur, de uitvoerend producent, alle andere producenten, de special effects crew, het kostuum design team, en ga zo maar door bedankend.

Eindelijk is het tijd voor de film zelf. De bioscoop wordt even helemaal donker, en terwijl het enorme scherm op het podium oplicht met de openingscredits, komt een lange man met brede schouders mijn rij binnen en gaat op de lege stoel naast me zitten. Ik werp een blik op hem, meer uit beleefdheid dan uit enige echte nieuwsgierigheid —om vervolgens in shock en ongeloof te verstijven.

Naast me zit niemand minder dan Alexei Leonov, mijn voormalige beoogde en huidige stalker me passief aan te kijken.

Het monster waarvan ik dacht — had gehoopt — dat hij me niet langer wilde.

HOOFDSTUK 17

HEDEN, LOCATIE ONBEKEND

"De lunch is klaar," kondigt Larsons stem van achter Alexei aan en ik slaak een zucht van opluchting als mijn ontvoerder een stap terugdoet en me opnieuw bevrijdt.

De vloer beweegt onder ons als we naar de tafel gaan, die nu met allerlei lekkernijen is gedekt. De wind waait hard in mijn gezicht en de golven worden intenser, de lucht wordt snel donkerder. Ik struikel bijna als het jacht naar voren duikt, maar Alexei houdt me stabiel door mijn schouders vast te pakken, zijn handen sterk en warm. Hij houdt me vast en leidt me naar de tafel, waar hij een stoel voor me naar achteren trekt voordat hij zelf gaat zitten. Terwijl hij een servet over zijn schoot drapeert, kijkt hij naar de hemel en zegt, "We kunnen maar beter snel eten. Het lijkt erop dat de storm ons snel zal bereiken."

Larson knikt en ontkurkt een fles champagne. "Het is snel voorbij, maar het kan even ruw worden. Het is misschien het beste om naar binnen te gaan nadat je hier klaar bent."

Geweldig. Ruwe zeeën. Precies wat ik nodig heb. Het voordeel is wel, dat ondanks de groeiende golven, mijn zeeziekte afneemt. Welk medicijn Alexei ook heeft gebruikt om me buiten westen te krijgen, het moet uit mijn systeem aan het verdwijnen zijn — of ik begin zeebenen te krijgen.

Larson beweegt om de champagne in de kristallen fluit voor me te gieten, maar ik hou hem tegen door het glas met mijn hand te bedekken. "Niets voor mij, bedankt." Ik ontmoet Alexei's blik aan de andere kant van de tafel. "Ik heb niets te vieren."

Alexei antwoordt niet, maar de hoeken van zijn mond gaan naar beneden. Larson voelt de stijgende spanning en vult snel Alexei's glas, plaatst de fles in een emmer ijs aan de andere kant van de tafel en verdwijnt tactvol.

Ik haal rustig adem en pak het bord met kaviaarsandwiches, een van de vele traditionele Russische gerechten op tafel. Alexei tegenwerken is waarschijnlijk niet zo'n goed idee, maar ik kan er niets aan doen. Bij elke minuut die we samen doorbrengen raak ik meer gespannen en het herinnert me aan dingen die ik probeer te vergeten... zoals de manier waarop hij jarenlang mijn leven overschaduwde voordat hij eindelijk toesloeg.

De manier waarop hij me, lang voordat ik zijn echte gevangene was, onder controle hield, mijn lichaam en geest.

HOOFDSTUK 18

Gedurende een paar hartslagen staar ik alleen maar naar hem, naar de harde gelaatstrekken van zijn gezicht verlicht door het flikkerende licht van het scherm. De film is begonnen, de spookachtige muziek uit de openingsscène omhult me met zijn zenuwslopende schoonheid. Uiteindelijk dwing ik mijn lippen om te bewegen. "Wat doe jij hier?"

Mijn woorden zijn nauwelijks hoorbaar, maar hij begrijpt ze. Zijn ogen glinsteren in de duisternis terwijl er een spottende curve op zijn lippen verschijnt. "De première van de film bijwonen, net als jij. Mijn bedrijf heeft immers voor het grootste deel van de financiering gezorgd."

Lion Holdings. Leonov. Natuurlijk.

Ik doe mijn mond open, om hem vervolgens weer te sluiten. Misschien is het de wiet die mijn gedachten vertroebelt, maar ik kan geen enkele reactie bedenken die niet idioot zou klinken. De voor de hand liggende vraag is waarom hij de film van mijn vriendin zou financieren, maar ik weet het antwoord al.

Het maakt deel uit van zijn wraakplan, deze uitgebreide, voortdurende straf die hij voor me heeft bedacht. Het was niet genoeg voor hem om zijn handlangers me van een afstand te laten stalken en elke man af te maken die dicht bij me probeerde te komen. Oh nee. Dat was te genadig, dus is hij op een nieuwe, nog verontrustendere manier mijn leven binnengedrongen.

Hij wacht niet op mijn antwoord. Hij draait zich om en gaat weer op zijn stoel zitten en richt zijn blik op het scherm, alsof hij hier is voor de film en niet om me gek te maken.

Ik ben zo verbaasd dat ik naar hem blijf staren, zijn sterke profiel in me opneem en de manier waarop zijn donkere haar aan de voorkant langer is geworden, hoe zijn smoking zijn krachtige schouders omhelst en de manier waarop hij zijn hele stoel en dan nog wat inneemt, en elke centimeter van de ruimte om hem heen beheerst. Te laat word ik me bewust van de manier waarop mijn hart hard tegen mijn ribbenkast bonkt en hoe mijn longen met stijve, oppervlakkige ademhalingen vechten om zuurstof binnen te krijgen, dus ik ruk mijn blik weg en fixeer het nietsziend op het scherm terwijl ik probeer om voorbij de schok te denken en te begrijpen wat er gebeurt.

Alexei Leonov heeft Risha's film gefinancierd, en nu zit hij hier, naast mij. Betekent dat dat hij besloten heeft dat hij me weer wil? Of is hij nooit gestopt met me te willen en heeft hij gewoon zijn tijd afgewacht?

Wat betekent het dat hij meer dan drie jaar weg is gebleven, en hij nu op minder dan een meter van me vandaan zit?

Ik wil opstaan en vluchten, om naar de veiligheid van mijn appartement te ontsnappen, maar ik kan mijn plotselinge vertrek niet aan Risha uitleggen. Of aan Giles, die helemaal uit Californië is gevlogen om de grote Amerikaanse première van onze vriendin bij te wonen. Of aan Natasha, die momenteel haar jetlag uitslaapt in mijn bed en allerlei indringende vragen zal stellen als ik drie uur eerder thuiskom.

Ik wil Alexei trouwens niet de voldoening geven om te weten hoe erg hij me van streek heeft gemaakt. Laat hem denken dat ik net zo onaangedaan ben door zijn aanwezigheid als hij door de mijne lijkt te zijn. Ik ben tenslotte een Molotov, en we hebben alles overleefd, van Mongoolse invasies tot het communistische regime. Wat is in vergelijking tijdens een twee uur durende film naast je vijand zitten?

Ik haal diep adem en probeer me op het drama te concentreren dat zich op het scherm afspeelt, maar het is zinloos. De lucht die ik inadem, brengt een vage geur van zijn eau de cologne met zich mee, en hoewel we te ver uit elkaar zitten om de warmte van zijn lichaam te voelen, ben ik me op dat primitieve, puur dierlijke niveau van hem bewust en zijn nabijheid laat mijn zenuwen als gitaarsnaren trillen. Erger nog, ik voel de verraderlijke hitte zich onder mijn huid verzamelen, mijn hartslag versnellen en mijn zijden string doorweken. Dat vleselijke, seksuele deel van me dat ik in de afgelopen jaren maar al te graag heb genegeerd is weer ontwaakt, en hoe hard ik ook probeer om me op de film te concentreren, is hij het enige waar ik aan kan denken. Zijn handen. Zijn lichaam.

De manier waarop hij me me op mijn achttiende verjaardag liet voelen, toen ik nog grotendeels heel was.

Een rilling gaat over mijn huid terwijl de herinneringen mijn geest dreigen binnen te dringen, en ik richt mijn blik weer op Alexei en kies het minste kwaad. Hij draait op dat moment ook zijn hoofd en onze ogen ontmoeten elkaar, het flikkerende licht van het grote scherm dat afwisselend de scherpe lijnen van zijn gezicht benadrukt en verbergt, de gevaarlijke glans in zijn ogen die op zwarte diamanten lijken. Mijn ademhaling wordt weer oppervlakkig, mijn longen worstelen om genoeg zuurstof binnen te halen, en ik voel me duizelig door de hitte die in me brandt... door de intensiteit van de behoefte die mijn kern met een lege pijn laat pulseren.

Zijn blik zakt naar mijn keel, en gaat dan naar mijn sleutelbeenderen en de blootgestelde zwellingen van mijn borsten, die door het strakke lijfje van de jurk omhoog worden geduwd. Mijn mond wordt droog en ik slik moeizaam. De geïntegreerde beha is te dik om mijn rechtopstaande staande tepels te verraden, maar ik adem snel en hij kan dat zien. Hij kan zien hoe opgewonden ik ben, hoe hopeloos opgewonden.

Ik wil wegkijken, doen alsof ik de magnetische aantrekkingskracht tussen ons niet voel, maar het is onmogelijk. Als zijn ogen weer in de mijne kijken, kan ik me net zomin afwenden als dat ik vleugels kan laten groeien en weg kan vliegen. Het enige wat ik kan doen is daar trillend zitten, terwijl hij langzaam, opzettelijk, zijn linkerhand op mijn rechterdij legt, precies waar mijn rok een split heeft, en een stukje blote huid blootlegt.

Zijn aanraking schokt me. Het gevoel van zijn hand op mijn naakte dij is als een elektrische schok, die elk zenuwuiteinde met een geweld verzengt dat mijn adem steelt en mijn hart laat voelen alsof het explodeert. Alleen de aanwezigheid van andere mensen om ons heen voorkomt dat er een geschrokken snak naar adem van mijn lippen ontsnapt. Een ver deel van me weet nog steeds waar we zijn en hoe verkeerd dit is.

En het is verkeerd. Heel, heel erg verkeerd. Hij is mijn vijand, mijn stalker... een moordenaar van onschuldige mannen. Ik zou zijn aanraking moeten vrezen, me er door moeten laten afstoten, maar ik beweeg me niet weg als hij zijn eeltige duim dieper onder het zachte fluweel van mijn jurk wringt, waardoor de spleet breder wordt. Hij houdt mijn blik vast, zijn ogen staan vol donkere honger en boze kennis. Ik spring niet op als hij langzaam, tergend met zijn hand dieper onder de rand van mijn jurk langs mijn dijbeen gaat. Ik vlucht niet als zijn vingers langs de rand van mijn string strelen, en dan onder de vochtige zijde duiken naar de plek waar mijn blote vlees heet en glad en pulserend van behoefte is.

Ik zit daar gewoon als een standbeeld, bevroren en brandend, trillend van schaamte en opwinding, terwijl de muziek in de film opzwelt, het publiek om ons heen juicht en klapt bij wat er op het scherm gebeurt.

Ik ben high. Ik moet nog steeds high zijn om dit te laten gebeuren. Maar ik weet dat ik dat niet ben. Ik heb tegenwoordig een hoge tolerantie voor wiet, en de joint die ik heb gerookt vertroebelt niet langer mijn geest. Maar ik zeg tegen mezelf dat het wel zo is, dat de drug de reden is dat ik hier zit, en hem me zo intiem aan laat raken in een bioscoop vol mensen, waar iedereen op elk moment naar ons kan kijken en zijn hand op mijn been, onder mijn rok, kan zien.

Nee, het moet de wiet zijn. Die dwingt me om dit te doen, staat dit toe.

Zijn ogen branden in de mijne terwijl hij mijn natte plooien scheidt en zijn vingers over mijn pijnlijke clitoris streelt. Gewoon een lichte streling, meer is het niet, maar mijn hele lichaam staat strak, mijn longen verkrampen door de kracht van de sensatie. Hij wrijft weer over dezelfde plek, zijn mond kromt zich kwaadaardig, en ik huiver van het scherpe, bijtende genot terwijl de pijnlijke zoete spanning zich steeds meer door mijn lichaam verspreidt. Het tot een zintuiglijk hoogtepunt opbouwend, die me naar de rand van die donkere, geestverruimende extase brengt die ik alleen maar bij zijn handen heb gekend.

Dezelfde grote, sterke handen die me nu met een

vaardigheid aanraken en een delicatesse die niet naast alle wreedheid waartoe ze in staat zijn, kan — mag — bestaan... met al het bloed dat ze hebben verspild.

De grimmige gedachte ontnuchtert me net genoeg om zijn pols vast te pakken. Hij is sterk en solide, de botten dik onder de scherpe manchet van zijn shirt, en ik ben zo in het gevoel gevangen dat *ik hem* aanraak dat het even duurt voordat ik me realiseer dat hij niet stopt, dat mijn gebaar, hoe zwak het ook is, volledig genegeerd wordt. In plaats daarvan wordt de honger in zijn ogen donkerder, roofzuchtiger, zijn gezicht krijgt een demonische uitstraling terwijl hij zijn vingers in een steviger, doelgerichtere beweging over mijn clitoris beweegt, en mijn poging om zijn hand van me af te krijgen volledig negeert. Ik denk tenminste dat ik dat probeer door aan zijn pols te trekken. Ik dring er misschien ook bij hem op aan om sneller en harder te bewegen, om me over die verleidelijke rand te jagen totdat mijn geest verdwijnt en ik alles vergeet, inclusief hoe erg ik dit zou moeten haten.

En ik haat het. Ik zweer dat ik dat doe... tot op de seconde dat ik uit elkaar val. Mijn ogen gaan dicht, mijn tanden knarsen over elkaar om een kreet te onderdrukken, en strepen van paars en wit vermengen zich in mijn zicht. Terwijl mijn spieren zich in een reeks van spasmen aanspannen en loslaten die donkere extase door mijn lichaam sturen, mijn tenen in mijn stiletto's laten krommen en kippenvel op mijn blote armen veroorzaken.

Het orgasme is zo sterk dat het voelt alsof het

ANNA ZAIRES

eeuwig doorgaat. Het is niet totdat de sensaties zich terugtrekken dat ik de kracht vind om mijn ogen te openen en hem onder ogen te komen... mijn aartsvijand die me zojuist klaar heeft laten komen.

Hij staart me nog steeds aan, zijn honger blijft onverminderd, zijn vingers op mijn gezwollen, kloppende, al te gevoelige vlees. Bloed stroomt naar mijn gezicht, en ik zuig lucht naar binnen, vernederd als ik besef wat ik zojuist heb gedaan... wat ik heb laten gebeuren en waar.

Mijn verlamming verdwijnt en ik laat zijn pols los om overeind te springen. Me naar links draaiend, duw ik me een weg langs de toeschouwers in mijn rij, zonder acht te slaan op hun gemopper, al mijn gedachten gericht op ontsnappen. Ik bied Risha later wel m'n excuses aan en dan zal ik haar vertellen dat ik weer hoofdpijn had. Ze zal het me vergeven, dat doet ze altijd. Het is trouwens geen leugen. De intense afschuw geeft al snel aanleiding tot de vertrouwde bankschroefachtige spanning, al het bloed dat naar mijn gezicht is gestroomd, heeft zich in hamers getransformeerd die aan de binnenkant van mijn schedel bonzen. De stekende naalden zullen snel volgen, waardoor mijn zicht vervaagt en ik wil sterven, en de enige hoop die ik heb om dit te stoppen is om mijn pillen op tijd te bereiken.

Mijn pillen. In mijn appartement. Mijn bed.

Ik concentreer me daarop terwijl ik de straat op ren en de dichtstbijzijnde taxi aanroep, niet wachtend tot mijn bodyguards de auto hebben gehaald. Daar is geen tijd voor, niet als hij achter me aankomt en eist dat we doorgaan, dat ik hem geef wat hij mij nu twee keer heeft gegeven. Dat ik hem alles geef, mijn geest en lichaam, mijn hoop en dromen, mijn ziel. De manier waarop mijn moeder zichzelf aan mijn vader gaf, om vervolgens te ontdekken dat het niet genoeg was... dat een monster niet van zijn streken af kan komen, zelfs niet voor degene van wie hij houdt.

Mijn taxi rijdt al weg van de stoeprand wanneer Alexei uit het gebouw komt. De blik op zijn gezicht komt overeen met de scherpe zwarte lijnen van de smoking die zijn krachtige lichaam omhelzen. Hij scant de straat, zijn donkere wenkbrauwen fronsen, en ik schreeuw tegen de bestuurder om sneller te gaan, om op het gas te stappen voordat het te laat is.

Het is pas als we een paar straten verderop zijn dat ik me realiseer dat ik huil, de tranen rollen over mijn gezicht en verpesten mijn zorgvuldig aangebrachte make-up. En het is niet totdat ik in mijn appartement ben, Natasha uit mijn bed heb geduwd en ik een handvol pillen heb geslikt, dat ik me afvraag wat ik ga doen nu Alexei weet dat ik hem nog steeds wil.

Nu ik hem heb laten zien hoeveel macht hij over me heeft.

HOOFDSTUK 19

HEDEN, LOCATIE ONBEKEND

Ik laat mijn blik op mijn bord vallen, neem een hap van mijn kaviaarsandwich en kauw langzaam, in een poging om me op de rijke, zoute smaak van de zalmkuit en de gladde, koele vettigheid van de boter verspreid over het Franse stokbrood te concentreren. Ik probeer me op alles behalve de gespannen stilte te concentreren die zich tussen ons uitstrekt en op de herinneringen die erin binnendringen, herinneringen die mijn gezicht laten branden en mijn hart sneller laten kloppen.

Zoals Risha's première. Zoals wat er negen maanden geleden gebeurde.

Niet in staat om mezelf tegen te houden, kijk ik op van mijn bord en ontmoet Alexei's blik. Hij glimlacht donker, en op de een of andere manier weet ik dat we hetzelfde denken... dat zijn geest langs hetzelfde pad reist, dezelfde gebeurtenissen herbeleeft.

"Na Risha's première," zeg ik, zowel om de stilte te

doorbreken als omdat ik het echt wil weten, "was ik bang dat je jezelf verder in mijn leven zou forceren. Of zoiets als dit zou doen." Ik gebaar vaag om me heen om mijn huidige situatie aan te geven. "Toch deed je dat niet. Je liet me weer met rust. Waarom?"

Hij pakt zijn champagneglas en neemt een slokje. "Omdat je er niet klaar voor was." Zijn toon is effen, zakelijk, alsof iedereen weet dat een vrouw aan bepaalde criteria moet voldoen om met geweld te worden ontvoerd. Alsof dit alles volkomen logisch en rationeel is.

"Klaar voor wat?" vraag ik, bij zijn toon passend. "Om in je bed te worden gedwongen?"

"We weten allebei dat geweld niet nodig zal zijn."

Ik bloos nog erger, maar behoud de koelte in mijn stem. "Als dat je helpt om 's nachts te slapen."

"Ik ben niet van plan om vannacht veel te slapen."

Vervloek hem. De blos verspreidt zich naar mijn nek en borst, en mijn borsten voelen plotseling gespannen, overdreven beperkt door de beha die ik draag. De kanten stof wrijft tegen mijn rechtopstaande tepels, ze irriterend, en mijn string voelt ongemakkelijk vochtig aan. Niet in staat om zijn donkere, spottende blik te verdragen, keer ik mijn blik terug naar mijn bord en concentreer ik me op het verslinden van de kaviaarsandwich, ook al is eten het laatste wat ik wil.

"Je had je professoren om uitstel voor je eindwerkstukken en examens gevraagd," zegt hij, terwijl zijn toon grimmig wordt. Geschrokken kijk ik naar hem terwijl hij doorgaat. "Het was de ergste migraineaanval die je in jaren had gehad, zo erg dat je tot een week na de première niet uit je appartement bent gekomen. Je had je huiswerk nauwelijks op tijd klaar voor je afstuderen."

Ik knik langzaam. Ik zou verbaasd of verontwaardigd moeten zijn dat hij het weet, maar ik ben te gewend aan zijn stalking. "Dus daarom bleef je de twee jaar daarna weg?"

Hij kijkt me over de rand van zijn glas aan. "Het triggerde je, onze kleine ontmoeting die avond. Ik heb veel van de vooruitgang die je had gemaakt ongedaan gemaakt. Zo wist ik dat je er niet klaar voor was."

"Wat attent van je."

Mijn woorden druipen van de bitterheid, maar hij neemt simpelweg een slok van zijn champagne en zet het glas neer, zijn uitdrukking onveranderd. "Ik wist dat er een dag zou komen waarop de dingen anders zouden zijn," zegt hij terwijl het jacht zich door een bijzonder sterke golf zijwaarts beweegt. Terloops het glas stabiliserend voordat het omvalt, gaat hij verder. "Ik wist dat je zou herstellen, en zodra je dat was, zou ik er zijn, op je wachtend. Niet dat het gemakkelijk was om geduldig te zijn."

"Oh echt? Wil je een koekje? Moet ik je over je hoofd aaien, omdat je je in hebt gehouden?"

Een boosaardige glimlach vormt zich om zijn lippen. "Je kunt me overal aaien waar je wil, Alinyonok. Al mijn hoofden staan te popelen om door je aangeraakt te worden."

De blos trekt weer over mijn gezicht en mijn inwendige spieren spannen zich aan op een zoete, scherpe pijn. Vervloek hem. Vervloek hem. Vervloek hem. Het is zijn schuld dat ik zo verdomd onervaren ben dat zijn insinuaties me laten blozen. Het is zijn schuld dat ik nooit echt met een man heb geflirt; in plaats daarvan moest ik op alle feesten en sociale evenementen een koele, onaantastbare façade opzetten. Ze hebben me de afgelopen jaren *ijsprinses* genoemd en ik wou dat ik dat was. Ik wou dat ik het seksuele deel van me uit kon schakelen, het deel dat alleen *hij* ooit heeft kunnen ontsteken.

"Fuck you," is de vrolijke reactie die ik geef, en hij laat een laag, hees lachje horen.

"Binnenkort," belooft hij, en hij reikt naar zijn eigen broodje kaviaar. "Zelfs direct na deze maaltijd. Het is tijd dat we afmaken waar we vorige winter aan begonnen zijn... had al lang moeten gebeuren, vind je niet?"

Hoofdstuk 20

9 maanden eerder, Moskou

Ik haat het om in december in Rusland te zijn. Ik vond het altijd geweldig, met alle Nieuwjaarsversieringen op straat en de feestelijke sfeer in alle winkels en restaurants, maar sinds de winter dat mijn ouders stierven, veracht ik deze maand. Normaal gesproken ga ik ergens heen, zoals Griekenland of Turkije of naar de Kaaimaneilanden, maar om de een of andere reden eiste Nikolai dat onze hele familie vandaag in zijn loft zou samenkomen, waardoor ik mijn skitrip in Zwitserland moest onderbreken.

Ik wil vooral niet in Moskou zijn, omdat ik weet dat *hij* hier zal zijn.

Alexei.

Ik heb hem sinds Risha's première in New York niet meer gezien, maar ik weet dat hij elke beweging van me volgt. Zijn mannen zijn er op de achtergrond altijd, kijkend, wachtend. Op wat weet ik niet, maar ik ben zo gewend geraakt aan hun stille, verborgen aanwezigheid dat het lijkt alsof ze mijn eigen bodyguards zijn. Wat me verbaast, is dat mijn bodyguards zich er niet bewust van lijken te zijn. Nou, voor het grootste deel. Een paar keer heeft Vankov alarm geslagen nadat hij iemand zag die me volgde, maar hij heeft nooit iemand kunnen pakken.

Alexei's mannen zijn goed.

Na mijn laatste ontmoeting met hem, was ik er zo zeker van dat hij meer zou aandringen dat ik besloot om eindelijk met mijn broers te praten en hun hulp te zoeken. Ik bleef het uitstellen, en toen de weken zich uitstrekten in maanden, realiseerde ik me dat mijn angsten ongegrond waren. Alexei is nog niet klaar met dit vreemde kat-en-muisspel op afstand. Hij heeft me niet met rust gelaten — ik heb zelfs meer van zijn mannen om me heen gezien — maar hij is weg gebleven, en heeft me zonder inmenging mijn leven laten leiden.

Het heeft geholpen dat ik mijn best heb gedaan om te voorkomen dat ik daar ben waar hij is. Nadat ik in New York overrompeld werd door zijn verschijning, heb ik discreet zijn bewegingen in de gaten gehouden. Hoewel mijn broers het grootste deel van de rijkdom van onze ouders hebben geërfd, heb ik genoeg van mijn eigen geld, en ik heb een deel ervan gebruikt om een privédetective in te huren waar mijn broers niets van weten. Het is de taak van dat bedrijf om me op de hoogte te houden van alles wat Alexei Leonov doet. Daarom weet ik dat hij het afgelopen anderhalf jaar door heel Centraal-Azië en het Midden-Oosten heeft gereisd om het Leonov-rijk uit te bouwen. En zo weet ik ook dat hij vorige week uit Tadzjikistan terug is gekeerd om de begrafenis van zijn jongere zus, Ksenia, bij te wonen, die bij een auto-ongeluk om is gekomen en een jong zoontje achter heeft gelaten.

Het is een vreselijke tragedie voor de Leonov-familie, en hoezeer ik Alexei ook veracht, ik kan het niet helpen dat ik met de pijn sympathiseer die hij moet voelen. Ik kan me niet voorstellen dat ik een van mijn broers zou verliezen. De hele week heb ik tegen een bizarre drang gevochten om contact met hem op te nemen en... iets te doen. Mijn medeleven betuigen misschien? Hem te condoleren met zijn verlies?

Nee, dat kan niet kloppen. Ik weet als geen ander hoe zinloos zulke beleefdheden zijn, hoe vaak ze de vinger op een rauwe, gapende wond leggen. Dus ik weet niet wat het is dat ik wil doen, maar de drang zorgt dat het kriebelt onder mijn huid en dringt op willekeurige momenten tijdens de dag mijn gedachten binnen en houdt me 's nachts wakker. Het laatste wat ik nodig heb, is om in dezelfde stad als Alexei te zijn, laat staan dat ik in een moment van zwakte aan deze drang toe zou geven.

Gelukkig loop ik niet het risico om vanavond iets stoms te doen, want ik moet me naar Nikolais huis haasten. Wat hij wil moet serieus zijn, want hoewel mijn middelste broer de rol van het de facto hoofd van de familie op zich heeft genomen, heeft hij nog nooit eerder een familievergadering opgedragen.

Tegen de tijd dat ik Nikolais luxe, moderne loft binnenloop, is iedereen al bij elkaar in de woonkamer. Ik vind het leuker dan het penthouse dat ik van onze ouders heb geërfd, maar dat zou ik Nikolai nooit vertellen. De afgelopen jaren heeft hij me onder druk gezet om bij hem of een van mijn andere broers in te trekken, maar ik weiger mijn leven onder hun waakzame ogen te leven. Het is al erg genoeg dat Pavel en Lyudmila, die nog steeds bij mij wonen, over alles wat ik voel en doe aan mijn broers rapporteren. Met Nikolai samenwonen zou een bijzonder slecht idee zijn, omdat we sinds die nacht niet meer met elkaar overweg kunnen.

Ik kan niet vergeten wat ik hem heb zien doen, en dat weet hij.

Hij weet wat ik zie als ik naar hem kijk, en hij haat het.

"Cognac?" biedt Valery na de verplichte begroetingen aan. Ik knik en ga op een loveseat tegenover mijn broers zitten. Het is vanavond extra koud buiten, en ik kan wel een drankje gebruiken om mijn ingewanden op te warmen.

"Dus," zegt Nikolai nadat we allemaal met drankjes in de hand zitten. Hij ziet er vreemd gespannen uit, ook al is zijn stem vlak. "Zoals jullie misschien hebben gehoord, is Ksenia Leonova vorige week overleden."

Ik verstijf met het glas halverwege mijn mond, zelfs als mijn hartslag door het dak springt. Gaat dit over Alexei? Gaat hij me vertellen dat de verloving —

"Niemand van ons kende haar," vervolgt Nikolai

gelijkmatig. "Ze verscheen niet vaak in de samenleving — dat dachten we in ieder geval. Het bleek dat ze tenminste één evenement had bijgewoond waar onze paden elkaar hebben gekruist." Hij richt zijn blik op Valery. "Je tweeëntwintigste verjaardag, ongeveer vijf jaar geleden."

Valery's gezicht is onbewogen, zoals altijd, maar ik kan zien dat hij net zo verward is als ik. Maar Konstantin niet. Te oordelen naar zijn afgeleide uitdrukking en de manier waarop hij om de paar seconden naar zijn telefoon kijkt, heeft hij dit allemaal al gehoord.

"Meer specifiek," zegt Nikolai. "Heb *ik* haar op je feestje ontmoet, Valery." Hij haalt diep adem en kijkt ieder van ons aan. "Ik heb haar die avond ook geneukt."

Ik zuig lucht naar binnen. "Wat? Je —"

"Ik wist toen niet wie ze was." Nikolais toon wordt scherper. "Ik had het nog steeds niet geweten als ik twee dagen geleden geen telefoontje van haar vriendin had ontvangen. Het blijkt dat onze one-night-stand, hoe vergetelijk die ook was, onbedoelde gevolgen heeft gehad."

Valery's blik wordt scherper. "Haar zoon. Hij is van jou, is het niet?"

Ik doe m'n mond open, doe hem vervolgens weer dicht en ben met stomheid geslagen. Natuurlijk zou Valery het als eerste weten, een fractie van een seconde voor de rest van ons. Of eigenlijk alleen voor mij, want wederom laat Konstantin geen blik van verrassing zien. Hij fronst alleen en typt iets op zijn telefoon.

"Ja," zegt Nikolai, en deze keer is er geen misverstand over de spanning in zijn stem. "Volgens het dagboek dat de vriendin van Ksenia na haar dood heeft gevonden, is haar zoon — Miroslav — van mij."

Ik open en sluit mijn mond weer, als een guppy, dan drink ik in een teug het glas cognac in mijn hand leeg. De alcohol brandt een vurig pad langs mijn slokdarm terwijl mijn geest hard werkt om de implicaties te verwerken.

Een kind waar Nikolai niets van wist.

Een jongen die zowel een Leonov als een Molotov is.

Het is ongelooflijk, onmogelijk.

Het was onze vaders droom, de reden voor mijn verloving met Alexei.

Ik begin te lachen, niet in staat om mezelf te stoppen. Ik lach zo hard dat ik mijn lege glas op tafel moet zetten, en zelfs dan kan ik niet stoppen. Want hoe is het mogelijk? Hoe is het verdomme mogelijk? Al tien jaar heb ik met de gevolgen van de obsessie van onze vader te maken voor een verbintenis tussen onze families, de "brug over de kloof" die hij me met Alexei wilde laten bouwen. En al die tijd hadden we Nikolai alleen maar in dezelfde kamer als Ksenia hoeven te krijgen. Zijn overactieve lul heeft voor de rest gezorgd.

"Geen condoom?" vraagt Valery, mijn hysterische gelach negerend, en Nikolai staart hem boos aan.

"Natuurlijk was er een verdomd condoom. Ik ben geen idioot. Het was defect of ze heeft ermee geknoeid. Ik heb geen idee welke van de twee het is."

Ik lach harder. Dit is geweldig. God, dit is zo verdomde geweldig.

Nikolai richt zijn dodelijke blik op mij. "Je realiseert je dat dit je neefje is, toch? Een vierjarige die net zijn moeder heeft verloren en die nu bij zijn opa Boris woont?"

Het gelach sterft in mijn keel. Boris Leonov — een man die bekend staat om zijn wreedheid. Verdomme, daar heb ik niet eens aan gedacht. Noch over het feit dat de jongen zwaar getraumatiseerd moet zijn, omdat hij de enige ouder die hij ooit heeft gekend heeft verloren. "Het spijt me, ik —" Ik kap mezelf af. Het maakt niet uit waarom of hoe of wat het had kunnen zijn. Niets doet er meer toe dan uitzoeken wat we nu moeten doen. Ik ga voorover zitten. "Kolya, wat ga je doen?"

"Ik ben met de beveiligingsschema's voor het complex van de Leonovs bezig," antwoordt Konstantin in de plaats van Nikolai, en ik realiseer me waarom hij aan zijn telefoon vastgelijmd zit. "We moeten allereerst uitzoeken hoe we de jongen eruit kunnen krijgen."

"En hem dan verstoppen," zegt Valery. Het is duidelijk dat ze alle drie op dezelfde golflengte zitten, hoewel Valery hier net achter is gekomen, net als ik.

Ik draai me naar hem toe. "Bedoel je, hem ontvoeren?"

"Ik betwijfel of de Leonovs hem gewoon zullen overhandigen," zegt Nikolai.

"Nee, dat zullen ze niet." Valery houdt zijn hoofd

schuin en bestudeert Nikolai. "Weten ze dat hij van jou is?"

"Nee," zegt Konstantin. "Nikolai en ik hebben met de vriendin afgerekend voordat ze contact met hen kon opnemen over wat ze in het dagboek had gelezen."

Mijn borst verkrampt. "Hoe heb je met haar afgerekend?"

"Ze is op dit moment op weg naar Nieuw-Zeeland met een nieuwe identiteit," zegt Nikolai.

Oef. Dat had veel erger af kunnen lopen. Niet dat wat er gebeurt goed is. Het is zelfs precies het tegenovergestelde van wat onze vader had gehoopt te bereiken. Ik laat mijn blik van de ene broer naar de andere gaan. "Zal dit geen oorlog met de Leonovs beginnen?"

"Niet als ze er niet achter komen," zegt Valery, en het is duidelijk dat hij hier al over heeft nagedacht. "Als ze niet weten dat de jongen van Nikolai is, dan hebben ze geen reden om hem te verdenken."

"Vooral als ik ten tijde van de ontvoering niet eens in het land ben," zegt Nikolai.

Valery ziet er lichtjes nieuwsgierig uit. "Waar zul je dan zijn?"

"We zijn een paar alternatieven aan het verkennen," antwoordt Konstantin opnieuw in Nikolais plaats. "Een afgelegen plek zou het beste zijn, zo ver mogelijk hier vandaan. Op die manier kan Nikolai wat tijd doorbrengen met zijn zoon en hem zonder inmenging leren kennen."

Ik knipper naar Nikolai. "Maar hoe zit het met het

bedrijf? Hoe ga je dat runnen als je niet in Moskou bent?" Er is veel dat op afstand kan worden gedaan, ik weet het, maar veel van wat mijn broer doet, vertrouwt op persoonlijk contact, op de handdrukken en de diners en de stille deals die achter gesloten deuren in zorgvuldig beveiligde kamers zonder bugs gesloten worden.

"Daarom zijn we hier om daarover te praten," zegt Nikolai. "Ik heb hier lang en hard over nagedacht en ik zie maar één alternatief: ik moet tijdelijk aftreden." Hij kijkt naar Valery en Konstantin. "Jullie tweeën zullen mijn verantwoordelijkheden onder elkaar verdelen." Hij kijkt me even aan. "Tenzij, jij, Alina...?"

"Nee, nee, dank je," zeg ik haastig. "Tel mij maar niet mee."

Nikolai knikt, niet verrast. Mijn gebrek aan interesse in het familiebedrijf is bekend. "Oké dan." Hij wendt zich tot Valery. "Ik zat te denken dat jij over het algemeen toezicht houdt op het bedrijf, terwijl Konstantin de touwtjes in handen neemt met alle technologie gerelateerde ondernemingen."

Valery's ogen glanzen koel. "Prima wat mij betreft."

"En ook voor mij," zegt Konstantin kalm. "Ik heb al een aantal dingen in gang gezet. Voor nu moeten we uitzoeken hoe we de beveiliging van de Leonovs kunnen doorbreken en Nikolais zoon eruit kunnen krijgen. Daar heb ik een paar ideeën over."

IK BEN TEGEN DE TIJD DAT IK THUISKOM VAN DE BESPREKING NOG STEEDS IN EEN STAAT VAN SHOCK, een staat die aanhoudt als dagen in weken veranderen, terwijl mijn broers actief aan hun plan werken om Miroslav — of Slava zoals iedereen hem noemt — bij de Leonovs vandaan te krijgen. Het is geen gemakkelijke taak. Boris Leonov woont in een voorstedelijk herenhuis op een uur rijden van Moskou, wat net zo goed een militair fort had kunnen zijn, en daar verblijft de jongen.

Slava, niet *de jongen*, corrigeer ik mezelf. Zelfs nu, twee weken later, heb ik moeite om aan het kind te denken als een levend, ademend persoon.

Een persoon die net zoveel mijn neefje is als die van Alexei.

Elke keer als ik daar aan denk, raakt iets in mij gespannen, een vreemde pijn die mijn borst vult. We zijn nu door bloed verbonden, Alexei en ik. Gebonden op een manier die elk verlovingscontract vervangt. De enige manier waarop deze band sterker zou zijn, is als Slava van ons was geweest, maar dat is hij niet.

Hij is van Nikolai.

Ik ben na de bespreking niet teruggegaan naar Zwitserland, ook al had ik dat gekund. Ik ben hier in Moskou niet nodig. Alle planning verloopt zonder mij, al sta ik erop geïnformeerd te worden. Daarom weet ik dat Nikolai een oud landgoed in de prachtige, afgelegen bergen van Idaho heeft gekocht — een landgoed dat hij met enorme snelheid renoveert en in zijn eigen fort verandert. Het doel is om Slava zo snel mogelijk te bevrijden, maar het is net zo belangrijk om het goed te doen, om ervoor te zorgen dat de Leonovs geen reden hebben om ons te verdenken en om een schuilplaats klaar te hebben voor wanneer het kind eindelijk in onze handen is.

Om daarbij te helpen, fladder ik door de stad als een sociale vlinder. Ik tut me op en ga naar feestjes, naar opera's en het ballet. Ik glimlach, lach en verblind vrienden en tegenstanders, terwijl ik probeer te verwerken wat dit allemaal betekent, hoe ons leven gaat veranderen... hoe Alexei zo snel na de dood van zijn zus op het verlies van zijn neefje zal reageren.

Ik weet niet waarom dat me iets doet. Het slaat nergens op. Ik weet hoe de Leonovs zijn, vooral Boris, de opa van de jongen. Slava is beter af bij ons, zo verknipt als we zijn, en een ontvoering is de beste manier om dat te bereiken. Als Nikolai via de legale kanalen zijn vaderlijke rechten probeert op te eisen, zullen de Leonovs Slava verstoppen en hem laten verdwijnen. Dat is wat wij zouden doen als we in hun schoenen hadden gestaan. Dus dit is de juiste zet, de enige zet als we niet willen dat Nikolais zoon door een man wordt opgevoed die bekend staat als een monster.

Logisch gezien, weet ik dit allemaal. Ik heb het met Pavel, Lyudmila en mijn broers besproken. Logica verschuift echter naar de achtergrond wanneer ik me probeer voor te stellen hoe Alexei zich zal voelen zodra ons plan tot uitvoering komt.... hoe hij zich al moet voelen, nu hij om zijn zus rouwt. Het is een gedachte die me 's nachts wakker maakt en elke dag een dozijn keer in mijn gedachten opkomt, net zo opdringerig en meedogenloos als Alexei's mannen die me blijven volgen.

Dat is de reden waarom ik ermee instem om Natasha's liefdadigheidsgala bij te wonen, ook al zou Alexei daar ook moeten zijn.

———

MIJN KNIEËN KNIKKEN EN SPANNING KLEMT ZICH ALS een band om mijn slapen als ik de balzaal binnenkom en mijn omgeving bekijk. Alles schittert — de diamanten in de oorlellen van vrouwen en aan hun vingers, polsen en nekken, de kristallen kroonluchters, de roestvrijstalen dienbladen die behendig worden rondgedragen door geüniformeerde obers, de spiegels langs de muren waardoor het evenement veel groter lijkt. Ik schitter ook. Mijn blauwe zijden jurk is rond het lijfje bedekt met kleine kristallen; mijn gladde, glanzende opgestoken kapsel is met een diamanten speld versierd.

Even ben ik geneigd om me om te draaien en naar huis te gaan, mijn computer aan te zetten en in de nette, voorspelbare wereld van programmeren te verdwijnen. Om te voorkomen dat ik geobsedeerd raakte door het evenement van vanavond, heb ik gisteren mijn oude cursusmateriaal van Informatica tevoorschijn gehaald. Wat ik sinds mijn eerste semester op de universiteit niet meer heb bekeken, maar wat ik om de een of andere vreemde reden heb gehouden. Ik werd onmiddellijk weer naar binnen gezogen. Op een vreemde manier voelde het als thuiskomen, en ik popel om er weer mee verder te gaan. Om te proberen een aantal eenvoudige programma's te schrijven nu dat het werken op een computer gedurende een langere periode mijn hoofd niet het gevoel geeft dat het gaat exploderen. Wat betreft de hoofdpijn, lijkt programmeren veel veiliger te zijn dan hier vanavond te zijn, omdat ik de spanning in mijn schedel voel groeien, waardoor die in de vertrouwde pijn dreigt te transformeren.

Ik zou weg moeten gaan. Het was een vergissing om hier te komen, een domme impuls die ik had moeten onderdrukken.

Ik draai me om om te gaan, maar Natasha heeft me al gezien. Ze zwaait en haast zich naar me toe, en ik zet een vrolijke glimlach op. Want dat is wat ik doe. Ik lach, ik schitter, ik doe alsof. Niemand, zelfs Natasha niet, kent mijn geschiedenis met Alexei, of dat ik hem op welke manier dan ook ontwijk. Zoals ik hem vanavond zou moeten vermijden, maar hier ben ik, moedwillig mezelf in zijn nabijheid stellend.

Misschien komt hij niet. Dat is het enige waar ik nu op kan hopen.

Natasha en ik wisselen luchtkusjes uit, en voordat ik een excuus kan verzinnen, sleept ze me mee in een kring van mensen, die allemaal graag met me willen praten over het doel van vanavond: het verstrekken van educatieve technologie aan de Russische plattelandsgebieden. Elke gedoneerde roebel wordt in laptops, tablets en andere belangrijke leermiddelen omgezet voor kinderen uit gemeenschappen die al dan niet over binnentoiletten en stromend water beschikken.

Het is een nobele zaak, en ik schrijf een vette cheque van mijn persoonlijke rekening voor de onderneming, naast de belofte dat elk van mijn broers hetzelfde zal doen. Dan ben ik technisch gezien vrij om te gaan en ik sta op het punt om dat snel te doen, omdat ik Alexei nog steeds niet heb gezien, maar Natasha onderschept me opnieuw, deze keer om me aan een paar van haar vrienden van de universiteit voor te stellen.

Tegen de tijd dat ik me van dat gesprek losmaak, is er een half uur voorbij, en ben ik de wanhoop nabij om te ontsnappen. Elke seconde die voorbij tikt, brengt me dichter bij Alexei's aankomst. Tenzij hij niet op komt dagen, maar daar kan ik niet op rekenen. Ik moet gaan, nu meteen, voordat mijn stomme impuls leidt tot —

En daar is hij.

Onze ogen ontmoeten elkaar terwijl hij als een haai door het water, door de menigte heen, recht op me afkomt. Mijn longen zetten uit, nemen mijn hele borst in beslag en persen mijn hart in elkaar. Ik stop halverwege, mijn voeten lijken wel aan de vloer vast te zitten, en kijk hulpeloos toe als hij naar me toe komt, met een sardonische halve glimlach op zijn lippen.

Waarom? Waarom ben ik hierheen gekomen? Hoe kon ik zo stom zijn om te denken dat hij me nodig had in zijn verdriet toen —

"Wat een onverwacht genoegen," zegt hij, terwijl hij voor me stopt, en mijn geest wordt helemaal leeg, alles om ons heen verdwijnt terwijl mijn gedachten in witte ruis veranderen. De afgelopen twee jaar heeft mijn privédetective hem gevolgd en me van een gestage stroom foto's en video's voorzien — die ik heb bestudeerd alsof ik op elk ervan zal worden getest. En toch ben ik er niet op voorbereid om hem weer in het echt te zien. Al mijn bewustzijn richt zich op hem, op de kracht en het gevaar en de wrede pracht die Alexei Leonov in een perfect op maat gemaakte zwarte smoking is.

Een genoegen. Hij zei iets over genoegen. Hitte likt onder mijn huid en dieper in mijn kern, wat een stroom van adrenaline met zich meebrengt. De witte ruis verdwijnt, en ik kan weer het geluid van muziek en gelach horen en alle gesprekken die ons omringen. Met moeite haal ik mijn tong los van de bovenkant van mijn mond. "Wat doe jij hier?"

Ugh, waarom heb ik dat net gezegd? Dom, dom, dom. Ik had moeten —

Hij lacht, het zachte geluid spottend. "Oh, je wist dat ik hier zou zijn. Tenzij je privédetective een steekje heeft laten vallen?"

Mijn hartslag stijgt. "Ik weet niet wat je —"

Hij maakt tsk-tskgeluiden. "Ik dacht dat we voorbij zulke clichématige ontkenningen waren, Alinyonok. Ik stalk jou, jij stalkt mij — is dat niet hoe ons spel werkt?"

Ik zuig lucht naar binnen. Hier naar toe komen was

een hele grote vergissing. Wat had ik dan gedacht dat er zou gebeuren? Waarom dacht ik dat door hier te komen en hem te zien, ik me op de een of andere manier van het schuldgevoel kon ontdoen dat aan me knaagt als ik eraan denk wat mijn broers van plan zijn om met zijn familie te doen?

Er is niets wat ik kan doen om zijn verdriet over de dood van zijn zus te verzachten, en ik kan zeker niet voorkomen dat hij boos zal zijn over het verlies van zijn neefje. Het enige wat ik heb bereikt door op te komen dagen is mezelf voor zijn neus te laten bungelen, hem te laten zien wat hij niet kan hebben, ervan uitgaande dat hij het nog steeds wil.

Er is een goede kans dat hij dat niet wil.

De gedachte houdt me genoeg in balans om te zeggen, "Het loont om je vijand in de gaten te houden."

Nog een zachte, bespottende lach ontsnapt uit zijn keel. "Denk je dat ik je vijand ben?"

"Je bent zeker niet mijn vriend."

"Dat zou ik kunnen zijn." Een eigenaardige glans maakt zijn donkere ogen helderder. "Ik zou je alles kunnen zijn."

Ik doe een stap achteruit en mijn knieën knikken weer. "Luister, ik..." Ik stop en heroverweeg wat ik wilde zeggen. Gezien de manier waarop dit gesprek tot nu toe is gegaan, is mijn enige optie radicale eerlijkheid. "Je hebt gelijk. Ik wist dat je hier zou zijn. Ik wilde je zien."

Zijn oogleden zakken, zijn blik wordt intensiever. "Waarom?"

"Ik heb over Ksenia gehoord."

Hij krimpt een beetje ineen, en ik ga verder, wanhopig om de woorden eruit te krijgen voordat mijn moed me in de steek laat. "Het spijt me. Het spijt me echt heel erg. Ik weet dat niets dit soort pijn kan wegnemen, en dat spijt me. Ik —" Ik stop en slik moeizaam. "Ik weet hoe het is om de mensen die het dichtst bij je staan te verliezen."

Verschillende micro-expressies gaan over zijn gezicht, zo snel dat ik me deze onbewaakte uiting van emotie ingebeeld kan hebben. Als hij spreekt, is zijn stem echter waarneembaar anders. Heser, ruwer. "Dat weet ik, Alinyonok. Dank je."

Ik maak mijn lippen vochtig. Ik weet niet waar het vanaf hier heengaat, maar het voelt verkeerd om gewoon weg te lopen, terug te gaan naar onze vijandige pseudo-relatie en te doen alsof dit moment nooit is gebeurd.

Alsof ik hem nooit als mens heb gezien in plaats van de demon die mijn leven overschaduwd.

Terwijl ik wanhopig mijn hersens afspeur om iets anders te zeggen, is hij me voor. "Wil je iets met me drinken?" vraagt hij zachtjes, terwijl hij een paar champagneglazen van het dienblad van een passerende ober pakt — en ik moet al dronken zijn, want ik accepteer het glas dat hij me geeft en laat hem me naar een lege tafel in de buurt leiden.

Terwijl we naast elkaar gaan zitten, realiseer ik me de waanzin van wat ik doe en spring ik bijna overeind om te ontsnappen, maar we hebben meer dan een paar nieuwsgierige blikken getrokken, dus ik moet minstens een paar minuten blijven zitten. We willen niet dat heel Moskou over ons gaat roddelen. Het is al erg genoeg dat ik met Alexei praat terwijl de wederzijdse vijandigheid van onze families bekend is; even zitten en een seconde later wegrennen zou de tongen nog veel losser maken.

Bij gebrek aan iets beters om te doen, drink ik het grootste deel van mijn champagne op.

Een wrange glimlach vormt zich in een hoek van zijn mond. "Dorst?"

"Zoiets," mompel ik en hij lacht. In tegenstelling tot voorheen is het een geluid van echt amusement, en het doet iets met mijn ingewanden. Het ontsteekt een warmte in mijn borst die niets met de typische reactie van mijn lichaam op hem te maken heeft.

Niet dat de typische reactie ontbreekt. Als ik mijn benen onder de tafel kruis, voel ik een duidelijke gladheid in mijn slipje en het laat mijn gezicht gloeien.

"Dus," zegt hij en hij negeert gelukkig mijn blos. "Wat brengt je in deze tijd van het jaar naar Moskou?"

Ik verstijf en dwing dan bewust mijn spieren te ontspannen. Mijn schouders zo nonchalant mogelijk ophalend als ik kan, neem ik een ontspannen slokje van mijn champagne. "Nieuwjaar met familie, wat anders?"

Hij houdt zijn hoofd vragend schuin. "Waarom dit jaar? Ik dacht dat je in Zwitserland zou zijn."

Fuck. Ik had moeten weten dat dit een verhoor zou worden. Om voor de hand liggende redenen, kan ik niets over Nikolai zeggen die een familievergadering had belegd, en ik weet niet hoe ik anders moet verklaren dat ik mijn skitrip af moest breken. Dus haal ik mijn schouders weer op en laat hem zijn eigen conclusies trekken, wat hij prompt doet.

Zijn gezicht wordt zachter als hij naar voren leunt. "Komt het omdat je over Ksenia hebt gehoord?" Zijn ogen onderzoeken de mijne, en wat hij daar ziet, maakt zijn pupillen groter, waardoor zijn irissen van donkerbruin naar helder, intens zwart gaan. Zijn stem zakt, wordt dieper. "Alinyonok..."

Ik slik moeizaam en wend mijn blik af terwijl mijn gezicht nog heter wordt. Niet uit opwinding of schaamte, maar uit schuldgevoel. Een vreselijk, bijtend schuldgevoel dat ik hem dit laat denken terwijl het zo ver van de waarheid is. Aangezien mijn familie op het punt staat om hem nog een verlies toe te brengen.

Om mezelf te kalmeren, neem ik een slokje van mijn drankje voordat ik hem weer aankijk. "Hoe gaat het..." Ik haal diep adem. "Hoe gaat je familie met alles om? Je zus had een zoon, toch?"

Hij knikt, zijn uitdrukking wordt grimmig. "Slava. Hij is net vier geworden."

Het schuldgevoel laat zijn tanden dieper in me zinken. "Het spijt me. Dit moet zo moeilijk voor hem zijn."

Alexei's stem is gespannen. "Ik weet het niet. Hij verblijft bij mijn vader, en als ik hem zie, dan lijkt hij... afstandelijk. Afgesloten. We hadden eerst een hechte band — ik was zijn favoriete oom — maar nu krijg ik hem helemaal niet zover om zich open te stellen. Het is alsof —" Hij stopt en zwaait met zijn hand. "Laat maar. Ik weet zeker dat het de schok is. Hij zal met de tijd herstellen."

"Natuurlijk zal hij dat." Mijn broers en ik zullen daarvoor zorgen. Ik bijt op mijn lip. "Je hebt je moeder ook behoorlijk jong verloren, nietwaar?"

"Ik was vijf toen ze stierf. Complicaties bij Ksenia's geboorte," zegt hij, en hoewel er geen emotie in zijn toon zit, moet ik een bizarre drang weerstaan om over de tafel te reiken en hem te knuffelen. Ik heb altijd geweten dat hij en zijn broers en zus door hun vader werden opgevoed, maar ik heb er nooit veel over nagedacht, alleen om me af te vragen of hij daarom zo meedogenloos is... of hij door een monster is opgevoed.

"Dat moet net zo moeilijk voor je zijn geweest," zeg ik zachtjes.

Hij haalt een brede schouder op. "Het is al lang geleden." Hij pakt zijn glas en leunt naar voren. "En hoe zit het met jou? Jouw verlies is veel recenter. Hoe gaat het nu met je?"

Het is mijn beurt om ineen te krimpen. Om mezelf een moment te geven om te herstellen, drink ik de rest van mijn champagne op en wuif ik naar een passerende ober voor meer. Als hij het op tafel zet, lukt het me om stijfjes naar Alexei te glimlachen. "Het gaat prima. Het is voor mij nu ook oud nieuws."

"Ik ben blij om dat te horen," zegt hij zachtjes en tilt zijn glas op in een toost. Zijn ogen kijken in de mijne.

"Op degenen die we hebben liefgehad en verloren — mogen ze in vrede rusten."

"Op hen," zeg ik moeizaam en ik klink met mijn glas tegen het zijne voordat ik al het bruisende vocht inslik. Er zit een prikkel achter mijn oogleden en een verstikt gevoel in mijn keel, dus ik wuif naar een andere ober, en hij komt met zijn dienblad met drankjes naar me toe. Het blijken wodka shots te zijn, maar het kan me niet schelen. Ik wil iets, iets, om dit gevoel te verdrinken, deze herinneringen.

Als ik mijn pillen had, dan zou ik ze innemen, maar ze liggen thuis, in mijn nachtkastje. Ik heb ze al maanden niet meer nodig gehad, dus ik neem ze niet meer mee.

"Twee alsjeblieft," zeg ik tegen de ober en hij zet een shot voor mij neer en de andere voor Alexei, die zijn wenkbrauwen naar me opheft, maar geen bezwaar maakt.

"Op familie," zeg ik, terwijl ik mijn borrelglas in een toost hef als de ober weg is.

"Op familie," zegt Alexei, terwijl hij zijn glas tegen het mijne klinkt.

We nemen het shot, en de dure wodka gaat met een aangenaam brandend gevoel soepel naar binnen. Het verstikkende gevoel in mijn keel neemt af, en ik vraag me af of alcohol al die tijd het antwoord is geweest.

Misschien had mijn vader het juiste idee. Misschien *is* het mogelijk om de pijn weg te drinken.

Ik sta op het punt om een gebaar te maken voor nog een drankje als Alexei mijn hand met de zijne bedekt.

Zijn handpalm is groot en warm, zijn aanraking is vreemd geruststellend. Het lukt me om dieper in te ademen, zelfs als mijn hartslag sneller gaat, en mijn lichaam de gebruikelijke reactie op hem heeft.

"Gaat het, Alinyonok?" vraagt hij zachtjes, en tot mijn schrik, realiseer ik me dat... de verschroeiende pijn die ik elke keer als ik aan mijn ouders denk gewend ben om te verwachten, op dit moment slechts een verre pijn is, afgestompt door de alcohol of door het verstrijken van de tijd, of door een combinatie van de twee. Of misschien is het niets van dat alles. Misschien komt het door hem. Misschien komt het door zijn aanraking en de warme sympathie in zijn donkere ogen.

Misschien komt het omdat we op dit moment geen vijanden zijn, en ik me niet zo bang en alleen voel.

"Het gaat prima." De woorden zijn slechts een zacht gefluister op mijn lippen, maar hij hoort me en zijn lippen vormen een glimlach die ik diep van binnen voel. Een zachte, tedere glimlach die zijn harde, wreed gebeeldhouwde gelaatstrekken in iets transformeert dat zo adembenemend mooi is dat er zich een kleine kloof in mijn hart opent... een scheur die pijn zou moeten doen, maar dat niet doet.

Hij knijpt zachtjes in mijn hand voordat hij onze vingers met elkaar verstrengeld, en de balzaal smelt weer weg, in een mistige gloed verdwijnend die mijn zicht in alle richtingen onder een sluier zet, behalve in het midden, waar hij zit. Waar hij naar me kijkt alsof ik het middelpunt van *zijn* zicht, *zijn* wereld ben.

"Alina?"

De vrouwenstem is zacht, net als de aanraking op mijn schouder, maar hij maakt me toch aan het schrikken. Ik ruk mijn hand vrij, spring overeind en draai me om naar Natasha.

"Hé," zegt ze, met haar ogen knipperend. "Ik wilde je niet laten schrikken. Ik riep je naam, maar ik denk dat je me niet hebt gehoord." Ze verschuift haar blik naar Alexei en een vreemde blik flitst over haar gezicht. "Alexei. Fijn dat je er bent."

Zijn uitdrukking laat me aan een donderwolk denken als hij gaat staan. "Dat vind ik ook."

Zijn ijzige toon spreekt zijn woorden tegen, en mijn vriendin verbleekt een beetje. Ze kijkt me met een onleesbare blik aan, mompelt iets over het moeten controleren van de catering en ze haast zich weg voordat ik kan vragen wat ze wilde. Niet dat het uitmaakt. Ik kan hier niet langer blijven, niet na wat er net gebeurd is.

"Ik moet gaan," zeg ik gespannen en ik ga regelrecht naar de uitgang, me zo snel als mijn hoge hakken toestaan door de menigte wevend. Ik negeer de stemmen die me roepen, alle vrienden en kennissen die mijn aandacht willen. Ik loop zo snel dat ik bijna over de zoom van mijn lange jurk struikel, en het is nog steeds niet snel genoeg.

Wanneer ik door de sierlijke deuropening de gang in storm, bevindt Alexei zich vlak achter me, zijn lange benen halen me met gemak in.

"Alina, wacht."

Ik voer mijn tempo op, ik jog nog net niet naar de lobby, mijn ademhaling gaat snel. Ik kan niet geloven dat ik zo stom ben geweest. Ik kan niet geloven dat ik —

"Ik zei, wacht." Een hand van staal wikkelt zich om mijn bovenarm, trekt me tot stilstand en draait me om.

Voordat ik kan knipperen, word ik naar een nabijgelegen open deur getrokken en naar een kleine ruimte die een garderobekast blijkt te zijn. Alexei houdt me in zijn greep, sluit de deur en isoleert ons van de wereld. Pas dan laat hij me los.

Ik doe meteen een stap achteruit. "Waar ben je verdomme mee bezig? Ik zei dat ik moest gaan."

"Niet voordat we hebben gepraat." Met opeengeklemde kaken komt hij op me af, en duwt me tegen de muur.

Mijn hart gaat als een gek tekeer, maar ik hef mijn kin op om zijn blik te ontmoeten. "Wat valt er te bespreken?"

Een dozijn emoties, de een nog duisterder dan de volgende, flitsen over zijn gezicht voordat hij gromt, "Dit" — en hij haakt een hand achter mijn nek, de andere op mijn heup en hij plaatst vervolgens zijn mond op de mijne.

HOOFDSTUK 21

HEDEN, LOCATIE ONBEKEND

"Dat had niet mogen gebeuren," zeg ik. Mijn gezicht begint te gloeien bij de herinnering aan wat er die avond gebeurde.

Alexei trekt zijn wenkbrauwen omhoog. "Welk gedeelte? Jij die deed alsof je met me meeleefde over mijn zus, terwijl je wist dat jij en je broers op het punt stonden om haar zoon te stelen? Of wij —"

"Ik deed niet alsof."

De erkenning hangt tussen ons in, het hangt in de gespannen atmosfeer als een gebroken blad in een spinnenweb. Ik weet niet waarom ik het zei. Wat kan mij het schelen wat hij van mijn motivaties vindt? Het is beter als hij gelooft dat haat, en alleen haat, me drijft. Wat zo is. Dat moet het zijn. Dus wat als het negen maanden geleden aanvoelde alsof we voor dat korte moment een echte connectie hadden?

Het verandert niet wat ik na die nacht heb gedaan.

Het verandert niets aan de manier waarop hij reageerde.

En het verandert zeker niet waar we nu zijn of hoeveel doden ik op mijn geweten heb.

HOOFDSTUK 22

9 MAANDEN EERDER, MOSKOU

O nze lippen komen als botsende golven tegen elkaar, vol van geweld en opgekropte woede. Hij is boos op me, en ik ben boos op mezelf, met deze zwakte die in me zit die me naar een man drijft bij wie ik eigenlijk al mijn macht moet gebruiken om aan te ontsnappen. Ik had hier vanavond niet hoeven te zijn. Ik had niet bij hem in de buurt hoeven te zijn, maar ik ben uit eigen beweging gekomen. En niet alleen om mijn medeleven te betuigen.

Ik ben gekomen om *hem* te zien.

Na jaren van hem alleen op foto's en video's te hebben gezien, heb ik hier honger naar gekregen. Naar hem. Om het gevoel te hebben dat ik niet alleen overleef, maar ook leef.

Zijn tong gaat mijn mond binnen terwijl mijn nagels zich in zijn schedel graven, mijn vingers grijpen naar zijn haar en mijn ogen houd ik dicht geknepen terwijl mijn lichaam in brand vliegt, mijn ondergoed is onmiddellijk doorweekt van mijn opwinding en mijn tepels zijn hard. Verdomme, ja, ik heb honger. Ik hunker naar hoe hij smaakt, hoe hij voelt, de manier waarop hij elke cel van mijn wezen ontsteekt.

Ik heb honger, en ik ben boos, en ik heb het gevoel dat ik door de hitte die zich in me opbouwt, ga exploderen... vanuit de wanhopige behoefte om in hem te kruipen totdat we zo dichtbij zijn dat het onmogelijk is om te zeggen waar de een begint en de ander eindigt.

Hij kreunt laag in zijn keel, en zijn kus wordt ruwer, zijn tanden bijten in mijn onderlip, zijn vingers graven met kneuzende kracht in mijn vlees. Het zou pijn moeten doen, het zou me bang moeten maken, het geweld van zijn verlangen, maar het voegt alleen maar meer toe aan de kokende ketel die in me zit, het intensifieert alles wat ik voel. Ik proef bloed als ik als vergelding met mijn tanden in *zijn* lip bijt, en ik weet niet of het zijn bloed of het mijne is — het kan me ook niet schelen. Ik brand, sterf, en tegelijkertijd ben ik gewelddadig, onbeschrijflijk levend. Ik kan elke bonzende hartslag in mijn borst horen, elke ademhaling voelen die hij van me steelt... ik ruik de hitte die tussen ons opstijgt, duister en wild als het bos, omzoomd met muskus en mens en iets onuitsprekelijk aantrekkelijks.

Hijgend verbreekt hij de kus, om vervolgens mijn haar in zijn vuist te grijpen en eraan te trekken, mijn hoofd naar achteren buigend om zijn hete, natte mond op de kwetsbare welving van mijn keel te drukken.

Zijn tanden schrapen over mijn huid, en dan zuigt hij eraan, waardoor erotische rillingen over mijn arm gaan en een reeks kreunen uit mijn keel ontsnappen. Tegelijkertijd klemt hij zijn andere vuist in mijn rok en trekt deze omhoog, waardoor koele lucht over mijn blootgestelde dijen stroomt.

Het is weer net als mijn achttiende verjaardagsfeestje, alleen ben ik niet langer dat naïeve, angstige meisje — en hij is niet langer geneigd om geduldig met me te zijn. Ik voel de woeste honger in zijn aanraking, in de veeleisende hardheid van zijn lichaam. De dikke uitstulping van zijn erectie klopt tegen mijn buik, heet en hard, zelfs door de lagen van onze kleding heen. Mijn ingewanden wachten op een antwoord op de lege pijn, op een acuut verlangen naar iets wat ik nooit heb gekend.

Hij trekt zich terug en schuift zijn hand tussen mijn benen om door de natte zijde van mijn string naar mijn geslacht te glijden. Een laag, diep gegrom rommelt in zijn keel terwijl ik naar adem snak en mijn ogen openschieten. "Ik wist het verdomme." Hij tilt zijn hoofd op om me met een donkere, brandende blik aan te kijken. "Je wilt me nog steeds. Op het moment dat ik je aanraak, ben je er verdomde doordrenkt van."

Ik word knalrood, mijn geest voor een moment helder, maar hij buigt zijn hoofd om mijn mond weer aan te vallen, en ik vergeet alles over schaamte en gêne als een vloed van sensaties me weer overweldigt. Die vakkundige vingers van hem zitten al onder mijn string, scheiden mijn gladde plooien en vinden mijn clitoris om een kwaadaardig, geestverruimend ritme te beginnen. *Nummer drie*, denk ik verdwaasd als hij zijn tong langs de mijne laat gaan, strelend, claimend, binnendringend. *Hij gaat me orgasme nummer drie geven.*

En dat doet hij. Hij kust me nog steeds terwijl vonken mijn zicht verlichten, het genot is verblindend in zijn intensiteit. De climax brult door me heen, maakt elk zenuwuiteinde in mijn lichaam wakker, waardoor ik met een hijgende kreet tegen hem aan begin te stuiptrekken. Alleen stopt hij deze keer niet, haalt hij zijn hand niet tussen mijn benen weg en tilt hij ook zijn hoofd niet op om me op adem te laten komen. In plaats daarvan drukt hij de hiel van zijn handpalm tegen mijn gezwollen vlees, intensiveert de naschokken en kust me zo hard dat ik weer bloed proef.

De dubbele sensaties — pijn en genot — zijn zo krachtig dat ik bijna de harde druk van zijn vinger in mijn vlees en het bijbehorende lichte branderige gevoel mis. Bijna, maar niet helemaal. Instinctief span ik me aan, en het branderige gevoel wordt intenser, net als een onbekend gevoel van uitgerekt en gepenetreerd worden. Mijn adem blijft in mijn keel hangen en ik pak zijn schouders vast terwijl een speer van rationeel denken de sensuele mist in mijn hersenen doorboort.

Ik zou dit niet moeten doen.

Ik zou hier niet moeten zijn, met hem.

Alexei moet me voelen verstijven, want hij heft zijn hoofd op om naar me te staren, onyxkleurige ogen gevuld met duistere honger. "Je bent zo nauw, zelfs voor een maagd," fluistert hij hees en de hete blos komt weer over me heen, waardoor de wortels van mijn haar aanvoelen alsof ze in brand staan. Zijn vinger zit nog steeds in me, penetreert me, maar het doet geen pijn meer, hoewel het nog steeds invasief aanvoelt. Wat nog erger is, is dat ik mezelf nog natter voel worden, en ik weet dat hij het ook kan voelen.

"Vecht er niet tegen, Alinyonok. Laat me binnen." Zijn ogen branden in de mijne als zijn duim op hetzelfde moment cirkels om clitoris maakt en de stekende stretch terugkeert. Hij duwt met een tweede vinger bij mijn ingang, besef ik me vaag als een golf van duizeligheid over me heen raast, samen met het besef dat ik gestopt ben met ademen.

Zeg hem te stoppen. Nu meteen. Voordat het te laat is.

Ik kan alleen de woorden niet snel genoeg vormen. Hij kust me weer, steelt het beetje zuurstof dat in mijn longen achter is gebleven en ondanks het groeiende ongemak tussen mijn benen smelt ik tegen hem aan. Twee vingers zijn veel te veel, de stekende stretch dreigt in echte pijn te veranderen, maar zijn duim doet nog steeds dat cirkelende iets, en er is net genoeg genot om mijn zintuigen en mijn gedachten te verwarren. Ik ben in hem verdwaald, volledig geabsorbeerd in de sensaties die hij in mijn lichaam oproept, en zelfs het beetje scherpe pijn als hij zijn vingers dieper in me duwt, is niet genoeg om me weg te laten trekken — vooral omdat hij die vingers kromt, op een plek drukt die die zoete, pijnlijke spanning terugbrengt, en me naar een ander hoogtepunt stuurt.

Met een gedempte kreet tegen zijn lippen, kom ik

klaar, het tweede orgasme explodeert door me heen. Mijn inwendige spieren klemmen zich vast om zijn binnendringende vingers, wat weer een beetje pijn veroorzaakt, samen met een reeks naschokken. Mijn lichaam is nog steeds zwakjes aan het stuiptrekken als hij zijn vingers eruit trekt en ik het metaalachtige geluid hoor van een rits die opengemaakt wordt voordat mijn string met een scherpe ruk wordt weggerukt. Verdwaasd open ik mijn ogen als hij stopt met kussen en zijn hoofd optilt.

Hij ademt zwaar en zijn kaken zijn stevig op elkaar geklemd, zijn scherpe jukbeenderen zijn bevlekt met kleur als hij zijn hand opheft om ernaar te kijken. Zijn vingers zijn rood gekleurd — dezelfde vingers die net in me zaten. Rood van mijn bloed, realiseer ik me met groeiend alarm terwijl hij zijn hand laat vallen en mijn blik ontmoet, zijn ogen zo zwart als kool en gevuld met angstaanjagende bezitsdrang. "Fucking van mij," zegt hij zwaar ademend. "Helemaal van mij."

En voordat ik kan reageren, kust hij me weer. Hij kust me en tilt me tegen de muur door zijn handen onder mijn dijen te haken en ze wijd open te spreiden. Zijn broek wrijft tegen mijn blote dijen als hij zijn onderlichaam tegen de mijne drukt, en iets groots, glads, en hards zich tussen mijn plooien drukt, zich een paar millimeter in mijn pijnlijke, gezwollen opening duwend. Zijn pik, realiseer ik me met een schok. Hij is veel te groot, veel groter dan zijn vingers, maar vastgepind tegen de muur zoals ik ben, is er niets wat ik kan doen om de penetratie te stoppen, om hem te vertragen. Paniek stroomt door me heen, samen met het volledige begrip van wat er gebeurt, en ik slaag erin om mijn hoofd te draaien en mijn lippen van zijn verslindende kus weg te trekken terwijl ik tegen zijn schouders duw. "Alexei, alsjeblieft." Mijn stem trilt. "Alsjeblieft, st—"

Met piepende scharnieren gaat de deur open en Alexei verstijft wanneer Vankov de ruimte binnenstapt. Mijn bodyguard beoordeelt de situatie in een oogwenk, trekt zijn pistool met de snelheid van het licht en richt het op Alexei.

"Stap weg van Alina Vladimirovna. Nu!"

Een lage grom van frustratie vibreert in Alexei's borst, en moord glinstert in zijn ogen terwijl hij zijn blik naar mijn gezicht keert, maar geen centimeter beweegt. "Beveel hem om te gaan," zegt hij met opeengeklemde tanden. "Zeg hem dat dit is wat je wilt en dat hij moet gaan."

Maar ik wil dit niet. Ik kan het niet, niet met de paniek die mijn keel aanspant. Ik weet precies wat Vankov ziet — ik ben als een goedkope hoer in een steegje tegen de muur gedrukt, met mijn jurk omhoog en Alexei tussen mijn gescheiden benen — en schaamte dooft alle overblijfselen van verlangen. Het enige wat ik nu voel, is de pijn diep vanbinnen, waar Alexei mijn maagdenvlies met zijn vingers heeft gescheurd, en de enorme druk van zijn lul die tegen mijn ingang duwde, die me uit elkaar dreigde te scheuren. De pijn is echter niet wat me bang maakt. Het is alles.

Het is weten dat als we dit eenmaal hebben gedaan,

er geen weg terug meer is... dat we misschien al het punt hebben bereikt dat er geen weg terug meer is.

"Laat me gaan." Mijn hese gefluister is alleen voor Alexei's oren bedoeld. "Laat me alsjeblieft gaan."

Er beweegt een spier in zijn kaak als hij naar me kijkt. "Of wat? Laat je hem me neerschieten?"

"Ga bij haar vandaan! Nu!" Vankovs toon is scherper, meer geagiteerd. Vanuit mijn ooghoek zie ik mijn andere twee bodyguards achter hem verschijnen, en ik wil ter plekke sterven.

Mijn gezicht moet mijn gedachten weerspiegelen, want Alexei's gelaatstrekken raken nog meer gespannen, en zonder nog een woord te zeggen, laat hij me op mijn voeten zakken en maakt hij in één snelle, woedende beweging zijn rits dicht. Hij doet echter geen stap achteruit. In plaats daarvan zet hij één hand tegen de muur en leunt hij over me heen. Hij tilt zijn andere hand op, drukt zijn bebloede vingertoppen tegen mijn lippen, ze rood makend, terwijl hij met een lage, harde stem zegt, "Ik zal morgenavond een auto voor je sturen. Je zal komen. Als je dat niet doet, dan zul je er spijt van krijgen."

Daarmee duwt hij zich van de muur en loopt langs mijn bodyguards en verdwijnt in de gang.

––––––––

DE KOPERSMAAK ZIT NOG STEEDS OP MIJN LIPPEN ALS IK IN MIJN LIMO STAP, en ik kan de pijn van mijn gescheurde maagdenvlies diep van binnen voelen. Ik heb geen idee wat ik moet doen, vooral in het licht van Alexei's uitnodiging/bedreiging. Wat bedoelde hij, dat ik er spijt van zal krijgen? Wat ik nu betreur, is dat ik naar Natasha's evenement ben gegaan en alles wat daarop volgde. Het is alsof ik tijdelijk krankzinnig was.

Het is duidelijk dat ik niet van plan ben om in de auto te stappen die hij stuurt. Mijn waanzin gaat niet zo ver. Maar wat zal hij doen als ik niet op kom dagen? Misschien moet ik mijn broers vertellen wat er gebeurd is, ze waarschuwen voor het geval dat. Maar nee. Als ze wisten dat Alexei me bijna in een garderobekast had geneukt en hij me nu bedreigt, dan zouden ze geen andere keuze hebben dan achter hem aan te gaan, en dat zou de slechtste timing ooit zijn.

Morgenochtend zal Nikolai voor de nabije toekomst Moskou verlaten. Hij vliegt naar Amerika om zijn nieuwe terrein in Idaho voor te bereiden op Slava's aankomst over drie weken. Als mijn domheid dat zou verpesten, dan zou ik het mezelf nooit vergeven.

Ik kijk Vankov in de ogen in de achteruitkijkspiegel voordat ik een harde blik op de andere twee bewakers werp. "Als er ook maar een woord over dit incident naar buitenkomt — en vooral als het bij mijn broers terechtkomt — dan zullen jullie alle drie op staande voet worden ontslagen. Begrepen?"

Ze knikken alle drie, hun gezichten onbewogen. Ze weten dat het geen loze bedreiging is. Ze staan op mijn loonlijst, vanaf het moment dat ik mijn erfenis een paar maanden na de dood van mijn ouders kreeg. Mijn broers hadden eerst bezwaar gemaakt en ze beweerden dat het hun plicht was om me te beschermen, maar ik hield voet bij stuk. Wat maakte het voor verschil, had ik gezegd, zolang ik maar de juiste beveiliging had? Dus gaven ze toe, hoewel met tegenzin, en ik ben sindsdien de officiële werkgever van mijn bodyguards, ervoor zorgend dat ze op de eerste plaats loyaal zijn aan mij.

Gerustgesteld leun ik achterover tegen de stoel en concentreer ik me op diepe ademhalingen om het hectische gebonk van mijn hart te kalmeren en de spanning in mijn slapen te verlichten. Ik moet uitzoeken wat ik moet doen, hoe ik deze puinhoop op moet lossen, en dat kan ik niet doen als ik weer met een slopende hoofdpijn in bed lig. Het is de afgelopen maanden zoveel beter gedaan, ik voelde me veel sterker, maar nu sta ik weer op het punt om in te storten.

Nee, fuck dat. Ik laat dat niet gebeuren. Alexei is duidelijk op meer dan één manier mijn kryptoniet, dus er is maar één rationele oplossing.

Ik moet mezelf uit zijn buurt zien te krijgen, zo ver mogelijk bij hem vandaan als ik kan. Misschien kan ik naar Zwitserland gaan voor een skitrip, of Natasha vergezellen op haar aanstaande vakantie naar Thailand. Maar wat als Alexei me volgt om te doen wat het ook is waar hij mee dreigt? Het is niet zo dat hij geen privéjet en een leger van schurken heeft om zijn bevelen uit te voeren. Ik zou het zelf makkelijker voor hem maken om me te ontvoeren of wat hij ook van plan is. Wat ik nodig heb, is om een tijdje volledig van zijn radar te verdwijnen, zodat hij vergeet wat er vanavond gebeurd is en —

Ik ga rechtop zitten alsof ik onder stroom sta. Natuurlijk! De perfecte ontsnapping is al die tijd recht voor mijn neus geweest.

Het nieuwe complex van Nikolai. Het komt het dichtste in de buurt van verdwijnen terwijl ik nog steeds op dezelfde planeet ben.

Dit is het. Dit is de oplossing voor al mijn problemen.

Als Nikolai morgen vertrekt, dan ga ik met hem mee en dan zal Alexei me nooit vinden.

HOOFDSTUK 23

HEDEN, LOCATIE ONBEKEND

"J e had niet op de vlucht moeten slaan," zegt Alexei terwijl een windvlaag een koele spray van oceaanwater op de tafel spat. Of misschien is het het begin van regen. De golven worden intenser, het jacht schommelt harder heen en weer. Een flits van bliksem snijdt door de snel donker wordende hemel, gevolgd door ijzingwekkende donder. Binnenkort is het te gevaarlijk om hier nog te zitten. Ik ben echter veel banger voor wat me onder het dek te wachten staat, in de slaapkamer die Alexei wil delen. Ik weef mijn handen op de tafel in elkaar om ze te stabiliseren terwijl hij verder gaat. "We hadden deze maaltijd in een leuk restaurant in Moskou kunnen eten."

En met veel minder bloedvergieten. Dat zegt hij niet, maar dat hoeft hij ook niet te zeggen.

"Wat was je van plan om te doen?" vraag ik, terwijl ik mijn best doe om mijn stem kalm te houden terwijl ik voor mezelf een glas water uit een kristallen kan op tafel inschenk. Mijn mond is droog, en de kaviaarsandwich die ik heb gegeten, voelt aan alsof hij halverwege mijn keel vastzit. "Als ik in Moskou was gebleven, wat had je dan gedaan als ik niet in je auto was gestapt?"

Een verwrongen glimlach vormt zich om zijn lippen. "Wat denk je zelf?"

Ik drink de helft van het water in het glas op voordat ik het neerzet. "Ik denk dat je een monster bent dat tot alles in staat is."

"Je kent me te goed."

Zijn droge toon laat me vanbinnen ineenkrimpen. Omdat hij gelijk heeft. Ik ken hem niet. Tenminste lang niet zo goed als hij mij kent. Al mijn gestalk van hem was oppervlakkig, bedoeld om me op de hoogte te houden van zijn verblijfplaats, terwijl hij zich in elk gebied van mijn leven heeft verdiept, hoe privé het ook was. Dat betreur ik nu, dat ik me niet eerder beter in hem had verdiept, toen de inzet veel lager was. Nu is hij mijn ontvoerder, en ik heb geen idee wat zijn zwakke punten zijn, hoe ik hem kan manipuleren om me mijn vrijheid te geven.

De duistere, machtige man die voor me zit is een mysterie, een puzzel. Het enige wat ik weet is dat hij me wil en dat hij tot het — meest verschrikkelijke — uiterste is gegaan om me op te eisen. En dat allemaal omdat... wat? Ik zo mooi ben als door een willekeurige maatschappelijke standaard voorgeschreven is?

"Gaat het bij jou om een statusding?" vraag ik, terwijl ik mijn hoofd schuin houdt. Misschien is het nog niet te laat voor me om te proberen hem te leren kennen, om te begrijpen wat hem drijft.

Zijn wenkbrauwen fronsen. "Is wat een statusding?"

"Ik. De verloving. Deze hele obsessie van jou." Ik stabiliseer de karaf als deze naar de rand van de tafel begint te glijden, geholpen door een plas condens en een hoge golf die het jacht begint te kantelen. "Je zei dat het vanwege mijn uiterlijk is, maar Moskou zit vol met prachtige vrouwen. Dus is het omdat ik een Molotov ben? Wil je me omdat ik zowel decoratief als rijk ben?"

Voor zover ik weet, is dat het enige unieke aan mij. Schoonheid is in onze kringen niets speciaals; gooi op een feestje een steen en het zal van een supermodel afketsen. Maar in de regel hebben die vrouwen niet veel meer te bieden dan hun perfecte lichamen en symmetrische gezichten. Ik wel. Ik heb miljarden aan activa en het soort connecties dat alleen generatiekracht kan brengen. De Leonovs hebben dat strikt genomen niet nodig — ze hebben van zichzelf genoeg macht en rijkdom — maar mij hebben zou voor Alexei nog steeds als een staatsgreep zijn.

Ik ben mooi om aan zijn zijde te hebben, iets dat niet gekocht kan worden, en dat maakt me het ultieme statussymbool, een prijs die waardig is voor een man die alles heeft.

Alexei's ogen vernauwen zich. "Is dat wat —"

"Mag ik de tafel leegruimen, meneer?"

De stem van een onbekende vrouw die Russisch spreekt, laat me opkijken. Een kleine vrouw van middelbare leeftijd met steil zwart haar op schouderlengte staat bij de tafel, met een schort om haar middel en een karretje aan haar zijde.

"Ja, dank je, Vika," zegt Alexei, en pauzeert dan even en trekt dan een wenkbrauw naar me op. "Tenzij jij nog steeds honger hebt, Alinyonok?"

Hoe graag ik deze maaltijd ook zou willen uitstrekken, met de storm is het slechts een kwestie van minuten voordat alle borden van de tafel glijden en het eten gaat vliegen. Met tegenzin schud ik mijn hoofd. "Ik ben klaar."

De vrouw — Vika — stapelt behendig alle borden op de kar en rijdt hem vervolgens in de richting van de neus van het jacht, waar de keuken moet zijn.

"Dank je," roep ik haar na. "Alles was heerlijk!"

Het kan geen kwaad om aan de goede kant van Alexei's werknemers te staan.

Ze draait haar hoofd en laat een glimlach zien die haar hoekige gezicht verzacht. "Het was me een genoegen," roept ze terug voordat ze de kar om de hoek duwt en uit het zicht verdwijnt.

Ik richt mijn aandacht weer op Alexei, in de hoop het gesprek voort te zetten, maar hij staat al op. "Zullen we?" vraagt hij, om de tafel heen lopend om een hand uit te strekken terwijl een andere bliksemschicht dichterbij flitst. Mijn hartslag gaat omhoog, zijn gebrul verdrinkt bijna de daaropvolgende knal van de donder.

Dit is het.

Mijn uitstel is voorbij.

HOOFDSTUK 24

Uitstel. Een toevluchtsoord. Dat is wat Nikolais afgelegen landgoed zou moeten zijn. Het is een time-out uit mijn normale leven, een veilige plek waar ik me geen zorgen hoef te maken over Alexei. Waarom voel ik me dan zo rusteloos, zo ongemakkelijk? Ik kan niet stoppen met aan hem te denken, aan wat er in die garderobe is gebeurd, en het maakt me langzaam gek.

Onrustig neem ik nog een laatste trek van mijn joint en maak hem uit voordat ik het bos uit ga. De wiet heeft de hoofdpijn grotendeels op afstand gehouden, dus ik heb geen toevlucht tot iets sterkers hoeven nemen. Ik weet niet waarom ik de hoofdpijn heb; ik kan me geen meer ontspannen plek voorstellen dan Nikolais nieuwe complex.

Het ultramoderne landgoed van mijn broer ligt op een klif, met overal een Instagram-waardig uitzicht op de bergen. Ondanks dat mei net om de hoek staat, hebben we net sneeuwval gehad, en verse poeder kraakt onder mijn laarzen als ik rond het huis naar de voordeur loop. De lucht is fris en ruikt naar dennen, zo koel en fris dat het bijna pijn doet aan mijn longen. Maar misschien is dat wel het probleem. De geur doet me aan Alexei denken en aan alles waar ik aan wil ontsnappen.

Ik adem nog een long vol in, open de deur en loop het huis binnen, waar ik mijn jas ophang en mijn laarzen voor een paar schone schoenen met hoge hakken verwissel, want zelfs hier voel ik me meer op mijn gemak met mijn glanzende schild. Hartige geuren komen uit de keuken — Pavel is het diner aan het maken — en de hoge stem van een kind waarschuwt me voor de aanwezigheid van mijn neefje in de woonkamer.

Mijn humeur verbetert onmiddellijk en ik glimlach als ik daarheen ga. Slava is al snel mijn favoriete persoon geworden. Een kleine kloon van Nikolai, is het kind verlegen en terughoudend, vooral in de buurt van zijn vader, maar ik vind het heerlijk om hem in de buurt te hebben. Na de eerste paar weken, waarin hij ons begrijpelijkerwijs allemaal met diepe achterdocht beschouwde, begon hij zich naar mij iets meer open te stellen, evenals naar Pavel en Lyudmila. Nikolai is de uitzondering; om de een of andere reden kunnen ze geen gemeenschappelijke taal vinden — deels omdat hij erop staat dat we de jongen in het Engels aanspreken, zodat hij zich aan zijn nieuwe leven in Amerika aan kan passen. Persoonlijk denk ik dat dat lang niet zo belangrijk is als Slava die zijn vader accepteert, maar Nikolai luistert niet naar mij. We hebben tegenwoordig niet echt een hechte band.

Ik vind Slava zoals verwacht in de woonkamer, maar in plaats van Lyudmila, die de rol van zijn kindermeisje op zich neemt, is Nikolai bij hem. Mijn broer ijsbeert voor de bank waar Slava zit, hij probeert zijn zoon wat Engelse woorden na hem te laten herhalen — en hij faalt jammerlijk. Slava staart hem leeg aan, koppig ongeïnteresseerd. Het verbaast me niet. Slava negeert ook mijn pogingen om hem de taal te leren.

"Misschien moeten we een Amerikaanse leraar voor hem regelen," zeg ik in het Engels, terwijl ik naar hem toe loop om op een tweezitter tegenover de bank te gaan zitten. "Hij reageert misschien beter op iemand die zijn moedertaal niet spreekt."

Nikolai stopt met ijsberen en geeft me een coole blik. "We hebben geen vreemdeling nodig die de hele tijd komt en gaat."

"Wat als het iemand zou zijn die inwonend was?"

Hij gnuift. "Dat is nog erger."

"Waarom?" Wacht, waarom dring ik hier op aan? Het maakt me niet uit of Slava wel of niet Engels leert. Dat is belangrijk voor mijn broer, maar niet voor mij. "Laat maar. Vergeet het maar."

Op een perverse wijze lijkt *dat* Nikolai van de verdienste van mijn idee te overtuigen. "Eerlijk gezegd..." Hij kijkt naar zijn zoon, die nu behoedzaam naar hem kijkt. "We zouden een advertentie in een lokale krant kunnen plaatsen, kijken of er leraren uit de stad bijten. Als we het offline en low key houden, zou het veilig genoeg moeten zijn."

Ik haal mijn schouders op. "Als jij dat wilt." Het is hoe dan ook zijn beslissing. Ik wil gewoon dat Slava kan wennen en ons als zijn nieuwe familie accepteert, en als het leren van Engels van een leraar dat vergemakkelijkt, dan ben ik er helemaal voor.

Als ik Slava's blik zie, glimlach ik warm en zeg ik zachtjes, *"Privet." Hallo* in het Russisch.

Slava lacht niet terug — dat doet hij nooit als Nikolai in de buurt is — maar ik voel hem een beetje ontspannen. In veel opzichten zijn we nog steeds vreemden voor hem, en de kunstmatige taalbarrière helpt niet. We hebben ervoor gezorgd dat zijn ontvoering zo traumavrij mogelijk was — hij werd midden in de nacht met behulp van een klein beetje kindveilig kalmeringsmiddel ontvoerd, dus vanuit zijn perspectief werd hij hier gewoon wakker — maar dat ontkracht niet het feit dat hij van alles en iedereen die hij kent, is weggerukt. Ik wou dat ik Nikolai dat kon laten begrijpen en dat hij gewoon vriendelijk en geduldig kon zijn, maar als mijn broer in de buurt van zijn zoon is, is hij stijf en hard. Schijnbaar heeft hij een gebrek aan empathie.

Het is alsof de geest van onze vader zijn lichaam heeft ingenomen, en dat hij elke kans verpest die Nikolai heeft om een band met zijn eigen zoon op te bouwen. Misschien als straf voor zijn moord.

Ik ril als de duistere herinneringen binnenkomen

en het kost me alles wat ik in me heb om mijn warme, vriendelijke glimlach te behouden. Het is niet Slava's schuld dat zijn nieuwe familie bijna net zo gestoord is als zijn oude familie. Hij is beter af bij ons dan bij de Leonovs — dat moet ik geloven — maar ik had gehoopt dat Nikolais zoon hier echt gelukkig zou zijn. Tot nu toe is dat niet het geval.

Ik sta op, ga naar de bank en steek een hand uit naar mijn neefje. "Kom, Slavochka," zeg ik in het Russisch en ik negeer de frons van mijn broer. "Ik heb een nieuw spel dat ik je wil laten zien."

En terwijl Slava gretig van de bank springt en zijn kleine handpalm op de mijne legt, knijpt mijn hart zich samen met een vreemde, doordringende pijn... een pijn die me om de een of andere reden aan een man doet denken die hier niet eens in de buurt is.

Een man aan wie ik ontsnapt ben.

HOOFDSTUK 25

HEDEN, LOCATIE ONBEKEND

Geen ontsnapping mogelijk.

De woorden dreunen in mijn hoofd als Alexei me naar beneden de trap af naar onze hut leidt. Zijn hand is stevig rond mijn elleboog gewikkeld, waarschijnlijk om te voorkomen dat ik val als de steeds groeiende golven het jacht heen en weer laten schommelen. Maar in werkelijkheid is het om ervoor te zorgen dat ik niet zoiets doms doe als vluchten. Ik weet dat hij de paniekgedreven drang in me kan voelen, mijn snelle, oppervlakkige ademhalingen kan horen.

Dit is het.

Na meer dan tien jaar komt ons kat-en-muisspel ten einde.

Als we de onderkant van de trap bereiken, laat een donderslag me opspringen, en kijkt hij me met opgetrokken wenkbrauwen aan. "Ben je bang voor onweer, Alinyonok?"

Ik ben bang voor jou en wat je met me gaat doen. De woorden dansen op het puntje van mijn tong, maar ik slik ze in. Ik wil niet dat hij weet wat voor een lafaard ik ben, hoe ik egoïstisch aan het wensen ben dat ondanks alles, mijn broers zouden komen en me zouden vinden.

Maar Alexei weet het natuurlijk. Zijn ogen schijnen zwart als hij voor de cabinedeur stopt. "Heb je spijt van onze afspraak?" Zijn toon is zacht, spottend terwijl hij naar me staart. Hij weet het antwoord — het enige antwoord dat ik kan geven.

"Nee." Hoe kan ik dat hebben, als het de enige manier was? Toen het alternatief betekende dat Nikolai zijn zoon en hoogstwaarschijnlijk zijn leven zou verliezen? Niet te vergeten wat er met Chloe, Pavel en Lyudmila had kunnen gebeuren.

Het enige waar ik spijt van heb, is dat ik niet naar voren ben gekomen en de ruil eerder had gedaan, voor het bloedbad dat het leven van zo veel van mijn broers mannen had gekost.

HOOFDSTUK 26

1 DAG EERDER, IDAHO

Ik rijd te paard naar de volgende baas en steek hem met mijn zwaard. Het wezen gilt en valt, maar in plaats dat er bloed uit zijn borstwond spuit, valt zijn hoofd eraf.

Oeps. Dat hoort niet te gebeuren.

Ik noteer de fout, zodat ik mijn code morgen kan bekijken, als mijn geest fris is. Ik ben nog steeds aan het proberen om C++ te beheersen, maar dankzij de nieuwste ontwikkelingtools, zien de graphics van de video game die ik maak er geweldig uit, en het is me tot nu toe gelukt om één baasgevecht voor elkaar te krijgen. Ik weet zeker dat mijn voormalige klasgenoten van Informatica om mijn zielige inspanningen zouden lachen, maar ik ben er trots op hoe ver ik in de afgelopen maanden ben gekomen.

Het helpt dat er in Nikolais afgelegen berglandgoed, naast het genieten van de prachtige natuur, weinig te doen is. Nou, weinig te doen, behalve geobsedeerd zijn door Alexei. Als ik mijn spel niet had om aan te werken, dan zou ik waarschijnlijk krankzinnig worden. Zoals het er nu voor staat —

Het geluid van iets dat op de vloer valt, bereikt mijn gehoor, gevolgd door het gekreun van een vrouw.

Ik rol met mijn ogen. Natuurlijk. Nikolai is Chloe weer aan het neuken, waarschijnlijk in zijn kantoor. Arme meid. Vanaf het moment dat mijn broer haar sollicitatie voor de baan als leerkracht had gezien, was hij angstaanjagend geobsedeerd door haar, tot het punt dat ik me gedwongen voelde om haar voor Molotov-mannen en hun gevaarlijke fixaties te waarschuwen. Niet dat het geholpen heeft. Het is pas een paar maanden, maar hij heeft haar al gedwongen om met hem te trouwen.

Ik doe mijn best om de seksgeluiden buiten te sluiten, maar het is onmogelijk. Zelfs gedempt door de muren, bereiken de geluiden me, me aan alles herinnerend wat ik probeer te vergeten. Zoals het feit dat Alexei nu in de Verenigde Staten is — dat hij al weken steeds dichterbij komt. Mijn privédetective heeft niet al zijn bewegingen kunnen volgen, maar ik weet dat hij daarbuiten is. Ik heb de e-mails in Nikolais inbox gezien, over de dreiging. Ondanks onze inspanningen om de Leonovs op een dwaalspoor te brengen, heeft Alexei het vermoeden dat mijn familie bij de ontvoering van Slava betrokken is, en hij is op zoek naar Nikolai... en naar mij. Mijn broers hebben geprobeerd me er niets over te vertellen, alsof ik een kind was, maar dat ben ik niet. Ik weet waartoe Alexei in staat is, en ik weet dat hij niet opgeeft.

Ugh. Daar ga ik weer, aan hem denken, me zorgen maken, geobsedeerd zijn. Ik denk dat mijn broer niet de enige Molotov hier is die zich op dingen fixeert.

Met moeite richt ik me opnieuw op mijn spel en bewerk een paar lompe regels code om ze eleganter te maken. Ik ben zo in mijn taak geabsorbeerd dat als mijn laptopscherm plotseling donker wordt, ik er even ongelovig naar staar. Van alle verdomde tijden dat mijn computer kan crashen... Wanneer heb ik voor het laatst op "opslaan" gedrukt?

Ik verwacht dat de laptop binnen enkele seconden vanzelf herstart, maar dat is niet zo. Gefrustreerd druk ik op de aan/uitknop.

Niets.

Wat voor de duivel?

Ik controleer of hij is aangesloten, en dat is hij. Hij kan onmogelijk Leeg zijn gelopen.

Instinctief pak ik mijn telefoon van waar hij op mijn bureau ligt.

Het scherm is zwart en reageert niet. Het maakt niet uit wat ik doe, hij start niet op.

Mijn maag draait zich om, er loopt een rilling door mijn hele lichaam.

Eén van mijn elektronica die ermee ophoudt, kan gebeuren. Twee is een patroon. Een patroon dat alleen maar kan betekenen —

Gebonk op mijn slaapkamerdeur stuurt adrenaline door mijn aderen. Ik spring overeind.

"Alina!" Pavels stem is gespannen. "Doe open."

Ik haast me al. Met een bonzend hart, trek ik de deur open en zie Pavel samen met Lyudmila staan, die een slaperig uitziende Slava in haar armen houdt.

"Jullie drieën moeten naar de veilige kamer," zegt Pavel grimmig. Hij spreekt Engels, waarschijnlijk zodat Slava het niet zal begrijpen. "Ik heb het contact met de bewakers verloren."

Mijn adrenaline stijgt. "Je moet Nikolai en Chloe halen. Ze zijn in zijn kantoor."

"Ik ben al onderweg." Hij stapt naar Nikolais kantoor en bonkt op de deur terwijl Lyudmila zich door de gang naar de trap haast. Ik ren achter haar aan en negeer het ongemak om dat op hoge hakken te doen. Ik heb me na het eten niet omgekleed, dus ik draag nog steeds mijn rode avondjurk — een kleine zegen, omdat ik nu gemakkelijk in mijn slaapkleding had kunnen zitten.

De veilige kamer bevindt zich onder de garage en Lyudmila en ik kennen de code. Aangezien zij Slava heeft, toets ik de nummers in op een kleine grijze doos op de muur. Met een vaag gesis, komt er een vierkant stuk van de vloer bij ons in de buurt omhoog. Het scheidt zich van de rest, en een kleiner vierkant in het midden schuift opzij en onthult een handvat. Ik trek eraan, en de zware metalen deur gaat omhoog, het scharniert naar me toe om een uitklapbare ladder eronder te onthullen. Ik laat me op mijn knieën vallen en druk op een knop aan de zijkant van de ladder, die ik in de ruimte eronder openvouw — het is een bunker zo groot als een studio-appartement, gevuld met genoeg voorraden om gedurende zes weken meerdere mensen te huisvesten.

Terwijl ik dit doe, laat ik mezelf niet denken aan wie of wat er daarbuiten is. Ik concentreer me er alleen op om ons in veiligheid te brengen en negeer het ziekmakende gevoel in mijn maag.

"Ga jij maar eerst," zeg ik tegen Lyudmila, terwijl ik Slava van haar aanpak. Mijn handen trillen, maar mijn stem is stabiel. "Hij zal naar je toe klimmen."

Ze doet wat ik zeg, en Slava, die nu volledig wakker is, kronkelt in mijn armen. "Wat is er aan de hand?" zegt hij in het Russisch, zijn grote ogen staan wijd open en zijn angstig. "Waarom zijn we hier? Lyudmila zei dat het maar een oefening was, maar wat is een oefening? Is het iets slechts?"

"Nee, nee, Slavochka, een oefening is niets slechts." Ik verplaats het grootste deel van zijn gewicht naar mijn linkerheup en klop geruststellend op zijn rug. Hem in mijn armen voelen, klein, maar stevig en warm, helpt me om mijn uiterlijke kalmte te behouden. "We oefenen gewoon wat we moeten doen als er ooit een probleem is, oké?"

Hij knippert met zijn ogen. "Wat voor soort probleem?"

"Oh, je weet wel..." Ik zoek iets waar een bijna vijfjarige niet bang voor is, maar hij is me voor.

"Zoals als er bijvoorbeeld een superschurk komt?"

Ik kijk hem stralend aan. "Dat klopt." Godzijdank voor de stripboeken en de obsessie die kleine jongens met hen hebben. "Zodat we weten wat we moeten doen als er een superschurk komt."

Slava maakt zich groot. "Ik kan hem verslaan. Ik ben sterk, net als Superman."

"Ja, dat ben je." God, dit kind is onbetaalbaar. Ik kan niet geloven dat ik hem de eerste vier jaar van zijn leven niet heb gekend. En als ik me zo voel, kan ik me niet voorstellen hoe Nikolai met die verwoestende kennis omgaat, vooral nu hij en Slava hechter worden.

"Klaar!" roept Lyudmila van beneden.

Ik zet Slava voorzichtig op zijn voeten en hurk voor hem neer. "Een deel van de oefening is van deze ladder af te klimmen. Denk je dat je er klaar voor bent?"

Hij knikt met zijn hoofd. "Ik weet hoe ik moet klimmen."

"Oké, goed." Ik knijp in zijn smalle schouder. "Ga nu maar. Wees snel, maar voorzichtig, oké? Lyudmila wacht beneden op je."

Hij klimt als een aap van de ladder en een paar seconden later roept Lyudmila dat ze hem heeft. De opluchting stroomt door me heen, en ik haast me ook de ladder af, naar de veilige kamer afdalend.

Lyudmila grijpt me bij de arm zodra mijn voeten de grond raken. "Geen van de monitoren werkt," fluistert ze in mijn oor. Ze doet een stap achteruit en knikt naar de muur van schermen die verondersteld worden camerabeelden van buitenaf weer te geven, maar die momenteel alleen statisch beeld geven.

Fuck. Mijn hartslag stijgt als ik me mijn dode telefoon en computer herinner.

Het is een EMP. Dat moet wel, ook al ging het licht in huis nooit uit. Konstantin, tech-savvy paranoïde dat hij is, was bezorgd over de mogelijkheid van een dergelijke aanval, waardoor onze belangrijkste stroomkabels onder de grond zijn begraven en gehard zijn met metalen behuizingen, en onze back-upgenerator bevindt zich in een Faraday kooi. Maar onze telefoons, laptops, camera's en drones — al de elektronica die in de open lucht was — moet door de elektromagnetische puls zijn doorgebrand, en ik kan maar één vijand van ons bedenken die toegang tot zo'n geavanceerd wapen zou hebben.

De Leonovs.

Alexei heeft ons gevonden.

Het geluid van schoten in de verte laat me opspringen.

Fuck. Er is in mijn gedachten geen twijfel meer.

Dit *is* een aanval.

Het is echt.

Het gebeurt.

Ik begin in een nutteloze poging om mijn angst te beheersen te ijsberen. Naast een kleine, maar volledig uitgeruste keuken beschikt de bunker over een kingsize bed, twee futons, een kleine badkamer en een voorraadkast. Theoretisch gezien is er genoeg ruimte, maar ik voel me claustrofobisch, als een rat die in een kooi gevangenzit.

Er zijn waarschijnlijk maar enkele minuten verstreken voordat Chloe verschijnt, maar het voelt als een eeuwigheid. Ze klimt de ladder af en sluit het plafondluik achter zich. Ze heeft ook haar avondkleding nog aan en haar witte jurk gloeit onder de felle plafondlampen, net als haar effen, olijfkleurige teint. Ze heeft die dewy, blozende blik van iemand die net geweldige seks heeft gehad, en voor even voel ik een scherpe, onlogische steek van jaloezie.

Maar nee. Dat is dom. Ik wil geen seks. Ik wil geen liefde en geen huwelijk, zeker niet met een man zo gevaarlijk en obsessief als mijn broer. Ik wil gewoon met rust gelaten worden.

Zodra Chloe op de grond staat, rent Slava naar haar toe. Dat verbaast me niet. Ze is nu veruit zijn favoriete persoon — ongetwijfeld een andere reden waarom Nikolai heeft besloten om haar tot een huwelijk te dwingen. Niet dat ze geen andere kwaliteiten heeft dan haar affiniteit voor kinderen. Ik mag haar ook erg graag; we zijn de afgelopen weken vriendinnen geworden.

"Ga alsjeblieft zitten," sist Lyudmila zachtjes als ik langs haar loop, dus ik dwing mezelf om te stoppen en op de futon tegenover het bed te gaan zitten waar Chloe met Slava is gaan zitten. Hij zit op haar schoot, omhelst haar om haar nek, en ik voel weer een irrationele golf van jaloezie — deze keer omdat ik degene wil zijn die hem vasthoudt, die troost ontleent aan zijn kleine, warme gewicht.

"Lyudmila heeft hem verteld dat het gewoon een oefening is," zeg ik in het Engels, terwijl ik mijn stem laag houd. Ik hoop dat Slava het niet begrijpt. Dankzij Chloe kent mijn neefje nu een heleboel woorden en een paar basiszinnen in het Engels, maar hij spreekt het nog lang niet vloeiend. "Hij neemt het goed op, vind je niet?"

Chloe slikt zichtbaar en kijkt omhoog terwijl er in de verte meer schoten te horen zijn. Haar stem is slechts een beetje onvast. "Ja. Hij doet het geweldig."

Terwijl ik een nerveus wrak ben, en zij ook. Ze tikt met haar blote voet op de vloer, het geluid bonkt als een hamer op mijn hersenen.

"Doe dat alsjeblieft niet," zeg ik, en ze stopt, en ze begint vervolgens op haar onderlip te bijten.

Lyudmila, die op de andere futon zit, kijkt me berispend aan. Ze is net zo bleek als ik moet zijn, maar ze vermant zich, ook al is Pavel daarbuiten, in gevaar, net als Nikolai.

Hetzelfde geldt voor Alexei, als hij erachter zit.

Ik haal diep adem en probeer mezelf onder controle te houden — zonder veel succes. Mijn hoofd voelt aan alsof het in een bankschroef zit, een die met elke seconde strakker wordt. Ik weet niet wat er aan de hand is, maar ik kan het me voorstellen. We hebben een paar dozijn bewakers die de omgeving patrouilleren, allemaal hoog opgeleid, en Nikolai en Pavel zijn elk minstens een dozijn mannen waard. Maar ze zijn nog steeds menselijk, nog steeds feilbaar. Als de aanvallers met genoeg mankracht zijn gekomen —

Meer schoten in de verte. Chloe krimpt ineen, Slava strakker vasthoudend, en Lyudmila springt op. Mijn nek en schouders voelen alsof ze met metaal zijn versmolten zoals ik daar stijf zit en probeer om me niet te bewegen.

Tik. Tik. Tik. Tik. Tik. Tik.

Verdomme. Chloe tikt weer met haar voet op de vloer. Ik probeer me op iets anders te concentreren, op wat dan ook, maar het geluid maakt me gek, het smelt samen met het hectische ritme van mijn hartslag en het gebonk in mijn slapen.

Ik geef haar een vernietigende blik, maar ze ziet het niet. Ik denk dat ik het moet zeggen. "Hou daarmee op, Chloe."

Mijn toon is scherper dan ik had bedoeld, en haar hoofd schiet omhoog, haar grote bruine ogen staan geschrokken. "Het spijt me." Ze verschuift Slava van de ene knie naar de andere. "Ik maak me gewoon zorgen om hen."

Is *zij* bezorgd? Mijn hele lichaam is als een ruwe, blootgestelde zenuw, mijn maag staat zo strak dat ik misschien over moet geven.

De Leonovs hebben ons gevonden.

Ik weet bijna zeker dat het Alexei's mannen zijn.

Lyudmila kijkt me meelevend aan en ik haal moeizaam adem. We zijn in een veilige kamer, maar ik voel me helemaal niet veilig. Hoe zou ik me veilig kunnen voelen, als er boven ons een oorlog gaande is? Waar mannen bloeden, misschien sterven? Als ik het vermoeden heb dat het mijn schuld is?

Tik. Tik. Tik. Tik. Tik. Tik.

Ik spring overeind. "Kun je daar verdomme mee stoppen?"

Onder andere omstandigheden, zou ik met Chloe's leed meeleven, maar mijn ribbenkast voelt aan alsof hij zich naar binnen vouwt, en mijn hoofdpijn verergert met de seconde. Ik heb pas geleden nog een erge aanval gehad, een waarbij ik mijn toevlucht tot mijn pillen moest nemen, en ik ben er nog steeds niet helemaal overheen. Elke dag vecht ik tegen de drang om een pil of twee... of tien te nemen. Het is zo verleidelijk om gewoon de pijnstillers in te nemen en weg te zweven, om de altijd aanwezige angst en twijfel te vergeten.

Heb ik mijn broer en zijn nieuwe familie in gevaar gebracht door me bij hen te verstoppen?

Zou Alexei zo vastbesloten zijn geweest om Nikolais complex te vinden als hij niet het vermoeden had dat ik hier was?

Chloe raakt gespannen, en ik kan zien dat ze op het punt staat om terug te snauwen als Lyudmila zich tot mij wendt. Ondanks haar bleekheid is haar stem kalm, kalmerend als ze in het Russisch zegt, "Het is niet de schuld van het meisje. Ze maakt zich gewoon zorgen om Nikolai."

Natuurlijk doet ze dat. Ik kan het haar niet kwalijk nemen. Ik ben doodongerust voor mijn broer, en voor Pavel en alle bewakers. *En voor Alexei.*

Het bonzen in mijn slapen wordt erger, en ik zak terug op de futon, oppervlakkig ademend. Het is zo stom om daarover na te denken, over het gevaar voor Alexei als *hijzelf* het gevaar is, maar ik kan er niets aan doen. Mijn hand trilt als ik hem door mijn haar haal voordat ik hem langs de voorkant van mijn jurk gladstrijk.

God, ik ben zo'n verdomde puinhoop.

De futon zakt naast me in en ik kijk omhoog om Chloe daar te zien zitten, zonder Slava, die nu alleen op het bed zit en ons nieuwsgierig observeert.

"Gaat het met je?" vraagt ze met een lage stem.

Ik staar haar in stilte aan en ze gaat onverschrokken verder. "Is er nog iets anders aan de hand? Je lijkt ongewoon onrustig te zijn — niet dat je daar geen goede reden voor hebt."

Ik sta op het punt antwoord te geven, maar dan schud ik mijn hoofd. Ze weet niets over mij en Alexei, en dit is niet het moment om daarover te beginnen. Trouwens, ook al ben ik ervan overtuigd dat het Alexei is, dat is nog niet officieel bevestigd. Het kan nog steeds een andere vijand van ons zijn, of zelfs van Chloe. "Het is niets," zeg ik gespannen. "Ik begin erge hoofdpijn te krijgen, dat is alles."

Sympathie vult haar warme bruine ogen. Mijn hoofdpijn — waar ze van weet. Ze bedekt mijn hand met de hare, haar slanke handpalm warm op mijn bevroren huid. "Heb je je medicatie?"

"Nee."

Haar blik dwaalt onmiddellijk af naar de ladder die naar de garage leidt.

"Laat dat maar uit je hoofd," zeg ik scherp. "Als ik het wil, dan haal ik het zelf wel. Maar geen van ons zou —"

Een oorverdovende explosie schudt de kamer door

elkaar, waardoor het plafondlicht flikkert en stukjes gips naar beneden vallen. Mijn hartslag schiet omhoog en ik word door ijskoude angst overspoeld. Instinctief spring ik overeind, en Chloe en Lyudmila ook. Op het bed zijn Slava's ogen wijd van angst. Onze leugen over een oefening moet met de seconde minder geloofwaardig worden.

Ik ga naar hem toe, Chloe is me alleen net voor. Ze pakt hem vast, zet hem op haar heup en voordat ik iets kan zeggen, hoor ik zijn hoge stem Engels spreken, zoals Chloe hem de afgelopen paar maanden heeft geleerd.

"Mama Chloe, waar is papa? Ik vind dit niet leuk. Ik wil hem bij me hebben."

Ze omhelst hem steviger, als de adoptieouder die ze is geworden. "Ik ook ,schat. Ik ook. Maak je maar geen zorgen. Het komt wel goed. Je vader zal snel hier zijn. We moeten gewoon afwachten."

Haar woorden zijn bedoeld om geruststellend te zijn, en misschien zijn ze dat voor Slava ook. Het enige waar ik aan kan denken, is dat er net een potentieel dodelijke ontploffing af is gegaan. Dat op dit moment iemand om wie ik geef daarbuiten kan zijn en in stukken kan liggen. Het kan Nikolai zijn. Het kan Pavel zijn. Het kan — oh, God — Alexei zijn.

Ik moet iets doen. Als het daarbuiten Alexei's mannen zijn, dan kan ik dit niet door laten gaan. Ik moet dit stoppen. Ik moet —

Lyudmila komt naar me toe. Ze slaat haar arm om mijn schouders, buigt haar hoofd naar me toe en mompelt in het Russisch, "Zet dat maar uit je hoofd. Je zult alleen maar in de weg lopen. Alexei is hier voor de jongen, en je broer zal hem niet opgeven, dat weet je. Wat je ook denkt dat je kunt doen, je kunt het niet doen. Ik ook niet. Het beste wat we kunnen doen is hier blijven, waar mijn man en jouw broer zich geen zorgen over ons hoeven te maken."

Ze heeft zowel gelijk als ongelijk. In tegenstelling tot Chloe, weet ze van de verloving, maar ze realiseert zich niet dat Alexei en ik een hele andere geschiedenis tussen ons hebben, dat Slava misschien niet de belangrijkste reden is dat Alexei hier is, *als* hij hier is. Waar ze gelijk in heeft, is dat het dom zou zijn om de veiligheid van deze bunker te verlaten, om in de weg te lopen van wat er boven ons gebeurt. Lyudmila en ik zijn dankzij Pavels training allebei goede schutters, maar we hebben nog nooit echt gevochten. We zouden daarbuiten een blok aan het been zijn, dat is zo zeker als —

"Wat denk je dat dat heeft veroorzaakt?" roept Chloe uit. Ze beseft dat ze Slava bang maakt, omhelst hem steviger en gaat met een stabielere stem verder. "De explosie, bedoel ik. Denk je —"

Vreemd genoeg kalmeert haar paniek me een beetje. "Het kan een RPG zijn," zeg ik, terwijl ik mijn angst met een vlakke, emotieloze toon verberg, terwijl ik uit Lyudmila's greep stap. Ik moet mezelf voor ieders bestwil vermannen. "Ze kunnen het in de garage hebben gelanceerd om onze voertuigen uit te schakelen en de mogelijkheid om te ontsnappen uit te sluiten. Of dat, of ze hebben handmatig wat explosieven bij de ingang van de garage geplaatst — wat zou betekenen dat ze hier al zijn, bij het huis."

Tot mijn verbazing klinken de woorden die uit mijn mond komen logisch. Ik probeer rationeel te denken, om de situatie verder te analyseren.

Als ze in het huis zijn, dan moeten we ons voorbereiden.

Terwijl ik de emoties wegduw die me dreigen te verstikken, ga ik naar de muur van monitoren.

Chloe zit blijkbaar op dezelfde golflengte omdat ze vraagt, "Zijn er hier beneden wapens? Ik ben een paar keer naar een schietbaan geweest, dus ik kan —" Ze stopt als ze me mijn handpalm tegen de muur ziet drukken. Hij glijdt weg en onthult een uitgebreide wapencollectie.

"Mijn broer heeft in alles voorzien," zeg ik terwijl ik naar binnen ga en een Glock pak. Dit is een van de vele wapenkamers die in het huis verborgen zijn. Nikolai heeft ze me allemaal laten zien toen we aankwamen. "Het is onwaarschijnlijk dat ze deze kamer binnenkort zullen vinden, maar als ze dat wel doen, dan zijn we er klaar voor," ga ik verder terwijl ik het pistool laad.

Chloe's gezicht is lijkbleek als ze Slava neerzet en naar de wapenkamer begint te lopen. Het kind slaat zijn armen om haar benen. "Ik wil papa." Tranen klinken door in zijn stem als hij zijn hoofd naar achteren kantelt om haar aan te kijken. "Waar is hij?"

Mijn borst wordt pijnlijk strakker. Ik sta op het punt om hem gerust te stellen, maar Chloe is er al mee bezig. Ze aait zijn donkere haar, haar uitdrukking is zacht en haar stem is slechts een beetje verontrust. "Ik weet het niet, lieverd, maar ik weet zeker dat we hem snel zullen zien. Voor nu moeten we gewoon voorbereid zijn, oké? Zodat je vader weet dat we deze oefening niet hebben gefaald en dat we voor onszelf kunnen zorgen — dat we allemaal sterk zijn, zoals Superman."

Slava snuift een beetje, maar laat Chloe's benen los, waardoor ze zich kan bewegen.

"Brave jongen," mompelt ze en ze kijkt naar Lyudmila, die zichzelf nu ook bewapent. Om welke reden dan ook triggert dat Chloe weer. Haar stem gaat in volume omhoog. "Wat zijn we in godsnaam hier beneden aan het doen? We zouden daar boven moeten zijn om ze te helpen!" Ze betrapt zichzelf, moduleert haar toon en reikt naar een pistool. "Misschien kan een van ons hier beneden blijven om te waken —"

Een andere ontploffing weerklinkt door de veilige kamer, waardoor er meer gips op onze hoofden neerdaalt en de fragiele façade van rust die ik heb verworven, verbrijzelt. Doodsangst vult mijn maag met glasscherven en verse adrenaline verzadigt mijn aderen terwijl de lichten boven mijn hoofd verschillende keren flikkeren voordat ze volledig uitgaan, waardoor we in het donker komen te zitten, met alleen geluiden van gedempt geweervuur boven ons hoofd.

Nikolai. Alexei.

Nee. Fuck, nee. Ik kan er niet aan denken dat ze gewond raken. Of Pavel of een van onze bewakers. Ik moet me concentreren op wat ik kan controleren. Ik draai me om en tast door de duisternis naar de plek waar ik de anderen voor het laatst zag als Chloe's gespannen stem me bereikt.

"Slava? Slava, waar ben je? Alina, Lyudmila, zijn jullie daar? Waar is hij? Ik kan Slava niet vinden."

De glasscherven zetten zich uit en vullen mijn borst. "Hij was vlak naast je." Ik ga over op het Russisch en verhef mijn stem. "Slava! Slavochka, waar ben je?"

Geen antwoord.

Chloe's paniek dringt door in haar stem. "Slava! Dit is geen spelletje. We spelen geen verstoppertje. Lyudmila, zie jij hem?"

Lyudmila antwoordt in haar Engels zonder grammatica en ze klinkt net zo bezorgd. "Nee. Misschien hij gewond. Ik nu naar licht zoeken."

Ja, zaklampen. Goed idee. Al tastend baan ik me een weg naar de lades achterin, waar ze horen te liggen, als ik Chloe, "Slava? Slava, kom hier!" hoor roepen.

Heeft ze hem gevonden? Ik draai me om en knipper tegen het zwakke licht dat van de andere kant van de kamer komt. Chloe is er al naar op weg, Slava's naam schreeuwend, en tot mijn afgrijzen, realiseer ik me waar het licht vandaan komt.

De ladder naar de garage.

Het plafondluik moet open staan.

Chloe is de ladder al op aan het klimmen. Ik ren achter haar aan. "Chloe, wacht!"

Lyudmila materialiseert voor me en blokkeert mijn

weg net op het moment dat een scherpe, bijtende geur mijn neusgaten bereikt.

Rook.

Het komt van boven.

Of de garage of het huis staat in brand.

"Wacht," sist Lyudmila. "We moeten — "

Ik duw haar opzij. "Laat me erdoor! Slava is — "

"We kunnen niet zomaar naar buiten rennen!" Ze pakt mijn arm vast. "We hebben een plan nodig."

Ik heb een plan, maar dat zal ze niet leuk vinden. Ik tril, mijn huid is zo ijskoud dat het net zo goed een winterdag kan zijn in plaats van een ongewoon warme septemberavond. "Blijf hier," zeg ik, mijn woorden vallen over elkaar. "Ik weet precies wat ik moet doen."

Ik draai me uit haar greep voordat ze antwoord kan geven en ren naar de ladder. Het wapen heb ik nog steeds in mijn hand, zijn koude gewicht is zowel misselijkmakend als geruststellend. Ik grijp mijn lange rok in mijn vrije hand, trek hem tot mijn dijen omhoog en klim de ladder op, waarbij ik de manier waarop mijn hoge hakken achter elke sport blijven haken negeer.

Hoe hoger ik kom, hoe sterker de geur van rook wordt, en tegen de tijd dat ik de garage in kom, branden mijn ogen en keel. Ik val op mijn knieën en zuig relatief schone lucht op, houd dan mijn adem in terwijl ik opsta en de scène voor me in me opneem.

Het is als iets uit een oorlogsgebied: rook en flikkerende vlammen, auto's bedekt met een witte laag gebroken gips, hun ramen verbrijzeld door de kracht van de explosie. De explosie heeft een gigantisch gat in de grote metalen deur van de garage veroorzaakt, waardoor er niets anders achter is gebleven dan beschadigde randen en vuur.

Dat vuur geeft me genoeg licht om Chloe's witte jurk op de oprit te zien, haar houding toont de enorme spanning als ze abrupt stopt.

Ik duik naar beneden om nog een halve hap schone lucht in te ademen, en dan ren ik achter haar aan, mijn hielen krakend op het gebroken glas en gips. Mijn keel brandt, mijn ogen tranen, en mijn hoofd bonkt van de pijn, maar ik blijf doorgaan, blijf in de richting van het tafereel bewegen, waarvan ik weet dat het me op de een of andere manier zal verwoesten.

De tijd lijkt te vertragen, elke stap vereist een buitensporige hoeveelheid inspanning, elke seconde strekt zich uit tot in een eeuwigheid als de dodelijke impasse op de oprit in zicht komt.

Mijn broer en Alexei, hun wapens op elkaar gericht.

En in het midden staat Slava, zijn ogen wijd open van angst en onbegrip.

Iets kouds en helders doorzoekt de implicaties in mijn geest. Er zijn nu geen schoten hoorbaar, dus Alexei's troepen moeten Nikolais bewakers buiten het complex hebben geneutraliseerd. Hoe zit het met Pavel? Hij zou het huis zelf moeten beschermen. Leeft hij nog? *Laat hem alsjeblieft nog leven.*

Ik verleng mijn passen, maar ik zou net zo goed door stroop kunnen bewegen. De ingang lijkt onmogelijk ver weg te zijn als Chloe haar pistool op

Alexei richt. "Laat je wapen vallen en ga achteruit!" Haar stem is door de rook een trillende, hese kreet.

Nee, dom meisje! Hij zal je vermoorden! Ik wil de woorden tegen haar schreeuwen, maar mijn longen snakken naar lucht, en ik heb elk beetje zuurstof nodig dat ik nog heb om daar te komen en de nachtmerrie te stoppen die op het punt staat zich te ontvouwen.

Alexei's blik schiet naar haar toe. *Niet doen, alsjeblieft.* Tot mijn opluchting beweegt hij niet. "Kom hier, Slavchik," zegt hij in het Russisch. Zijn diepe, verontrustend kalme stem stuurt warme en koude rillingen over mijn rug. "Snel."

Mijn broers gesnauwde antwoord is in het Engels. "Mijn zoon gaat nergens heen met jou. Slavochka, kom achter me staan. Nu."

Door het gebrul van mijn hartslag bereiken de woorden me nauwelijks. De vlammen bij de ingang komen dichterbij. Ze dansen in mijn zicht. Mijn neefje staat op de oprit en hij is het toonbeeld van verwarring, zijn blik gaat heen en weer tussen de twee mannen die hij kent. "Oom Lyosha? Papa?"

Als de dappere idioot die ze is, gaat Chloe naar voren. "Slavochka... Kom alsjeblieft naar me toe. Mama Chloe wil graag dat je hierheen komt."

Mijn neefje aarzelt, alsof hij weet wat er zal gebeuren als hij niet langer tussen de twee dodelijk bewapende mannen staat, maar dan maakt hij zijn keuze. Terwijl Chloe nog een voorzichtige halve stap voorwaarts zet, rent hij naar haar toe, zijn korte beentjes rennen hard en ze pakt hem bij de arm en duwt hem achter zich.

Rat-tat-tat!

Ik struikel en zet me schrap tegen een auto terwijl de afschuw pudding van mijn benen maakt en mijn zicht vertroebelt. Het duurt even voor ik me realiseer dat ik me de explosie van geweervuur had ingebeeld, dat alles op de oprit nog steeds status quo is.

Ik zuig met rook gevulde lucht naar binnen terwijl mijn gemartelde longen zich uitzetten — alleen ben ik dicht genoeg bij de ingang dat de lucht weer adembaar is. Me van de auto wegduwend, onderdruk ik een hoest terwijl ik Alexei's hese lach hoor.

"Dus het is mama Chloe?" zegt hij in het Engels. Het geluid van zijn stem, duister en treiterend, laat mijn knieën weer knikken. "Lieverd... als je nog een spier beweegt, dan schiet ik eerst jouw hersens eruit en vervolgens die van je lieve man. Trouwens nog gefeliciteerd met je huwelijk. Ik vermoed dat de bruiloft heel recent was?"

Ik probeer nog steeds mijn benen in beweging te krijgen, als mijn broer op een dodelijk zachte toon antwoordt, "Dat gaat je verdomme niets aan. Ga nu weg voordat ik de grond met *jouw* hersens versier. Aangezien we familie lijken te zijn en zo, zal ik je weg laten lopen voordat de bewakers hier zijn."

"Welke bewakers?" Zelfs door de rook vang ik een flits op van Alexei's witte tanden als hij ze met een scherpe, wrede glimlach laat zien. "Alleen mijn mannen en ik zijn er nog. En je bent verdomme high als je denkt dat ik vertrek zonder dat mee te nemen waarvoor ik ben gekomen. Overhandig de zoon van mijn zus en Alina — en misschien, heel misschien, laat ik jou en je mooie bruid dan leven. Aangezien we op het punt staan om een nog hechtere familie te worden en zo."

Mijn hart slaat een slag over, en ik mis bijna de volgende woorden van mijn broer, die met een nog zachtere stem gesproken worden. "Je hebt precies dertig seconden om je mond te houden en je terug te trekken voordat ik het vuur open."

Alexei's blik flitst weer naar Chloe. "Met haar en het kind hier? Ik denk het niet. Bovendien hebben mijn sluipschutters jullie allebei in het vizier."

"Onzin," zegt mijn broer kil. "Ze hebben geen duidelijk schot."

Alexei's grijns is er een van pure wreedheid. "Nee? Wil je wedden? Hoe het ook zij, ik hoef alleen maar te wachten, en mijn mannen zullen de schutter op je dak neerschieten — op dat moment zul je volledig omsingeld zijn, en zal ik pakken waarvoor ik ben gekomen."

Kracht stroomt terug in mijn benen. De schutter op het dak — dat moet Pavel zijn. Hij leeft nog. Ik stuw mezelf naar voren terwijl Nikolais stem zo koud als ijs wordt. "Niet als je dan al dood bent. Je hebt nog twintig seconden. Negentien. Achttien..."

Alexei's ogen veranderen in spleetjes, en ik kan de dood van mijn broer in hun zwarte diepten lezen en in Nikolais gespannen houding, kan ik Alexei's ondergang zien. Geweld vult de lucht, zijn dikke, schadelijke dampen zijn net zo giftig als de rook die om me heen wervelt.

Het is nu of nooit.

We hebben officieel geen tijd meer.

Ik leg de laatste meter af om in het zicht te komen. "Stop!" Mijn ogen tranen van de rook wanneer ik door het gekartelde gat stap dat door de explosie is achtergebleven. Met mijn pistool losjes aan mijn zijde en mijn blik op de man gericht van wie ik al bijna de helft van mijn leven probeer te ontsnappen. "Stop, Alexei, alsjeblieft. Slava gaat nergens heen, dat weet je. Mijn broer zal zijn zoon niet opgeven. En hij is niet —" Mijn stem breekt als de volledige kennis van wat ik doe bij me binnenkomt. "Hij is toch niet degene die je wilt."

Aan mijn zijde zuigt Chloe hoorbaar lucht naar binnen, maar ik negeer haar, mijn ogen zijn op die van Alexei gericht. Zijn blik verschroeit me, de duistere honger die erin zit, is zelfs van deze afstand zichtbaar. Mijn hart bonkt sneller. In een zwarte tactische uitrusting gekleed, met het wapen in zijn handen, ziet mijn aartsvijand er net zo dodelijk uit als dat ik hem ken, maar zelfs nu brandt een klein deel van mij voor hem — en een nog kleiner deel, dat ik niet wil erkennen, huilt in dankbaarheid dat hij nog leeft.

"Alina, ga terug." De stem van mijn broer is scherp, maar ik negeer hem ook. Dit is nu tussen mij en Alexei.

Een gevoelloos soort kalmte omhult me terwijl ik mijn pistool op hem richt. Mijn stem is gelijkmatig als ik zeg, "Je hebt een keuze. Ik weet dat je een uitstekende schutter bent, maar dat is mijn broer ook — en ik ook. En Lyudmila daarbinnen ook." Ik knik naar de donkere garage. Ik bluf, maar dat kan ik Alexei niet laten weten. Met bovenmenselijke inspanning, ga ik in dezelfde gelijkmatige toon verder. "Misschien kun je een of twee van ons neerschieten voordat onze kogels je vinden — en misschien kunnen je sluipschutters helpen — maar niemand zal hier ongedeerd vandaan lopen. Je hebt misschien het voordeel van de krachten die ons omringen, maar hier zijn we met meer. Trouwens..." Het lukt me om sarcasme in mijn stem te injecteren. "Wat heb je aan me als ik dood ben, toch?"

"Alina, hou je mond en ga terug naar binnen," zegt Nikolai hard. "Je hoeft niet —"

"Ik zal met je meegaan," ga ik verder alsof mijn broer niets heeft gezegd. "Ik zal het verlovingscontract nakomen. En in ruil daarvoor zal jij je mannen terugroepen en mijn neefje vergeten. Hij hoort hier thuis, bij zijn vader en Chloe — dat kun je zelf zien."

Alexei's blik dwaalt even af naar Chloe. Hij ziet hoe ze Slava tegen zich aanhoudt terwijl ze hem met haar kleine lichaam beschermt en er net zo woest uitziet als welke mama beer dan ook. De ogen van het kind zijn groot en angstig; we hebben allemaal Engels gesproken, dus hij zal de details niet begrijpen, maar er is geen twijfel mogelijk over de spanning in onze houdingen, noch over de wapens die we allemaal op elkaar richten.

Als Alexei zowel mij als zijn neefje probeert te

pakken, dan *zal* er bloed vloeien en dan zal hij het onherstelbare trauma van het kind op zijn geweten hebben.

Alexei's blik keert terug naar mijn gezicht en ik huiver bij de woede en de brandende honger die ik erin zie. Toch weerspiegelt zijn stem de mijne in zijn gelijkmatigheid. "Goed dan. We hebben een deal. Leg het wapen neer en loop naar me toe."

"Doe het verdomme niet," snauwt Nikolai. "Ik kan hem hebben."

"Misschien." Mijn hartslag bonkt misselijkmakend in mijn slapen terwijl ik mijn pistool op de grond leg. "Of misschien gaan jullie allebei dood. Misschien Chloe en Slava ook. Denk daar eens over na."

Nikolais stem is gespannen. "Ik laat je dit niet doen."

De glimlach op mijn lippen bedekt mijn tong met bitterheid. "Het is niet jouw beslissing, broer. Het is ook niet die van mij. Dat hele gedoe met het lot waar je in gelooft? Nou, de mijne werd besloten toen ik vijftien was, en het wordt tijd dat ik ermee ophoud om ervoor weg te rennen. Jij en Konstantin hebben me lang genoeg afgeschermd."

Voordat hij verder kan discussiëren, haast ik me naar Alexei — die mijn elleboog in een stalen greep grijpt zodra ik binnen handbereik ben en me tegen zich aan trekt, en me bezitterig aan zijn zijde houdt. Zelfs met de rook die in mijn neusgaten blijft hangen, kan ik de essentie van het wilde bos op hem ruiken, en mijn lichaam trilt bij zijn nabijheid, mijn huid wordt koud en warm terwijl ik probeer te vechten om de complexe mix van emoties te bedwingen die de nabijheid van Alexei altijd genereert.

Na al die tijd, na al die jaren, is hij hier.

Hij is gekomen om me op te eisen.

Diep van binnen heb ik altijd geweten dat hij dat zou doen.

Aan de andere kant van de oprit vervormt het gezicht van mijn broer zich van woede. Hij begint naar ons toe te komen, om vervolgens weer te stoppen als Alexei's vinger waarschuwend naar de trekker gaat.

"Niet doen, Kolya," zeg ik hees terwijl Alexei me naar de boomgrens begint te slepen, met het pistool nog steeds op Nikolai gericht. Elk woord is weer een nagel in mijn kist, maar ik duw vooruit en verhoog mijn stem naarmate de afstand tussen mij en mijn broer groter wordt. "Ik red me wel. Zorg gewoon voor Chloe en Slava, en ik zie je ooit terug in Moskou, oké? En zeg tegen Konstantin dat hij me niet moet zoeken. Ik wil niet dat er namens mij bloed wordt vergoten!"

Ik schreeuw de laatste woorden als het donkere bos zich om ons heen sluit, en laat me over aan de genade van mijn ontvoerder — de man met wie ik net heb ingestemd om te trouwen.

Dit is mijn ergste nachtmerrie die uitkomt.

HOOFDSTUK 27

HEDEN, LOCATIE ONBEKEND

Alexei opent de deur naar de hut en leidt me naar binnen, met zijn hand nog steeds op mijn elleboog. In de twee minuten dat we hier naar toe moesten lopen, is de storm in alle ernst begonnen. Stortregen slaat tegen de cirkelvormige ramen terwijl de bliksem twee keer achter elkaar flitst. Donderslagen volgen een seconde later, waardoor ik weer opspring, ook al had ik ze verwacht — een teken van hoe gespannen ik ben.

Het is zover.

Niet meer vluchten, niet meer verstoppen, geen uitstel meer.

Na meer dan een decennium is mijn dag des oordeels gekomen.

Alexei draait me naar hem toe voordat hij mijn arm loslaat. Met de zon verborgen achter de dikke wolken, is de hut in schaduwen gehuld, het daglicht filtert door de ramen, te zwak om hen te verdrijven. Te grijs om de duisternis weg te jagen die om me heen drukt, of de angst die mijn ingewanden zich om laat draaien en mijn hartslag laat versnellen.

De angst *en* het verlangen.

Ik slik moeizaam en deins achteruit als weer een bliksemschicht even de hut verlicht. Het benadrukt de scherpe, strakke lijnen van Alexei's gezicht en de verschroeiende honger in zijn ogen.

"Je hebt geen idee hoelang ik je al wil," zegt hij met een lage stem die diep uit zijn keel komt, terwijl hij naar de zoom van zijn zwarte T-shirt reikt. Met een snelle beweging trekt hij het shirt over zijn hoofd en laat het op de grond vallen. Zijn stem verdiept zich in een ruwe grom. "Hoelang ik op je gewacht heb."

Al het speeksel in mijn mond verdampt als de hut om ons heen kantelt, het jacht wordt door de steeds groeiende golven heen en weer geschud. "Het is nauwelijks wachten als je andere vrouwen neukt." Ik denk dat ik coherent klink, maar ik weet het niet zeker. Mijn hart slaat hard tegen mijn ribben, en mijn huid brandt alsof ik koorts heb. Ik heb Alexei nog nooit zonder shirt gezien, zelfs niet op de foto's van mijn privédetective, en de krachtige, opvallend mannelijke lijnen van zijn romp overtreffen alles wat mijn verbeelding in de loop der jaren heeft opgeroepen.

Dikke, hard gespierde schouders en sterke, gedefinieerde borstspieren die taps toelopen tot een slanke taille, met elke buikspier scherp afgetekend. Net als zijn armen is zijn borst met tatoeages versierd, die een donker, ingewikkeld patroon op zijn gebruinde huid vormen. Gitzwart haar wervelt rond zijn tepels en loopt over het midden van zijn borst, en een dikkere lijn van haar onderscheidt zich van zijn onderbuik voordat het in zijn low-riding jeans verdwijnt.

Ik heb nog nooit aan Alexei Leonov als mooi gedacht, maar dat is hij wel. Verschrikkelijk en mooi, zoals de afbeelding van een demon door een kunstenaar.

Zijn buikspieren bewegen als hij een korte, harde lach geeft. "Denk je dat ik andere vrouwen heb geneukt?"

Ik dwing mezelf om naar zijn gezicht te kijken. "Heb je dat niet gedaan dan?"

De uitdrukking op zijn harde gelaatstrekken laat me naar adem happen. "Nee, mijn schoonheid. Vanaf het moment dat ons verlovingscontract werd ondertekend, heb ik nog niet eens een andere vrouw gekust."

Ik slik, instinctief achteruit deinzend, en hij komt achter me aan, elke stap is als het dodelijke gesluip van een roofdier. Mijn hartslag springt omhoog als de achterkant van mijn knieën het bed raken en hij boven me uit doemt.

Hij pakt mijn wangen vast, mijn lippen tuitend en hij leunt naar voren, onyxkleurige ogen branden in de mijne. "Ik wilde het." Zijn stem is hard en hees. "Geloof me, ik wilde het verdomme wel. Zo vaak wilde ik je vergeten, van je weglopen en iemand anders vinden... wie dan ook. Maar er is voor mij niemand anders. Ik wist het al vanaf het moment dat ik je in die gang buiten het kantoor van je vader zag, toen je nog een kind was... een kind verkleed en opgemaakt om eruit te zien als een volwassene."

Hij duwt me op het bed en ik ben zo verbijsterd dat ik me niet verzet, als hij me met zijn grote, harde lichaam bedekt en me op zijn plaats vasthoudt. Hij houdt zich op één elleboog omhoog en verstrengeld de andere hand in mijn haar. Zijn blik verbrandt me levend terwijl hij verdergaat. "Ik dacht dat je achttien was — in het ergste geval zeventien — maar je was nog niet eens veertien. En ik wilde je verdomme. Weet je wat dat van mij maakte?"

Ik knipper met mijn ogen naar hem, mijn handen grijpen de lakens aan weerszijden van me vast. "Ik..."

"Een viezerik. Een pedofiel, die niet beter was dan die verdomde leraar van je."

Mijn adem stokt. "Heb je hem daarom vermoord?"

"Hij heeft je aangeraakt." Woede ontbrandt in zijn ogen en klinkt door in zijn stem. "Ik zag dat hij je aanraakte. Al die maanden heb ik gevochten om je te vergeten, mezelf wijsmakend dat je veel te jong was, dat het onvergeeflijk was om je te willen, en daar was hij dan, zonder een spoor van schaamte naar je verlangend. Je aanrakend alsof het zijn recht was."

Ik vind op de een of andere manier een greintje sarcasme. "Terwijl het *jouw* recht had moeten zijn?"

"Precies." Zijn ogen schitteren in het schaduwrijke interieur van de hut terwijl zijn stem gevaarlijk zijdezacht wordt. "Toen wist ik dat ik onze verloving moest regelen."

Zijn woorden verdoven me helemaal opnieuw, tot het punt dat het me even kost om mijn tong terug te vinden. "Jij... Heb *jij* het geregeld? Niet onze vaders? Maar —"

"Oh, ze geloofden dat het hun idee was." Een flits van de bliksem verlicht zijn scherpe glimlach. "Met name je vader was ervan overtuigd dat het allemaal zijn idee was... dat hij mijn familie manipuleerde om te doen wat hij wilde." Hij laat zijn greep op mijn haar los voordat hij zijn hand beweegt om mijn kaak vast te pakken. Een harde donderslag laat de kamer schudden, en als die vervaagt, gaat hij verder, de tederheid van zijn aanraking in schril contrast met de duisternis van zijn woorden. "De verloving was de beste manier om ervoor te zorgen dat je de mijne zou zijn als je opgroeide, dat niemand anders dan ik je ooit zou hebben. Het alternatief — je van je familie stelen en je opgesloten houden tot je oud genoeg was — zou mijn plan B zijn, maar gelukkig voor jou, hoefde ik het niet uit te voeren." Zijn mond vervormt zich. "Of misschien helaas. Ik betreur het nog steeds dat ik je niet mee heb genomen op de dag dat je achttien werd."

Mijn longen trekken zich samen met elk woord dat hij spreekt totdat mijn adem zo oppervlakkig is dat ik niet genoeg lucht in kan ademen. Het is alsof de storm buiten alle zuurstof uit de hut zuigt, de wind van de storm door de ramen dringt en een kou binnenbrengt die mijn hele lichaam binnendringt, en me van binnenuit bevriest.

Alexei heeft onze verloving geregeld.

Het was geen zakelijke overeenkomst die hij met tegenzin accepteerde, omdat ik mooi was. Het was iets wat hij vanaf het begin wilde — iets wat hij had georganiseerd. Na het fiasco van mijn achttiende verjaardagsfeestje, wist ik dat hij naar me verlangde en van plan was door te gaan met het huwelijk, maar ik dacht nog steeds dat hij gewoon het beste van een slechte situatie probeerde te maken. Ik schreef zijn gestalk van mij toe aan lust vermengd met een pervers verlangen om aan de wensen van zijn vader te voldoen, maar dat was het helemaal niet.

Toen ik nog maar een kind was, had hij besloten dat hij me wilde, en bond hij mijn leven aan het zijne met een meedogenloosheid die Machiavelli trots zou maken — een meedogenloosheid die des te angstaanjagender is gezien het feit dat hij toen zelf pas negentien jaar oud was.

Als hij dit toen kon doen, waar is hij dan toe in staat nu hij dertig is?

Hoe ver zal hij gaan om ervoor te zorgen dat ik de zijne blijf?

Alsof hij mijn gedachten leest, verschuift Alexei zijn onderlichaam om direct boven het mijne te liggen. Er drukt iets hards tegen mijn dij, waardoor mijn hartslag stijgt en een bekende vlam zich in mijn kern ontbrandt, een hitte die een deel van de kou in me wegjaagt. "Ik heb je nu," fluistert hij hees en hij streelt met zijn duim over mijn wang. "Ik heb je, en ik laat je niet gaan. Dus je kunt het net zo goed accepteren, Alinyonok. Je kunt vechten als je wilt, maar het zal je geen goed doen."

Nee, dat zal het niet. Weer een flits van de bliksem verlicht de kamer, de vulkanische hitte in zijn donkere ogen onthullend, de genadeloze intentie in de harde zet van zijn gelaatstrekken. Hij is klaar met geduld hebben. Elf jaar geleden heeft hij dit lot voor ons gekozen, voor mij, en er is geen ontkomen aan.

"Ik haat je," fluister ik en ik staar hem aan. Mijn ogen en keel branden met niet gehuilde tranen, maar ik forceer de woorden naar buiten, omdat ze het enige wapen zijn dat ik nog heb. "Voor de verloving en voor alles wat je sindsdien hebt gedaan, zal ik je *altijd* haten."

Zijn gezicht raakt gespannen, alsof hij een fysieke klap heeft gekregen, maar dan glimlacht hij weer en het is een wrede, duistere glimlach. "Het zij zo. Voor de rest van vandaag ga je echter van me houden."

Hij beweegt zijn hand om hem om mijn keel te vouwen en drukt zijn lippen tegen de mijne.

HOOFDSTUK 28

HEDEN, LOCATIE ONBEKEND

Is het liefde als het niet jouw keuze is?

Is het kracht als je het omarmt?

Ooit zal ik daar over nadenken. Op een dag zal ik de antwoorden vinden.

Vandaag is niet die dag.

Terwijl de storm buiten door raast, de golven het jacht heen en weer laten schommelen, is het enige waar ik me bewust van ben de groeiende maalstroom in mezelf, de manier waarop Alexei's kus me in een vortex van rauwe, vleselijke nood zuigt.

Hij pakt mijn keel met één hand en verkent mijn mond met dezelfde meedogenloosheid die hij heeft toegepast om me te vangen. Zijn tong gaat diep naar binnen en ik vang een vleugje champagne op in zijn adem, proef zijn overwinning, terwijl mijn lichaam zich met een bekend vuur ontbrandt. Instinctief hef ik mijn handen op om de harde spieren van zijn schouders vast te pakken. Zijn blote huid is heet en glad onder mijn handpalmen, en ik laat mijn handen langs zijn krachtige armen gaan, langs zijn zij, zijn rug, op zoek naar meer terwijl ik hulpeloos terug kus.

Zijn greep op mijn keel is niet strak genoeg om mijn ademhaling te beperken, maar mijn hoofd tolt nog steeds door een gebrek aan zuurstof terwijl hij steviger op me gaat liggen, het harde, zware gewicht van hem voorkomt dat mijn longen genoeg lucht naar binnen kunnen zuigen. Of misschien steelt hij gewoon al mijn lucht met zijn kus, zoals de demon die hij is. Ik voel me hoe dan ook gevangen in een duistere droom, een erotische nachtmerrie waarin mijn lichaam weigert om mijn bevelen op te volgen.

Ik zou moeten vechten. Ik zou moeten klauwen en schoppen om weg te komen, maar in plaats daarvan, krom ik me koortsachtig naar hem toe, mijn dijen scheiden zich om de harde bult in zijn jeans tegen het deel van me te wiegen dat met een wanhopige behoefte naar hem klopt en pulseert.

Een lage grom rommelt in zijn keel, en hij rukt zijn lippen weg, terwijl hij zwaar ademt. Me met die brandende onyxkleurige ogen aanstarend, verschuift hij zijn gewicht om op de elleboog van de hand te leunen die mijn keel vasthoudt en hij haakt zijn andere hand in het lijfje van mijn jurk. Hij trekt er ruw aan en scheurt de dure stof samen met mijn beha weg om mijn borsten voor zijn ogen te ontbloten.

Als zijn ogen de mijne weer ontmoeten, zijn ze zo vraatzuchtig dat ik van binnen tril.

"Jij..." Zijn stem is laag en hees. "Jij, Alinyonok, bent alles."

Hij geeft me geen kans om te reageren, buigt zijn hoofd en sluit zijn lippen om mijn linkertepel. Zijn mond is zacht en nat, zijn adem gloeiendheet, en terwijl zijn mond zuigt, voel ik een antwoord dat diep in mijn kern zit. Ik snak naar adem van de kracht ervan, van de plotselinge erotische spanning, en hij herhaalt de handeling met mijn andere tepel voordat hij zijn handen in de gescheurde randen van mijn jurk haakt en hem verder scheurt, mijn trillende buik voor zijn verslindende lippen en tong ontblotend.

Fuck. Fuck. Fuck.

Ik knijp mijn ogen dicht en begraaf mijn vingers in zijn haar als hij zijn open mond langs mijn lichaam laat gaan en wat er van mijn jurk over is uit elkaar scheurt. Ik weet waar hij heengaat en ik weet dat ik hem moet stoppen, maar ik kan het niet. Ik kan het gewoon niet. Elke cel in mijn lichaam is gespannen, elke spier staat zo strak dat ze trillen. Warmtegolven stralen naar buiten vanuit mijn kern als hij mijn navel met zijn tong omcirkelt, en zich dan lager beweegt, lager... Oh God. Ik klem mijn vuisten in zijn haar als hij mijn string wegrukt en zijn hete adem over mijn tedere vlees blaast, voordat zijn lippen tegen mijn geslacht drukken.

Hij doet zich tegoed aan me met zachte, voorzichtige beetjes, zijn lippen meer gebruikend dan zijn tong, en het is zoveel meer dan ik had gedacht, de sensaties zijn schokkend. Hij onderzoekt alleen mijn buitenste plooien, niet de kloppende bundel zenuwen die erin zit, maar ik voel elke kus, elke lik, elk zacht geschraap van zijn tanden alsof hij het rechtstreeks op mijn clitoris doet. Genot, zoet en scherp, pulseert door me heen, draagt bij aan de spanning, en het is zowel te veel als niet genoeg.

"Alsjeblieft..." Ik duw mijn heupen naar voren, ik heb meer nodig. Zoek naar meer. "Alexei, alsjeblieft..."

Hij negeert me. Hij houdt mijn gespannen dijen met zijn sterke handen vast en gaat door met zijn tedere kwelling van mijn vlees, de o zo lichte kussen en beetjes die me gek maken. Ik ben nu aan het hijgen, mijn nagels graven zich in zijn hoofdhuid, maar hij gaat door met zijn gekmakende plan en de spanning groeit totdat ik ervan tril, totdat onsamenhangende kreunen en smeekbedes uit mijn keel ontsnappen. Pas dan scheidt hij mijn plooien met zijn tong, en eindelijk, eindelijk, drukt hij zijn mond waar ik hem het meest nodig heb, rechtstreeks op mijn pijnlijke, kloppende clitoris.

Ik snak naar adem en span me tegen zijn greep terwijl het genot ondraaglijk stijgt en aan pijn grenst. Zijn tong is zacht en nat, gevaarlijk bekwaam. Ik ben ondraaglijk dicht bij mijn hoogtepunt, en hij houdt me daar, op de vlijmscherpe rand tussen pijn en extase balancerend. Ik ga dood. Hij gaat me vermoorden, ik kan het voelen. Ik brand, zweet, tril, mijn hart bonkt zo hard dat het op het punt staat te exploderen, en dan schuift hij een vinger in me, duwt hem diep in mijn doorweekte kanaal, kromt hem op dezelfde manier als hij eerder heeft gedaan — en *ik* ontplof.

Ik kom zo hard klaar dat ik bliksemschichten achter mijn gesloten oogleden zie, en elke zenuw in mijn lichaam trilt als golf na golf van extase over me heen dondert, waardoor mijn inwendige spieren spasmen en mijn geest volkomen en volledig leegraakt.

Ik zweef nog steeds in de met genot doordrenkte nasleep als hij zich over me heen beweegt en me weer met zijn lichaam bedekt. Het orgasme was zo intens dat ik het gevoel heb dat ik gedrogeerd ben, en mijn oogleden wegen elk een kilo als ik ze open wrik om naar zijn gezicht te kijken. Zijn kaak staat strak, zijn voorhoofd is bezaaid met kleine zweetpareltjes als hij zich boven me vestigt en mijn polsen in één sterke hand pakt om ze boven mijn hoofd vast te zetten. Zijn uitdrukking is meedogenloos, vastberaden, en een prikkel van onbehagen dringt door in de sensuele mist die me omhult, want met toenemende helderheid herinner ik me de stekende pijn toen hij mijn maagdenvlies met zijn vingers had gescheurd.

"Alexei..." Ik bevochtig mijn lippen, mijn hartslag neemt toe bij de herinnering aan de enorme druk van zijn pik die in me begon te duwen voordat mijn bodyguards naar binnenstormden. "Alexei, ik..."

Hij kust me. Het is een lieve, tedere kus, niet zoals hij me eerder verslond. Ik kan mezelf op zijn lippen proeven, en de herinnering aan wat hij bij me deed en het ongelooflijke genot dat ik ervoer, wekt de hitte in me op, waardoor de toenemende spanning in mijn spieren wordt verlicht. Zijn lippen zijn zacht op de mijne, de strelingen van zijn tong zacht en rustgevend, en ik begin ondanks mijn angst tegen hem aan te smelten... zelfs als ik de gladde, brede kop van zijn pik bij mijn ingang voel duwen.

Hij is zo groot als ik me van onze laatste ontmoeting herinner, maar het doet deze keer geen pijn, althans in het begin niet. Het begint als een onbekende drukkende stretch, waarbij de natuurlijke smering van mijn lichaam de weg versoepelt. Maar dan... Oh, God, dan neemt de rek toe, en het begint te steken als mijn vlees zich tegen verdere penetratie verzet. Ik raak gespannen, mijn adem stokt en ik probeer me weg te draaien van zijn kus, maar hij pakt met zijn vrije hand mijn kaak vast en dwingt me om hem aan te kijken.

Zwaar ademend ontmoet ik zijn blik terwijl een verblindende lichtflits buiten de hut verlicht, gevolgd door een donderslag. De regen is nu een constant getrommel, het overstemt bijna het geluid van mijn bonzende hart. Met mijn polsen in zijn greep boven mijn hoofd, mijn jurk in tweeën gescheurd, en zijn pik die gedeeltelijk in me begraven zit, heb ik me nog nooit zo kwetsbaar en hulpeloos gevoeld. Meer aan zijn genade overgeleverd.

Zijn borst beweegt ook op en neer met zware ademhalingen, zijn kaak staat strak van de spanning om zich in te houden, van het niet stoten zoals elk beetje mannelijk instinct ongetwijfeld van hem eist. Een zweetparel rolt langs de zijkant van zijn gezicht terwijl hij hees zegt, "Alinyonok... Ik wil je geen pijn doen, maar —"

"Leugenaar," fluister ik met een trillende ademhaling. Natuurlijk wil hij me pijn doen. Hoe kan hij dat niet willen? Voor het weglopen, voor het verdwijnen, dat ik hem al die jaren heb afgewezen, kan het niet zo zijn dat hij me geen pijn wil doen, om me te straffen, althans een beetje.

Zijn ogen schitteren, en ik weet dat ik gelijk heb. Bewust of niet, hij wil me niet alleen bezitten — hij wil me laten boeten. En tot op zekere hoogte, wil ik dat ook. Omdat ik het verdien. Omdat ik het nodig heb.

Als ik minder laf was geweest, dan hadden we hier jaren geleden al kunnen zijn, zonder al het lijden, zonder al die doden.

Terwijl we elkaar aankijken, zie ik het exacte moment dat zijn ijzeren zelfbeheersing verbrijzelt. Een huivering gaat door zijn krachtige lichaam, en met een grom die uit zijn keel komt, komt hij bij me binnen, en penetreert me helemaal met één brute stoot. De schok ervan weerkaatst door mijn lichaam, waardoor mijn adem stokt en mijn spieren stijf worden. Het is meer dan een stretch, deze genadeloze invasie, en de tranen die ik heb tegengehouden stromen uit de hoeken van mijn ogen terwijl ik tegen hem aan kronkel, mijn inwendige weefsels worstelen om zich aan zijn immense grootte aan te passen. De pijn verdrijft de laatste overblijfselen van de hitte in mij, en laat alleen een koud, bitter gevoel van geschonden zijn achter — en het is een soort overwinning.

Het laatste wat ik wil is hiervan genieten.

Alleen... slaagt hij erin om te stoppen, op zijn

tanden knarsend terwijl hij zichzelf stilhoudt, zijn pik diep in me begraven. Zijn blik richt zich op de nattigheid op mijn slapen, en hij vloekt, zijn ogen dichtknijpend. En wanneer hij ze opent, dan branden ze met een grimmige vastberadenheid. "Nee," gromt hij. "Leuk geprobeerd, maar dit is niet hoe het zal gaan."

Terwijl hij zijn greep op mijn polsen houdt, verplaatst hij zijn gewicht op die elleboog en plaatst hij zijn vrije hand tussen onze lichamen, en verplaatst hem naar de plek waar we verenigd zijn. Hij vindt feilloos mijn clitoris en oefent druk uit, waardoor ik om een andere reden naar adem snak. Het is niet langer pijn die door mijn zenuwuiteinden raast, waardoor mijn inwendige spieren zich om zijn dikke pik klemmen — het is ook niet echt van genot. Maar als hij zijn vingers in kleine cirkels begint te bewegen, beginnen mijn heupen zich op hetzelfde ritme te bewegen, meer van dat afleidende gevoel najagend, de druk die de pijnlijke volheid in me niet elimineert, maar hem draaglijk maakt. Het maakt het... oh, fuck.

Ik sluit mijn ogen, ik wil niet dat hij de nederlaag in mijn ogen ziet, maar hij weet het toch. Hij weet het altijd. Zijn lippen strelen langs mijn wimpers, dan over mijn beide slapen, kussen mijn tranen weg, en zijn vingers gaan in tempo omhoog. Met bovennatuurlijk, demonisch geduld, haalt hij mijn opwinding naar boven, waardoor mijn lichaam tegen mijn wil zachter wordt. Al snel keert de hitte in me terug, net als de pijnlijke spanning. Ik zou niet in staat moeten zijn om opnieuw te reageren, niet nu mijn lichaam zo meedogenloos gevuld is, maar ik kan het niet helpen. Mijn adem komt in hijgende happen, mijn hersenen zwemmen van de endorfines als ik mijn armen aanspan in een zinloze poging om mijn polsen te bevrijden, en de erotische spanning groeit, verdringt de pijn, verdrinkt alles behalve de wetenschap dat ik deze strijd heb verloren... dat ik uiteindelijk ook de oorlog zal verliezen.

"Kijk me aan," beveelt hij hees, en ik heb geen andere keuze dan te gehoorzamen.

Ik open mijn ogen en houd zijn blik vast terwijl hij in me begint te bewegen, en me met harde, stuwende stoten vult, zijn gezicht strak van de spanning om zichzelf te beheersen. Dan begint die onnatuurlijke beheersing weer scheuren te vertonen, en neemt hij me met al de wreedheid die hij zo zorgvuldig onder controle had gehouden. Elke wrede stoot van zijn pik vult en vernietigt me, neemt me steeds hoger tot mijn zicht wit gloeit en mijn adem sissend tussen mijn opeengeklemde tanden komt. Tot elke spier in mijn lichaam stuiptrekt en loslaat terwijl ik zijn naam schreeuw. Hij kreunt en stoot nog dieper voordat hij van zijn eigen krachtige ontlading begint te beven.

Totdat er geen twijfel meer is dat hij gewonnen heeft, en ik nu van hem ben.

HOOFDSTUK 29

HEDEN, LOCATIE ONBEKEND

Tegen de tijd dat Alexei me naar de aangrenzende badkamer draagt, is de storm voorbij en klotsen de golven zachtjes tegen de romp. Door het ronde raam bij het bad zie ik een glimp van de heldere nachtelijke hemel die bezaaid is met sterren voordat hij met zijn elleboog de lichtschakelaar aandoet en de kamer met helder licht overspoelt.

Iemand moet eerder een bad voor ons vol hebben laten lopen, want het bad is al gevuld. Maar dat water moet nu wel koud zijn. Alexei moet tot dezelfde conclusie komen, want hij draagt me rechtstreeks naar de douchecabine, waar hij me voorzichtig op mijn voeten zet en het water aandoet.

Ik ril bij de eerste koelte van de straal en deins terug, om vervolgens te schrikken wanneer de koude tegels tegen mijn schouderbladen drukken. Ik leun toch tegen de muur, mijn benen zijn te zwak om mijn gewicht te dragen. Ik bijt op mijn lip, sluit mijn ogen en probeer mijn ademhaling te kalmeren, waarbij ik de kloppende pijn diep in me negeer.

Drie keer. Dat is hoe vaak hij me vandaag heeft genomen, genot uit mijn pijnlijke, uitgeputte lichaam wringend en me slechts een paar minuten respijt gevend. Ik denk dat ik niet verrast zou moeten zijn. Als hij me de waarheid heeft verteld over het niet neuken van andere vrouwen sinds onze verloving, dan heeft hij een decennium van seksuele ontbering in te halen.

Ik weet nog steeds niet of ik het geloof. Of misschien wil ik het niet geloven. Omdat de implicaties daarvan net zo angstaanjagend zijn als de wetenschap dat hij al die tijd achter deze nachtmerrie van een verloving zit. Dat hij de poppenspeler was, niet een medepop zoals ik me had voorgesteld.

"Hier, het is nu warm." Zijn aanraking trekt me uit mijn gedachten, en ik open mijn ogen als hij me onder de straal manoeuvreert, die nu op de perfecte temperatuur is.

Ik knipper met mijn ogen, veeg het water met beide handen van mijn gezicht en hij geeft een laag, verheugd lachje, zijn donkere ogen glanzen als hij naar me kijkt. En waarom niet? Ik ben op dit moment zijn favoriete bezit, het speelgoed waar hij al zoveel jaren achteraan zit.

"Dus wat is je plan?" Ik vraag het, omdat ik het moet vragen. Ik doe mijn best om mijn ogen op zijn gezicht te houden in plaats van op zijn naakte lichaam, hoe prachtig het ook moge zijn. Ik wil niet dat hij denkt dat ik klaar ben voor de vierde ronde. "Ga je me voor altijd op deze boot houden? Me neuken totdat ik letterlijk niet meer kan lopen?"

Hij gaat met zijn blik over mijn borsten, mijn buik, de top van mijn geslacht, en als zijn ogen de mijne weer ontmoeten, is zijn glimlach de duisterste tot nu toe. "Nee, mijn schoonheid. Nou, ja voor het laatste, maar niet voor de eerste. Hoe leuk deze vakantie ook is, ik moet na een tijdje terug naar Moskou — en je gaat met me mee als ik dat doe."

Hoewel ik weet dat hij waarschijnlijk met me speelt, komt er een sprankje hoop tot leven. "Oh? Wanneer gaan we?"

Als hij me terugbrengt naar Rusland, dan zullen mijn broers me vinden, ongeacht waar hij me verstopt, ongeacht wat ik tegen Nikolai heb gezegd over het niet willen dat ze me zouden zoeken. Ze zullen een manier vinden om me weg te krijgen, weg van hem, en misschien, heel misschien —

Hij spreidt zijn hand over mijn buik, zijn handpalm zo groot dat zijn vingertoppen mijn beide heupen raken. "Wanneer je me een kind hebt gegeven om het kind te vervangen dat je familie van ons heeft gestolen," antwoordt hij zachtjes, zijn ogen glanzend als zwarte juwelen. "Dan breng ik je terug. Dat is het moment dat je niet meer weg wilt rennen."

Ik word koud ondanks het warme water dat over ons heen stroomt. Ik ben niet aan de pil — ik had nooit een reden om dat te zijn — en nu dat ik niet zo overweldigd ben, realiseer ik me dat ik tijdens de drie keer dat hij me nam geen condoom heb gezien of gevoeld.

Hij heeft me herhaaldelijk zonder condoom geneukt, en hij is van plan het opnieuw te doen... totdat ik uiteindelijk zwanger word. Totdat we weer verbonden zijn door bloed, alleen door *ons* kind — een oneindig sterkere band.

"Nee," fluister ik en ik staar naar hem terwijl tranen van wanhoop mijn ogen opnieuw overstromen. "Nee, alsjeblieft, Alexei... doe dat niet."

Hij pakt me bij mijn kaak en kantelt mijn gezicht omhoog. "Ik moet wel," zegt hij, bijna spijtig klinkend, en drukt zijn lippen op de mijne en kust me zo teder alsof hij niet net mijn wereld heeft opgeblazen.

Alsof hij me niet dieper in mijn ergste nachtmerrie heeft gedompeld, en de weinige hoop die ik nog had, heeft gedoofd.

Voorproefjes

Bedankt voor het volgen van Alexei en Alina's reis! Hun verhaal gaat verder in *Prachtige ketenen*.

Om op de hoogte te blijven van mijn toekomstige boeken, meld je dan aan voor mijn nieuwsbrief op www.annazaires.com/book-series/nederlands/.

Verlang je naar meer duistere, spannende romantiek? Bekijk mijn bestselling *Gevangen*-serie, een boeiende duistere roman over Yulia, een verleidelijke Russische spion en Lucas, de meedogenloze huurling die ze na een onvergetelijke nacht vol passie verraadt.

Ben jij een fan van urban fantasy? Bekijk hier *Het meisje dat ziet*! Dit is het spannende verhaal van Sasha Urban, een krachtige heldin wiens wereld verandert wanneer ze ontdekt dat ze de toekomst kan zien.

Houd je van een lachwekkende romantische komedie? Mijn man en ik schrijven onder het pseudoniem Misha Bell ordinaire, sullige romantische komedies. Pak een exemplaar van *Over octopussen en mannen*, een werkplek romcom over een zeebioloog die graag een zeemeerminnenstaart draagt en de hete, chagrijnige buurman waarmee ze op het strand heeft liggen vrijen - die haar nieuwe baas blijkt te zijn.

Sla nu de pagina om om fragmenten uit *Gevangen* en *Over octopussen en mannen* te lezen.

Fragment uit Gevangen van Anna Zaires

Ze is bang voor hem vanaf het eerste moment dat ze hem ziet.

Yulia Tzakova is geen onbekende voor gevaarlijke mannen. Ze groeide op met hen. Ze heeft ze overleefd. Maar als ze Lucas Kent ontmoet, weet ze dat de harde ex-soldaat misschien wel de gevaarlijkste van allemaal is.

Eén nacht, dat is alles wat het zou moeten zijn. Een kans om een mislukte opdracht goed te maken en informatie te krijgen over de wapenleverancier van Kent. Wanneer zijn vliegtuig naar beneden gaat, zou het het einde moeten zijn.

In plaats daarvan is het nog maar het begin.

Hij wil haar vanaf het eerste moment dat hij haar ziet.

Lucas Kent heeft altijd graag langbenige blondines gehad en Yulia Tzakova is zo mooi als ze komen. De Russische tolk heeft misschien geprobeerd zijn baas te verleiden, maar ze belandt in Lucas 'bed - en hij is van plan haar daar weer te zien.

Dan gaat zijn vliegtuig naar beneden en leert hij de waarheid.

Ze heeft hem verraden.

Nu zal ze betalen.

___

Het eerste wat ik doe als ik thuiskom, is mijn baas bellen en doorgeven wat ik gehoord heb.

'Dus mijn vermoeden was juist,' zegt Obenko als ik uitgesproken ben. 'Ze gebruiken Esguerra om die kloterebellen in Donetsk te bewapenen.'

'Ja.' Ik schop mijn schoenen uit en loop naar de keuken om thee te zetten. 'Buschekov eiste een exclusieve deal, dus Esguerra staat volledig aan de kant van de Russen.'

Obenko laat een creatieve vloek horen die veelvuldig gebruikt maakt van de woorden verdomde, slet en moeder. Ik negeer het en giet water in de waterkoker, waarna ik hem aanzet.

'Goed,' zegt Obenko als hij wat gekalmeerd is. 'Je ziet hem vanavond nog, toch?'

Ik haal diep adem. Dit is het minder leuke gedeelte. 'Niet echt.'

'Niet echt?' Obenko's stem wordt gevaarlijk zacht. 'Wat bedoel je daar verdomme mee?'

'Ik heb hem een aanbod gedaan, maar hij was niet geïnteresseerd.' In dit soort situaties vertel je altijd beter de waarheid. 'Hij zei dat ze snel weer vertrekken en dat hij te moe was.'

Opnieuw begint Obenko te vloeken. Intussen open ik het pakje thee, laat een zakje in een mok vallen en schenk er kokend water overheen.

'Weet je zeker dat je hem niet zover krijgt?' vraagt hij als hij uitgevloekt is.

'Behoorlijk zeker, ja.' Ik blaas in de mok om mijn thee wat af te koelen. 'Hij had gewoon geen interesse.'

Obenko zwijgt even. 'Goed,' zegt hij dan. 'Je hebt het verkloot, maar daar hebben we het een andere keer wel over. Nu moeten we bedenken wat we gaan doen aan Esguerra en de wapens waarmee ons land overspoeld zal worden.'

'Hem elimineren?' stel ik voor. Mijn thee is nog iets te heet, maar ik neem toch een slokje om van de warmte in mijn keel te kunnen genieten. Het is een eenvoudig genoegen, maar zijn de beste dingen in het leven niet zo? De geur van bloesem in de lente, de zachte vacht van een kat, de sappige zoetheid van een rijpe aardbei - ik heb recent geleerd die dingen te koesteren, het leven zo goed als ik kan te omarmen.

'Makkelijker gezegd dan gedaan.' Obenko klinkt gefrustreerd. 'Hij wordt beter bewaakt dan Poetin.'

'Hm-hm.' Ik neem nog een slokje thee en sluit mijn ogen om de smaak beter tot me door te laten dringen. 'Je bedenkt wel iets.'

'Wanneer vertrekt hij, zei hij dat?'

'Nee. Hij zei alleen dat het binnenkort was.'

'Goed.' Ineens lijkt Obenko ongeduldig. 'Laat het me ogenblikkelijk weten als hij contact met je opneemt.'

En voor ik iets kan zeggen, heeft hij al opgehangen.

Aangezien ik nu toch een avondje vrij ben, besluit ik een bad te nemen. Mijn badkuip is klein en sjofel, net zoals de rest van mijn appartement, maar ik heb wel erger gezien in mijn leven. Ik besluit de lelijke badkamer op te fleuren met een paar geurkaarsen op de wastafel en wat badschuim in het water. Dan stap ik in het bad, een genietende zucht slakend als het warme water mijn lichaam omsluit.

Als ik kon kiezen, zou ik het altijd warm hebben. Wie zei dat het in de hel heet is, had het mis. In de hel is het koud.

Zo koud als de Russische winter.

Terwijl ik van mijn warme bad lig te genieten, gaat

de deurbel. Meteen schiet mijn hartslag omhoog en vlamt de adrenaline door mijn aderen.

Ik verwacht geen bezoekers - dus zijn er problemen.

Ik spring uit de badkuip, sla een handdoek om me heen en ren naar de leef- en slaapruimte van mijn studio. Mijn kleren liggen nog op het bed, maar ik heb geen tijd om ze aan te trekken. In plaats daarvan schiet ik in een ochtendjas en pak dan het pistool uit mijn nachtkastje.

Ik haal diep adem en loop naar de deur, het wapen voor me gericht.

'Ja?' roep ik. Op een paar meter van de deur blijf ik staan. Hoewel de deur van versterkt staal is gemaakt, is het sleutelgat dat niet. Daar kan doorheen geschoten worden.

'Lucas Kent hier.' De diepe, Engelssprekende stem laat me zo schrikken dat ik het wapen een paar centimeter laat zakken. Mijn polsslag schiet nog verder omhoog en om de een of andere reden beginnen mijn knieën te trillen.

Wat doet hij hier? Weet Esguerra iets? Heeft iemand me verraden? De vragen wellen in me op en maken me nog veel nerveuzer, tot ik bedenk wat ik moet doen.

'Wat wil je?' Ik probeer mijn stem niet te laten trillen. Als Kent me niet komt doden, is er maar één andere verklaring voor zijn aanwezigheid: Esguerra is van gedachten veranderd. In dat geval moet ik me gedragen als de onschuldige burger die ik moet voorstellen.

'Ik wil je spreken,' zegt Kent met een vleugje geamuseerdheid in zijn stem. 'Ga je de deur nog opendoen of moeten we door tien centimeter staal heen praten?'

O, nee. Dat klinkt niet alsof Esguerra hem gestuurd heeft om me op te halen.

Snel ga ik mijn opties na. Ik kan mezelf hier opsluiten en hopen dat hij niet binnenkomt, maar dan neemt hij me te pakken als ik naar buiten kom, wat uiteindelijk toch nodig is. Het is beter erop te gokken dat hij niet weet wie ik ben en mijn dekmantel van vanavond weer aan te wenden.

'Waarom wil je met me praten?' Ik probeer tijd te rekken. Het is een redelijke vraag. Iedere vrouw zou in zo'n situatie voorzichtig zijn, niet alleen vrouwen die iets te verbergen hebben. 'Wat wil je?'

'Jou.'

Dat ene woord, gevormd door zijn diepe, mannelijke stem, raakt me als een vuistslag. Mijn longen stoppen met werken en ik staar met een irrationele paniek naar de deur. Blijkbaar had ik gelijk toen ik me afvroeg of hij me aantrekkelijk vond, of hij steeds naar me keek als gevolg van een primaire, biologische reactie.

Ja, natuurlijk. Hij wil me.

Ik dwing mezelf diep in te ademen. Dit is een opluchting, toch? Er is geen enkele reden om in paniek te raken. Al sinds mijn vijftiende zitten mannen achter me aan en inmiddels heb ik daar goed mee leren omgaan. Ik gebruik hun lust in mijn voordeel. Dit is niet anders dan normaal.

Maar Kent is harder, gevaarlijker dan de meesten.

Nee. Ik leg dat kleine stemmetje het zwijgen op en laat, nogmaals diep ademhalend, mijn wapen zakken. Vanuit mijn ooghoeken zie ik mezelf in de spiegel. Mijn blauwe ogen staan groot in een bleek gezicht. Een slordige knot houdt mijn haar bijeen, al vallen een paar losse lokken langs mijn hals. Gehuld in een zachte badjas, een pistool in mijn handen, lijk ik in de verste verte niet op de modebewuste jonge vrouw die Kents baas probeerde te verleiden.

Toch neem ik een besluit. 'Ogenblikje,' roep ik naar de deur. Ik kan Lucas Kent de toegang tot mijn studio ontzeggen - dat zou niet vreemd zijn, aangezien ik een vrouw alleen ben - maar het is slimmer om van de gelegenheid gebruik te maken om wat informatie te vergaren.

Ik kan er toch op zijn minst achter proberen te komen wanneer Esguerra vertrekt. Als ik dat aan Obenko doorgeef, maak ik mijn eerdere blunder deels weer goed.

Snel verberg ik het wapen in een kastje onder de spiegel in de hal en maak mijn haren los, zodat de dikke blonde strengen over mijn rug vallen. Mijn make-up had ik er al afgehaald, maar mijn huid is gaaf en mijn wimpers zijn donker, dus het kan er wel mee door. Eigenlijk lijk ik zo zelfs jonger en onschuldiger.

Een 'buurmeisje', zoals de uitdrukking heet.

Vol vertrouwen dat ik er redelijk fatsoenlijk uitzie,

doe ik de deur van het slot. Het absurde bonzen van mijn hart negeer ik.

————

Ga naar mijn website www.annazaires.com/book-series/nederlands/ voor meer informatie en om je in te schrijven voor mijn releasemailing.

Fragment uit Over octopussen & mannen van Misha Bell

De chagrijnige buurman van mijn grootouders is net zo heet als de dodelijke zon van Florida. En net als de zon, is hij slecht voor me. Mijn smaak in mannen is verschrikkelijk - vraag maar aan mijn ex en zijn straatverbod.

Vraag je je af wat ik in Florida bij mijn grootouders doe? Nou, mijn beste vriend is een octopus, en hij heeft een grotere tank nodig, dus heb ik een baan aangenomen in een aquarium in de Sunshine State.

Ik had niet verwacht dat die sexy, langharige chagrijn zou proberen om voor een of ander duister plan mijn octopus te kopen. Ik had ook niet verwacht om na een nachtelijke duik in zee, op het strand met hem te vrijen.

En het laatste wat ik had verwacht was hem op mijn

eerste dag bij mijn nieuwe baan tegen te komen... waar hij mijn baas is.

———

"Ah, Kappertje. Wat ga je doen?"

Ik grijns. Mijn naam is Olive (mijn ouders zijn slecht in hun hippie-dippie-heid), en als opa me Kappertje noemt, dan bedoelt hij 'kleine olijf', waardoor ik me weer een klein meisje voel. Ik zal hem natuurlijk nooit vertellen dat zijn bijnaam voor mij botanisch onjuist is: kappertjes zijn de bloemen van een struik, terwijl olijven een boomvrucht van een heel andere soort zijn.

"Ik neem Beaky mee voor een wandeling," antwoord ik, naar de tank knikkend.

Opa tuurt naar het glas en Beaky kiest precies dat moment om zichzelf op een rots te laten lijken — zoals hij elke keer doet als opa naar hem probeert te kijken.

Opa wrijft in zijn ogen. "Zit daar echt een octopus in? Ik heb het gevoel dat jij en je oma proberen om me te laten denken dat ik seniel word."

"Nee. Het is Beaky die met je aan het rotzooien is."

Ik kan het mijn opa niet kwalijk nemen dat hij mijn achtarmige vriend niet heeft gezien. Als het om camouflage gaat, blazen octopussen kameleons omver. En als een kameleon in het water zou vallen, dan zou geen enkele camouflage voorkomen dat hij de lunch van een octopus zou worden.

Opa schudt zijn hoofd. "Waarom?"

Ik haal mijn schouders op. "Hij is een wezen met negen hersenen, één in zijn hoofd en één in elke arm. Als je zijn gedachten probeert uit te vogelen, dan zou iedereen hoofdpijn krijgen."

Opa tuurt weer naar de tank, maar Beaky blijft in zijn rotsachtige gedaante. "Waarom ga je eigenlijk met hem wandelen?"

"Om te voorkomen dat hij zich gaat vervelen. Wat hij echt nodig heeft, is een grotere tank, maar voorlopig zal hij het met een andere omgeving moeten doen."

"Vervelen?"

"Oh ja. Een verveelde octopus is erger dan een zevenjarige jongen die strak staat van de cafeïne en een verjaardagstaart. In Duitsland heeft een octopus genaamd Otto herhaaldelijk het hele elektrische systeem van het Sea Star Aquarium kortsluiting gegeven door water in de 2.000 watt overheadspot te spuiten. Omdat hij zich verveelde."

Opa trekt zijn borstelige wenkbrauwen op. "Maar je maakt toch puzzels voor hem? Je laat hem toch tv kijken?"

Ik knik. Puzzels maken voor octopussen is eigenlijk waar ik beroemd om ben en hoe ik aan mijn nieuwe baan ben gekomen. "Speelgoed en de tv helpen," zeg ik, "maar ik heb nog steeds het gevoel dat hij zich opgesloten voelt."

Grommend duikt opa in zijn zak en haalt er een pistool uit zo groot als mijn arm. "Neem dit mee." Hij duwt het naar me toe.

Ik knipper met mijn ogen naar het instrument van de dood. "Waarom?"

"Bescherming."

"Van wat? We zitten in een gesloten complex."

Hij duwt het wapen met grotere urgentie naar me toe. "Het is beter om een pistool te hebben en het niet nodig te hebben."

Ik neem het aanbod niet aan. "De misdaadcijfers in Palm Islet zijn tien keer lager dan in New York."

Opa haalt de clip uit het pistool, controleert hem, duwt er een extra kogel in en klikt hem er weer in. "Het zou me gemoedsrust geven als je het mee zou nemen."

"In naam van Cthulhu," mompel ik binnensmonds.

"Gezondheid," zegt opa.

"Dat was geen nies. Ik zei, 'Cthulhu.'" Bij opa's lege blik slaak ik een zucht. "Hij is een fictieve kosmische entiteit die door HP Lovecraft gecreëerd is. Afgebeeld met octopuskenmerken."

"Oh. Zit hij in de sexy tekenfilms van je oma?"

"Absoluut niet." Ik huiver bij de gedachte. "Cthulhu is honderden meters lang. Hij is een van de Grote Ouden, dus zijn attenties zouden een vrouw net zo snel verscheuren als dat ze haar gek zouden maken."

"Oké dan." Opa probeert het pistool weer in mijn handen te duwen. "Neem het mee en ga."

Ik verberg mijn handen achter mijn rug. "Ik heb geen vergunning."

"Je maakt een grapje." Hij kijkt me ongelovig aan.

"Morgen neem ik je mee naar een les om een verborgen vuurwapen te dragen."

Ik vecht tegen een oogrol ter grootte van een Cthulhu. "Ik heb het morgen een beetje druk, met een nieuwe baan en zo."

Met een frons verbergt hij het pistool ergens. "Wat dacht je van dit weekend?"

"We zullen zien," zeg ik zo vrijblijvend mogelijk voordat ik mijn handtas van de rugleuning van een stoel grijp en nogmaals op de afstandsbediening druk om de tank de garage in te rollen.

Mijn grootouders verlaten, net als andere Floridianen, hun huizen liever op deze manier, in plaats van bijvoorbeeld via de voordeur.

Zodra mijn grootvader uit het zicht is, houdt Beaky op om een rots te zijn, zet zijn armen in zijn zij en wordt opgewonden rood.

"Je zou je moeten schamen," zeg ik streng.

Wij zijn de God Keizer van de Tank, verordend door Cthulhu. We zullen de glorie van ons gezicht niet aan degenen schenken die het niet verdienen. Schiet op, onze trouwe priesteres-onderdaan. We willen de zon op onze zuigers voelen.

Yep. Ellen DeGeneres sprak met een fictieve octopus in *Finding Dory*, terwijl mijn echte in mijn hoofd tegen me praat. En ik ben niet de enige die deze denkbeeldige gesprekken voert. Al vanaf dat mijn zussen en ik kinderen waren, hebben we dieren stemmen gegeven. In mijn gedachten klinkt Beaky als negen mensen die tegelijk praten (het hoofdbrein en de acht in zijn armen), en zijn toon is heerszuchtig (octopussen hebben tenslotte blauw bloed). Oh, en zijn woorden komen er met dat zwakke gorgelachtige geluidseffect uit dat in *Aquaman* werd gebruikt toen de Atlantiërs onder water spraken.

Ik open de garagedeur.

Het is super helder buiten, ondanks de eeuwenoude eiken die voor voldoende schaduw zorgen.

Met een zucht pak ik een grote tube van mijn favoriete minerale zonnebrandcrème uit mijn tas en bedek mezelf van top tot teen met een dikke laag. De UV-index is 10, dus ik wacht een paar minuten, en dan bedek ik mezelf met een tweede laag. Ik doe dit stiekem in de garage om te voorkomen dat mijn grootouders me over het nemen van een baan in de Sunshine State gaan plagen terwijl ik paranoïde ben over blootstelling aan de zon.

En nee, ik ben geen vampier — hoewel mijn zus Gia er met haar gothic-make-up en zo verdacht veel als een uitziet. Het vermijden van de zon is echt wetenschappelijk, gezien de schadelijke effecten van UV-stralen, zowel A als B, evenals blauw licht, infrarood licht en zichtbaar licht. Ze veroorzaken allemaal DNA-schade. Dit probleem kwam een paar jaar geleden op mijn radar toen Sushi, mijn anemoonvis, huidkanker kreeg, waarschijnlijk doordat haar aquarium bij een raam stond. Sindsdien ben ik voorzichtig. Ik ga zelfs zo ver dat ik een drievoudige laag UV-beschermende coating over Beaky's tank heb gelijmd.

Realiseer ik me dat ik me meer zorgen over de zon maak dan wie dan ook die geen paranoïde dermatoloog is? Tuurlijk. Maar kan ik stoppen? Nee. Ik denk dat een bepaald niveau van neurose in mijn DNA is geprogrammeerd, tenminste als ik ook maar enigszins op mijn identieke zeslingzusjes lijk. Maar goed, als ik in de tachtig ben en er jonger uitzie dan al mijn zussen, dan zullen we zien wie het laatst lacht.

Als ik klaar ben met de zonnebrand, trek ik een lichtgewicht jack met ritssluiting aan dat met UV-beschermende chemicaliën is bedekt, een hoed met een brede rand en een gigantische zonnebril.

Zo. Als ik dit echt zou overdrijven, dan zou ik een van die Darth Vader-brillen dragen, nietwaar?

Mijn hartslag versnelt als ik Beaky's tank de volle zon in volg, maar ik kalmeer door mezelf eraan te herinneren dat de zonnebrandcrème zijn werk zal doen. Als de tank de oprit afrolt en op een schaduwrijk trottoir bij het meer komt, wordt mijn ademhaling nog rustiger.

Tot nu toe gaat het goed. Nu maar hopen dat ik niet te veel vervelende vragen van nieuwsgierige buren krijg.

Terwijl we langs de oever van het meer wandelen vliegen er een paar reigers weg. Beaky staart hen aandachtig aan en verandert een paar keer van gedaante.

We willen die dingen graag proeven. Wees een goede priesteres en lever ze bij de tank af.

Ik klop op de bovenkant van de tank. "Ik zal je een garnaal geven als we terug zijn."

We zien allebei een wasbeer die in het gras bij het meer aan het graven is, waarschijnlijk op zoek naar schildpad- of alligatoreieren.

Ook dat willen we proeven.

"Ik zal je een garnaal zonder de puzzel geven," zeg ik tegen hem.

Meestal stop ik zijn lekkernijen in een van mijn creaties, waardoor de maaltijd extra leuk voor hem wordt, maar als hij trek heeft gekregen door naar alle landdieren te kijken, dan wil ik zijn bevrediging niet uitstellen.

Een anderhalve meter lange alligator kruipt langzaam uit het meer.

Ja, we zijn zeker weten in Florida.

Beaky ziet hem en pakt twee kokosnootschalen van de bodem van zijn aquarium en sluit ze over zijn lichaam, zodat hij er voor de wereld — en voor de alligator — als een onschuldige kokosnoot uitziet.

"Dat ding kan je niet pakken als je in de tank zit," zeg ik sussend. "Om het nog maar niet te hebben over het feit dat hij banger voor mij is. Hopelijk."

De statistieken over alligatoraanvallen zijn in ons voordeel. In een staat met koppen als 'Man in Florida slaat alligator in elkaar' en 'Man in Florida gooit alligator door het raam van Wendy's drive-through', hebben de alligators geleerd om ver, ver uit de buurt van de krankzinnige mensen te blijven.

Omdat Beaky het nieuws niet leest of online

statistieken bekijkt, kijkt zijn oog sceptisch terwijl het tussen de kokosnootschalen door gluurt.

Ik richt mijn aandacht weer op het trottoir — en zie hem.

Een man.

En wat een man.

Hij had in plaats van Jason Momoa in *Aquaman* kunnen spelen. Als ik de hoofdrolspeler voor mijn natte dromen zou casten, dan zou deze man zeker de rol krijgen.

De gedachte zendt warmteslierten naar mijn lagere regionen, met name het deel dat ik persoonlijk als mijn **wunderpus** beschouw — ter ere van *wunderpus photogenicus*, een verbazingwekkende octopussoort die in de jaren tachtig werd ontdekt.

Ik heb trouwens ooit een foto van mijn wunderpus gemaakt, en die is ook *fotogeniek*.

Maar terug naar de vreemdeling. Sterke, mannelijke gelaatstrekken door een onberispelijk getrimde baard omlijst, cyaankleurige ogen zo diep als de oceaan, een gebruind, gespierd lichaam in low-riding jeans en een mouwloze top gekleed die krachtige armen laat zien, dik, blond gestreept haar dat naar beneden valt tot zijn brede schouders — hij zou op een surfer lijken als hij niet zo'n sombere uitdrukking op zijn gezicht had gehad.

Beaky moet de alligator zijn vergeten, want hij is uit zijn kokosnoot en kijkt gefascineerd naar de vreemdeling.

Zal je altijd zien. Aquaman heeft de kracht om met octopussen te praten, net als met andere zeedieren.

Ik realiseer me dat ik ook naar hem sta te staren en raak gespannen naarmate hij dichterbij komt. Anders dan in New York, waar het gebruikelijk is om een vreemdeling te passeren zonder hun bestaan te erkennen, groet iedereen hier in Florida op zijn minst zijn buren.

Wat moet ik zeggen als hij tegen me praat? Durf ik überhaupt mijn mond open te doen? Wat als ik hem per ongeluk vraag om zijn gang met me te gaan?

Wacht eens even. Ik denk dat ik het weet. Hij laat ook een huisdier uit, in zijn geval een hond van het teckelras, ook bekend als een hotdog, het meest fallische lid van de hondensoort. Ik hoef alleen maar iets over zijn worstje te zeggen — degene die met zijn staart kwispelt, niet zijn Aqua-mannelijkheid.

Als de man twintig meter bij me vandaan is, lijkt hij me voor het eerst op te merken. Zijn blik richt zich eigenlijk meer op Beaky's tank, en zijn sombere uitdrukking wordt ronduit vijandig — kaken op elkaar geklemd, mond naar beneden gericht, ogen keihard. Het gekke is dat hij er nu niet minder heet uitziet. Misschien wel meer.

Wat is er met me aan de hand? Geen wonder dat ik uiteindelijk met klootzakken uitga zoals —

Zijn diepe, sexy stem is het soort kou dat zelfs in deze vochtige sauna een koude wind kan veroorzaken. "Hoeveel voor de octopus?"

Ik knipper met mijn ogen en knijp dan mijn ogen

tot spleetjes naar de vreemdeling, terwijl mijn nekharen als stekels op een kogelvis omhoog komen. Hij wil Beaky kopen? Waarom? Wil hij hem opeten?

Dit is tenslotte de staat waar mensen alligators, schildpadden (zelfs de beschermde soorten), brulkikkers, tijgerpythons en limoentaart eten.

Knarsetandend wijs ik naar de kwispelende hond naast hem. "Hoeveel voor de braadworst?"

Een grijns krult zijn volle lippen. "Laat me raden... een New Yorker?"

Aquaman? Meer Aqua-klootzak. "Laat *mij* raden. Floridaman?" Ik kan me de rest van de kop voorstellen: "... steelt octopus in tank en probeert er seks mee te hebben."

Gezien wat mijn oma over Regel 34 had gezegd en waar ik nu sta, is het niet zo vergezocht. Ik heb eens een artikel over een man uit Florida gelezen die probeerde om op een parkeerplaats bij een winkelcentrum een levende haai te verkopen. Wat is in vergelijking seks met een octopus?

Zijn dikke wenkbrauwen trekken zich samen. "De verhalen waar je op doelt, gaan over mensen die uit een andere staat komen. Ze gaan nooit over echte Floridianen."

"Oh, ik heb gelezen waar je het over hebt," zeg ik gnuivend. "'Man uit Florida krijgt de allereerste penistransplantatie van een paard.' Ik ben er vrij zeker van dat het artikel zei dat de dappere pionier in Melbourne geboren en getogen is — dat is twee uur rijden van hier."

Oeps. Ben ik te ver gegaan? Iedereen lijkt hier een pistool te dragen. En aangezien ik hem eerder aantrekkelijk vond en met mijn dating-trackrecord, zou hij best gevaarlijk kunnen blijken te zijn.

In plaats van een wapen te trekken, wrijft de vreemdeling over de brug van zijn neus. "Eigen schuld als ik ruzie met een New Yorker wil maken. Vergeet het nieuws. Die tank is te klein voor die octopus. Hoe zou jij het vinden om je leven in een Mini Cooper te leven?"

Ik adem diep in, mijn maag trekt zich samen. "Hoe zou *jij* het vinden om aan de lijn te lopen?" Ik wijs met mijn kin naar zijn worstje, wiens staart niet meer kwispelt. "Of om gedwongen te worden je schreeuwende blaas en darmen te negeren totdat je meester zich verwaardigt om je mee te nemen voor een wandeling? Of dat er met je voortplantingsorganen wordt gerommeld?"

Hij kijkt me afkeurend aan. "Tofu is niet gecastreerd. Sterker nog, hij —"

"Tofu?" Mijn mond valt open. "Als in, een tofu-hotdog? Over dierenmishandeling gesproken."

De aderen die in zijn nek opzwellen, zien er afleidend sexy uit. "Wat is er mis met de naam Tofu?"

Voordat ik kan antwoorden, jammert Tofu meelijwekkend.

"Goed gedaan," zegt de vreemdeling. "Nu heb je hem van streek gemaakt."

"Ik ben er vrij zeker van dat jij dat deed." *Door de arme hond Tofu te noemen.*

"Dit gesprek is voorbij." Hij draait zijn rug naar me toe en trekt aan de lijn. "Kom, Tofu."

Tofu werpt me een droevige blik toe die lijkt te zeggen, *ik vind het niet prettig als mijn papa en mijn nieuwe mama ruziemaken.*

Met een zucht rol ik Beaky's tank in de tegenovergestelde richting.

———

Ga naar www.mishabell.com/nl/ voor meer informatie en om je in te schrijven voor Misha's releasemailing.

Over de auteur

Anna Zaires is verslaafd aan boeken sinds ze op vijfjarige leeftijd van haar grootmoeder leerde lezen. Haar eerste korte verhaal schreef ze niet lang daarna. Sindsdien leeft ze gedeeltelijk in een fantasiewereld waarin alleen haar eigen verbeelding de grenzen bepaalt. Momenteel woont Anna in Florida. Ze is gelukkig getrouwd met Dima Zales (een auteur van science fiction- en fantasyboeken). Al hun boeken komen door nauwe samenwerking tot stand.

Voor meer informatie, zie www.annazaires.com/book-series/nederlands/.